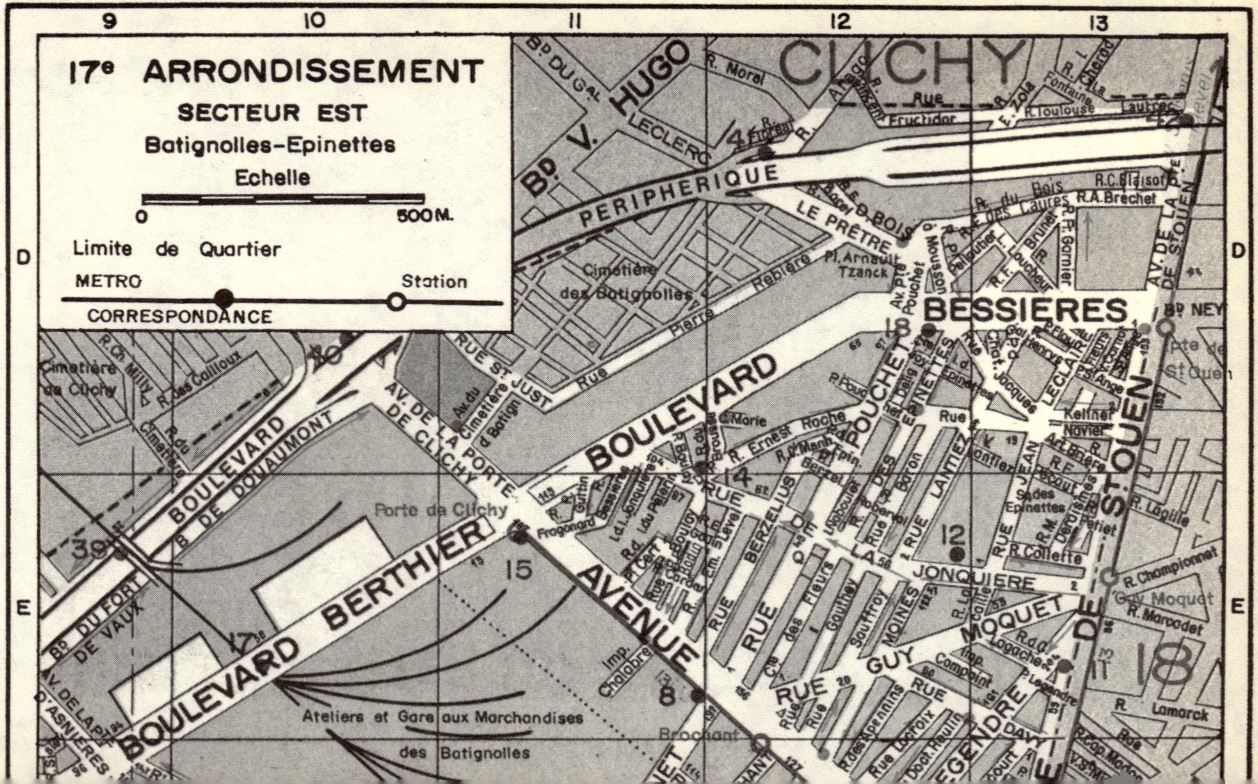
17e ARRONDISSEMENT
SECTEUR EST
Batignolles-Epinettes
Echelle
0
500M.
Limite de Quartier
METRO
Station
CORRESPONDANCE
CLICHY
Bd V. HUGO
Bd DU GAL LECLERC
PERIPHERIQUE
LE PRÊTRE
BESSIERES
Cimetière des Batignolles
Cimetière de Clichy
RUE ST JUST
AV. DE LA PORTE DE CLICHY
Porte de Clichy
BOULEVARD BERTHIER
BOULEVARD DE DOUAUMONT
Bd DU FORT DE VAUX
AV. DE LA Pte D'ASNIERES
AVENUE
BOULEVARD
POUCHET
EPINETTES
LECLAIR
ST OUEN
AV. DE LA Pte DE ST OUEN
Bd NEY
Pte de St Ouen
RUE BERZELIUS
RUE DE LA JONQUIERE
RUE DES MOINES
RUE GUY MOQUET
LEGENDRE
Ateliers et Gare aux Marchandises des Batignolles
Brochant
Imp. Chalabre
Guy Moquet
R. Championnet
R. Marcadet
R. Lamarck
R. Ernest Roche
R. Morel
Rue Fructidor
R. Toulouse
R. Lagille
R. Collette
Rue Pierre Rebière
R. des Cailloux
R. du Cimetière
D
E
9
10
11
12
13
14
15
18
39

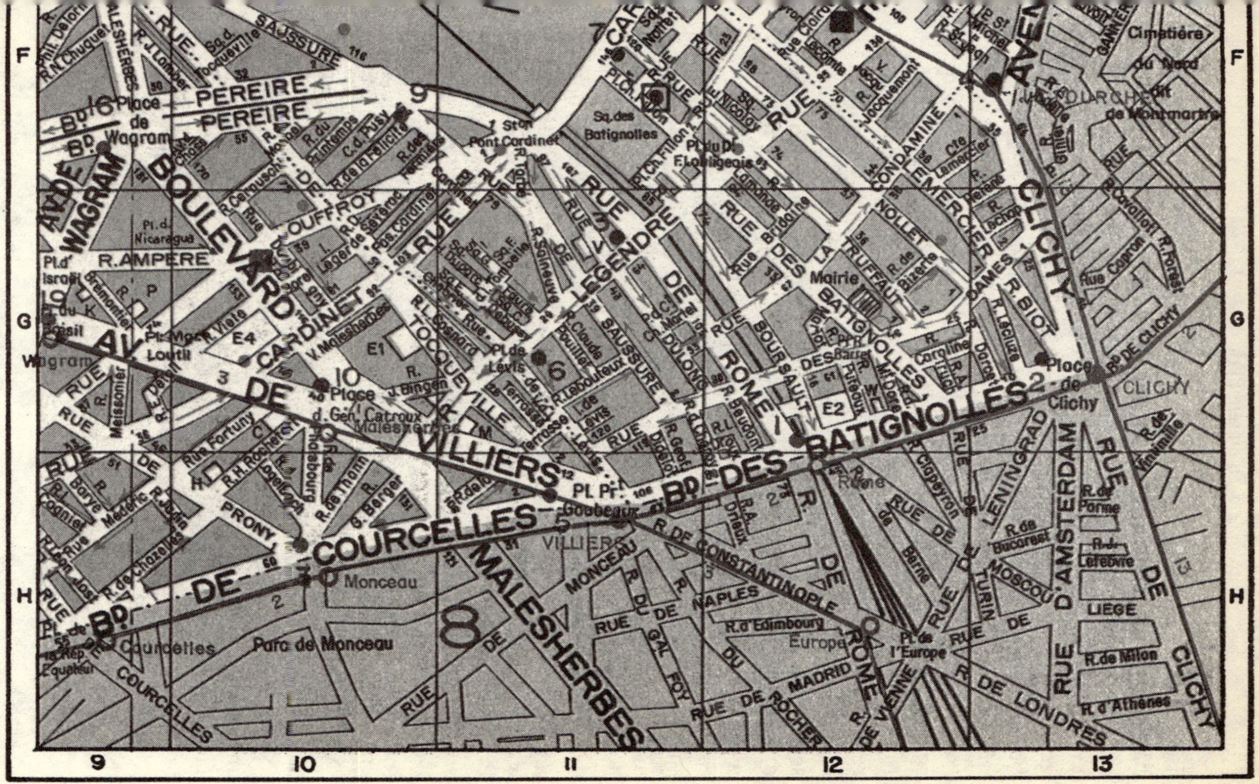
BOULEVARD
PEREIRE
AV. DE WAGRAM
R. AMPERE
AV. DE VILLIERS
BD. DE COURCELLES
BD. DES BATIGNOLLES
MALESHERBES
RUE DE ROME
RUE LEGENDRE
RUE CARDINET
TOCQUEVILLE
RUE DES DAMES
CLICHY
RUE D'AMSTERDAM
RUE DE LONDRES
RUE DE CONSTANTINOPLE
RUE DE NAPLES
RUE DE MADRID
RUE DE LIEGE
RUE DE TURIN
RUE DE MOSCOU
LENINGRAD
RUE DE VIENNE
RUE DE PRONY
RUE DE SAUSSURE
RUE NOLLET
RUE TRUFFAUT
RUE LEMERCIER
RUE CONDAMINE
Sq. des Batignolles
Parc de Monceau
Cimetière du Nord dit de Montmartre
Place de Clichy
Pl. de l'Europe
Place de Wagram
Monceau
Villiers
Rome
Europe
Courcelles
F
G
H
9
10
11
12
13

Zu diesem Buch

Léo Malet, geboren am 7. März 1909 in Montpellier, wurde zunächst Bankangestellter, ging in jungen Jahren nach Paris, schlug sich dort unter dem Einfluß der Surrealisten als Chansonnier und „Vagabund“ durch und begann zu schreiben. Zu seinen Förderern gehörte auch Paul Éluard. Eines von Malets Gedichten trägt den bezeichnenden Titel „Brüll das Leben an“. Der Zyklus seiner Kriminalromane um den Privatdetektiv Nestor Burma – mit der reizvollen Idee, jede Folge in einem anderen Pariser Arrondissement spielen zu lassen – wurde bald zur Legende. René Magritte schrieb Malet, er habe den Surrealismus in den Kriminalroman hinübergerettet. „Während in Amerika der Privatdetektiv immer auch etwas Missionarisches an sich hat und seine Aufträge als Feldzüge, sich selbst als einzige Rettung begreift, gleichsam stellvertretend für Gott und sein Land, ist die gallische Variante, wie sie sich in Burma widerspiegelt, weitaus gelassener, auf spöttische Art eigenbrötlerisch, augenzwinkernd jakobinisch. Er ist Individualist von Natur aus und ganz selbstverständlich, ein geselliger Anarchist, der sich nicht von der Welt zurückzuziehen braucht, weil er sie – und sie ihn – nicht versteht. Wo Marlowe und Konsorten die Einsamkeit der Whisky-Flasche suchen, geht Burma ins nächste Bistro und streift durch die Gassen“ („Rheinischer Merkur“). 1948 erhielt Malet den „Grand Prix du Club des Détectives“, 1958 den „Großen Preis des schwarzen Humors“. Mehrere seiner Kriminalromane wurden auch verfilmt; unter anderen spielte Michel Serrault den Detektiv Burma.

In der Reihe der rororo-Taschenbücher liegen bereits vor „Bilder bluten nicht“ (Nr. 12592), „Stoff für viele Leichen“ (Nr. 12593), „Marais-Fieber“ (Nr. 12684), „Spur ins Ghetto“ (Nr. 12685), „Bambule am Boul' Mich'“ (Nr. 12769), „Die Nächte von St. Germain“ (Nr. 12770), „Corrida auf den Champs-Élysées“ (Nr. 12436), „Streß um Strapse“ (Nr. 12435), „Wie steht mir Tod?“ (Nr. 12891), „Kein Ticket für den Tod“ (Nr. 12890), „Die Brücke im Nebel“ (Nr. 12917), „Die Ratten im Mäuseberg“ (Nr. 12918), „Ein Clochard mit schlechten Karten“ (Nr. 12919) und „Das stille Gold der alten Dame“ (Nr. 12920).

Léo Malet

Wer einmal auf dem Friedhof liegt...

Krimi aus Paris

Aus dem Französischen
von Hans-Joachim Hartstein

Rowohlt

Malets Geheimnisse von Paris

Les nouveaux mystères de Paris

Herausgegeben von
Pierrette Letondor und Peter Stephan

17. Arrondissement

Veröffentlicht im Rowohlt Taschenbuch Verlag GmbH,
Reinbek bei Hamburg, Juni 1994

Umschlagillustration Detlef Surrey
Umschlagtypographie Walter Hellmann
Gesamtherstellung Clausen & Bosse, Leck
Printed in Germany
990-ISBN 3 499 12921 3

1

Kaltes Frühstück für Nestor

Es ist einer der klaren, beinahe frühlingshaften Vormittage Anfang März. Auch wenn oft das Gegenteil behauptet wird: Das phantasievolle Paris hat einige davon in der Hinterhand. In zwei Wochen ist es offiziell soweit. Dann wird der Frühling laut Kalender Einzug halten. Vielleicht wird sein Auftritt wieder mal verdorben, aber im Moment ist das Wetter prima. Ein leichter Wind streicht zärtlich durch die Bäume der Avenue de Wagram. Alles ist still und friedlich. Meine Uhr zeigt viertel vor neun.

In einer Viertelstunde bin ich mit einer Dame verabredet, die den bezaubernden – und wahrscheinlich falschen! – Namen Désiris trägt. Wie kann man nur so heißen! Désiris, in einem Wort, wie es im Telefonbuch steht (ich hab nachgeschlagen), oder in zweien (wie's mir persönlich besser gefallen würde). Beide Schreibweisen lassen viele sinnliche Interpretationen zu: Der Name klingt nach dem Künstlernamen einer Hure, einer Puffmutter oder der Chefin eines Eheanbahnungsinstitutes. Es war dieser Hauch von *chambre séparée*, der mich gestern abend am Telefon zu der Verabredung verleitet hat. Eigentlich hätte ich nach dem krausen Zeug, das mir die Anruferin erzählt hat und von dem ich kaum ein Wort geglaubt habe, einfach auflegen sollen. Aber jetzt gehe ich in ein Bistro, um die letzten Minuten totzuschlagen.

Als ich wieder auf die Avenue de Wagram hinaustrete, herrscht zwischen dem Boulevard Pereire und der Place du Brésil immer noch kein mordsmäßiger Betrieb. Der geringe Verkehr weckt bei den Autofahrern trügerische Hoffnungen. Sie rasen auf den Arc de Triomphe zu, wo sie dann der schönste Stau rund um die Place de l'Etoile erwartet.

Auf den breiten Bürgersteigen sind die Passanten rar. Eine Brotverkäuferin tritt mit ihrem Korb aus einer Bäckerei. Ein Straßenfeger stützt sich nachdenklich auf seinen Besen, der im Abflußwasser des Rinnsteins steht. Eine Concierge fegt den Teil des Bürgersteigs, für den sie zuständig ist. Ein gelangweilter Hausdiener geht mit einem Hund Gassi. Er ist kurzbeinig, langhaarig und potthäßlich. Ich meine den Köter. So was sieht man nur in den „besseren“ Vierteln, wo das Geld zu Hause ist. Je häßlicher Hunde sind, desto teurer sind sie anscheinend. Verständlich. Um solche Beleidigungen fürs Auge zu produzieren, bedarf es wahrscheinlich sehr viel Zeit. Und diese mühevolle Handarbeit muß teuer bezahlt werden.

Auf den Balkonen der soliden großbürgerlichen Villen stehen Dienstmädchen, die Haare durch ein Kopftuch oder ein Häubchen vor Staub geschützt, und schlagen Staubtücher aus oder klopfen Teppiche. Die Zukunft gehört denen, so heißt es, die früh aufstehen. Geschissen! Wer früh aufsteht und dann sofort auf die Straße rennt, fängt sich höchstens viele Bakterien ein, mehr nicht. Das reicht für den ganzen Tag. Bis um zehn Uhr morgens liegt Tuberkulose in der Luft; und manchmal sogar fallen kleine Tierchen, Obstkerne oder Brotkrumen vom Himmel, einfach so. Damit sich das Zeug schnell vermehrt, kann man es mit nach Hause nehmen und an einem warmen Ort aufbewahren.

Ich jedenfalls begebe mich zu dieser unchristlichen Zeit in die Rue Alphonse-de-Neuville. Mein Ziel ist ein Haus mit schmaler Fassade. Das Operettenschlößchen gehört zu den zahlreichen Villen in diesem Viertel, Überreste einer vergangenen Epoche, luxuriöse Wohnsitze von Berühmtheiten der Schlafzimmer, von Malern, die groß in Mode waren, von Schauspielerinnen und berühmten Vertreterinnen des horizontalen Gewerbes. Die runden Mansardenfenster in dem schrägen Schieferdach sind barockartig verziert. Ein ebenso lächerlicher wie unnützer Wetterhahn schmückt eins der Spitzentürmchen. Die Läden der beiden Fenster im Erdgeschoß sind geschlossen. Hinter den Scheiben der beiden Fenster in der ersten Etage sieht man die Falten von schweren, cremefarbenen Vorhängen. Über der Eichentür prangt, mit Ornamenten verziert, eine Jahreszahl. Firlefanz aus Gelbkupfer rundet das Bild ab: ein altmodischer Türklopfer, ein Guckfenster und die Klappe eines Briefschlitzes.

Das Haus wird von einem modernen sechsstöckigen Gebäude und einer anderen kleinen Villa mit einem in Stein gehauenen Hund flankiert. Das leblose Tier zwischen den beiden Fenstern der oberen Etage blickt melancholisch-treu auf die Avenue de Wagram hinunter, so als warte es auf sein geliebtes Herrchen und fürchte bereits, ins Tierheim gebracht zu werden. Mit derartigen Kunstwerken kann ich nicht viel anfangen. Lustig sieht's aber nicht aus.

Die Villa von Madame Désiris macht allerdings auch keinen fröhlicheren Eindruck. Offen gesagt, in so einem Kasten möchte ich nicht wohnen. Das riecht direkt nach stinkender Langeweile. Vielleicht, weil es keinen Vorgarten gibt. Ein Gärtchen vervollständigt das Bild und lockert es auf. Aber in dieser Gegend befinden sich die Gärten hinter den Häusern. Diese Egoisten! Na ja, ich bin nicht hier, um gefühlsselige, architektonische oder sonstige Kritik zu üben. Ich muß meine Klienten nehmen, wie sie kommen. Mit ihrem ganzen Drumherum als Zugabe.

Ich nähere mich der Eichentür. Meine Hand berührt schon den Türklopfer, als ich ein moderneres Klingelsystem entdecke: einen Messingknopf. Ich drücke ihn und merke, daß die Tür nur angelehnt ist. Ohne eine Reaktion auf mein Läuten abzuwarten, schiebe ich sie auf.

Die Angeln sind gut geölt, aber die Tür läßt sich nur zwanzig Zentimeter öffnen. Irgend etwas versperrt den Weg. Eine Sicherheitskette scheint es nicht zu sein. Dafür liegt das Hindernis zu tief, auf dem Boden. Wahrscheinlich eine dieser Stoffwürste, die verhindern sollen, daß Zugluft durch die Türritze dringt. Ich bücke mich, greife hinter die Tür und taste mit der Hand nach dem Hindernis.

Der Tag fängt ja gut an!

Was meine Finger berühren, ist nicht aus Stoff. Keine Wurst, eher Knochen. Eine halbrunde Form unter Kleidungsstoff. Erinnert mich stark an eine jugendliche Brust. Allerdings hüpft sie nicht, und sehr warm ist sie auch nicht mehr.

Meine Kehle ist von einer ganz besonderen Trockenheit, die selbst ein Liter Martini nicht wegspülen könnte. Ich richte mich wieder auf und werfe einen Rundblick über die Straße. Alles ist still, friedlich und menschenleer. Nur in einem Fenster gegenüber hat eine Putzfrau ihre Arbeit unterbrochen, um mir bei meiner zuzusehen. Ich lächle ihr zu, so gut ich kann. Ja, meine Süße, wir gehören zu dem morgendlichen Arbeitstrupp, der für die Sauberkeit der großen Stadt verantwortlich ist. Die Müllabfuhr hat schon Feierabend, jetzt ist Nestor an der Reihe, Liebling des Sensenmannes, Akquisiteur für Borniol. Immer dieselbe Kost zum Frühstück: kaltes Fleisch. Als hätte die Putzfrau gegenüber meine Gedanken erraten, zieht sie sich von ihrem Beobachtungsposten zurück. Hat wohl Angst vor mir gekriegt.

Ich konzentriere mich wieder auf meine Arbeit. Da ich schon mal meine Nase in der Scheiße habe, kann ich auch gleich weitermachen. Wie üblich. Ich schiebe die Eichentür weiter auf, bis ich ins Haus schlüpfen kann, und schließe sie hinter mir.

Die Villa hüllt sich in Schweigen. Keine Reaktion auf mein Klingelzeichen. Die Stille wird nur durch das aufdringliche Ticken einer Standuhr zerhackt, vielleicht auch noch durch meinen dumpfen Herzschlag. Und dunkel ist es. Ich suche den Lichtschalter und knipse das Licht an. Eine schmiedeeiserne Deckenlampe wirft grünliches Licht auf den leblosen Frauenkörper. Dadurch wirkt das Gesicht auch nicht gerade frischer.

Ich fühle mich sehr alleine in dem Flur. Außer dem leblosen Frauenkörper leisten mir noch die sargförmige Standuhr, ein düsterer Schirmständer und ein von Kleiderhaken umrahmter Spiegel Gesellschaft. Das Pendel in der Uhr taucht bei jeder schwingenden Bewegung in das unheimliche Licht ein. Ich stehe reglos da und lausche nervös auf irgendein menschliches oder sonstiges Lebenszeichen. Kein Zeichen, nichts zu sehen, nichts zu hören. Draußen schnurrt ein Motorengeräusch heran, wird lauter, verstummt. Ein Wagen hält vor dem Haus, eine Tür knallt zu. Ich bin gespannt wie ein Flitzebogen. Das einzige, was sich hier im Flur bewegt, ist das Pendel, das sich im Spiegel verdoppelt. Keine Schritte kommen näher, niemand will in die Villa. Falscher Alarm.

Ich beuge mich über den Körper. Das Mädchen ist vielleicht zwanzig Jahre alt. Sieht aus wie'n Dienstmädchen, das gerade aus seinem Heimatkaff hier in Paris angekommen ist. Ziemlich hübsch, trotz ihres unvorteilhaften Zustandes, und gut gebaut. Ihr hochgerutschter Nylonkittel enthüllt zwei verlockende Beine, die man gerne ein Stück Weges begleiten würde. Die Augen des Mädchens sind geschlossen, der Mund verkniffen. Mit Erleichterung stelle ich fest, daß sie zwischen ihren blutleeren Lippen atmet. Ich seufze auf. So blutrünstig bin ich nämlich gar nicht. Mir ist es lieber, daß die Kleine nur aus den Latschen gekippt ist. Nirgendwo an ihr sind Spuren irgendeiner Verletzung zu sehen. Soweit ich es nach meiner oberflächlichen Untersuchung beurteilen kann, ist sie nicht nach einem harten Schlag ohnmächtig geworden. Die Ursache war wohl einfach ein Schock oder so was Ähnliches. Wenn sie wieder zu sich kommt, wird sie's mir verraten. Aber so eilig scheint sie es nicht zu haben. Ich muß ihr dabei helfen. Allerdings ist dieser Platz denkbar schlecht geeignet, meine Fähigkeiten als Krankenschwester unter Beweis zu stellen. Ich mache mich auf die Suche nach einem günstigeren Ort.

Vom Hausflur führt eine kleine Treppe auf einen Absatz. Ich öffne die erstbeste Tür und stehe in einem Zimmer mit geschlossenen Fensterläden. Ich mache Licht. Es ist so eine Art Salon, so einladend wie ein Leichenschauhaus. Aber unter anderem erblicke ich ein Sofa, das mir grade recht kommt. Ich gehe zu der Bewußtlosen zurück, hebe sie hoch – ich weiß nicht, wovon sie sich ernährt, aber schwer ist sie nicht! – und trage sie in den Salon, wo ich sie auf das Sofa lege. Sofort beginne ich mit bewährten Wiederbelebungsversuchen: Ohrfeigen und Wasser, das ich aus der Küche nebenan hole. Man kann nicht behaupten, daß meine Maßnahmen von umwerfendem Erfolg gekrönt sind. Die Kleine schläft hartnäckig weiter. Nach einigen Versuchen überlasse ich das Feld Mutter Natur, die sich besser darauf versteht als ich, und gehe auf Entdeckungsreise durchs Haus.

Das Zimmer gegenüber sieht aus wie ein Büro. Schreibmaschine, Telefon, Regal, Aktenordner und der ganze Kram. Aber weit und breit keine Menschenseele.

Ich öffne eine Tür in der ersten Etage. Ein undefinierbarer Geruch schlägt mir aus dem Halbdunkel entgegen und kitzelt meine Nase. Es muß das Zimmer mit den cremefarbenen Vorhängen sein. Außerdem sind auch noch dunkle Samtvorhänge zugezogen, so daß man kaum was sehen kann. Ich ziehe sie zur Seite, und herein strömt helles, fröhliches Tageslicht, leicht und frühlingshaft. Ich muß die Augen zusammenkneifen, so sehr blendet mich die plötzliche Helligkeit. Von den drei Zweibeinern, die sich hier im Zimmer befinden, bin ich der einzige, bei dem das Licht diese Wirkung hervorruft.

Damen haben Vortritt. Ich sehe mir also zuerst die Frau an. Man kann sagen, daß ich heute mit weiblichen Körpern gut bedient bin. Dieser hier trägt ein duftiges, durchsichtiges Negligé, das nichts von den jugendlichen Formen vor meinen neugierigen Augen verbirgt. Die Dame liegt auf dem Rücken in einem zerwühlten Bett. Das Kopfkissen ist auf den Nachttisch gefallen und hat eine Lampe umgeschmissen. Die Splitter der Birne liegen auf dem Boden. Die Laken hängen vom Bett herab. Die brünette Frau – es handelt sich wohl um Madame Désiris – ist von der Natur stiefmütterlich behandelt worden. Auch unter günstigeren Umständen muß ihr Gesicht nicht sehr verführerisch gewesen sein. Jetzt ist es vor Angst und Schmerz verzerrt.

Es ist weder der Ort noch der Augenblick für Philosophie und Haarspalterei, aber ich kann mir nicht helfen: Mir fällt meine sowohl phantasievolle, romantische wie falsche Deutung des Namens Désiris ein. Désiris! Bei diesem Namen habe ich sofort an eine Frau von aufsehenerregender Schönheit gedacht, Typ Vamp, Filmstar etc. Und was muß ich hier sehen? Eine höchst durchschnittliche, ja häßliche Frau, mit Verlaub. Kurz gesagt, Madame Désiris hat mir denselben üblen Streich gespielt wie Mademoiselle Des Oeillets, eine Hofdame von Louis XIV., die in die Giftmischeraffäre verwikkelt war. Die hab ich mir immer aufgrund des blumigen Namens so anbetungswürdig wie die Montespan vorgestellt. Leider wird sie von glaubwürdigen Chronisten als furchtbar häßlich beschrieben. Um das Maß vollzumachen, fügen sie noch hinzu, daß diese Mademoiselle Des Oeillets nicht grade wie eine Rose duftete. Na ja, was jetzt von ihr und Madame Désiris übrig ist... Letztere ist durch eine Kugel in den Hals und zweien in die Brust ungenießbar geworden.

Der Kerl vor ihr auf dem Bettvorleger geht auf die fünfzig zu, die er wohl kaum erreichen, geschweige denn überschreiten wird. Er hat eine Kugel in den Mund gekriegt und sie nicht wieder ausgespuckt. Der Mann sieht aus, als wolle er seinen Notar besuchen. Grauer Anzug mit tadelloser Bügelfalte, kaum verrutschter Krawattenknoten, blankgeputzte Schuhe. In Schönheit sterben, war wohl seine Devise. Sieht ganz so aus, als hätte er das Bühnenbild selbst arrangiert. In seiner Reichweite liegt eine Kanone. Die übliche Ausstattung für einen Durchschnittshaushalt. Wie Töpfe und Pfannen, Radiogerät und Ahnengalerie.

Ich überwinde mein Ekelgefühl, streife ein Paar Handschuhe über und beuge mich über die Leiche des Mannes. Wie er so daliegt, ganz ruhig, kann man sich nicht vorstellen, daß er mir in Zukunft so lästig werden wird. Ich schiebe meine Hand unter seine Jacke in Richtung Innentasche und ziehe eine Brieftasche heraus. Außer etwas Geld und uninteressanten Papieren entdecke ich einen Ausweis auf den Namen Charles Désiris, Ingenieur. Ich stecke die Brieftasche wieder an ihren Platz, richte mich auf und untersuche die Schubladen einer kleinen Kommode. Aber ich finde nichts von Bedeutung.

Ich gehe in das Zimmer nebenan. Auch das entpuppt sich als Schlafzimmer. Das eines Herrn, wie ich an einigen Kleinigkeiten sehe. Das schmale Einzelbett ist zerwühlt, wie sein Kollege in dem Totenzimmer. Hier hat heute nacht jemand gelegen, ohne allerdings viel und gut geschlafen zu haben. In der Mulde des Kopfkissens liegt ein Blatt Papier, auf dem ein paar Worte stehen: *Sie haben es nicht anders gewollt. Charles Désiris.*

In einem Schreibtisch finde ich ein Familienbuch. Ich lese, daß der Ingenieur Charles Henri Désiris, geboren 1912 in Paris (ich hatte ihn älter geschätzt), und Mademoiselle Jeanne Hélène Labouchère, geboren 1934 in Versailles (auch sie sieht älter aus) am 7. Juli 1954, 11 Uhr, vor dem Standesbeamten des 17. Arrondissements in den heiligen Stand der Ehe getreten sind. Ich rechne schnell nach: Désiris war zweiundvierzig und das Mädchen, das er heiratete, zwanzig. Drei Monate nach der Trauung wurde ihnen ein Kind weiblichen Geschlechts geboren, lebte aber nur zehn Tage. Verdammter Désiris! Wenn man junge Mädchen liebt, paßt man doch auf! Es sei denn... Na, darauf komme ich noch zu sprechen. Schon seit gut einer Viertelstunde hätte ich die Flics anrufen müssen. Aber eine Minute mehr oder weniger...

Ich schnüffle weiter. Außer einem Foto des toten Herrn Ingenieur fällt mir aber nichts Aufschlußreiches in die Hände. Hat wohl gut aufgeräumt, bevor er sich in charmanter Begleitung umgebracht hat.

Ich sehe mir sein Foto an. Sofort fällt die breite Stirn und – vor allem – der Blick auf. Ein Blick, der inneres Feuer verrät, Sehnsucht nach früheren Zeiten, eine Art unstillbaren Durst. Es sind die Augen eines Genies oder eines Bekloppten. Hinterher ist es immer einfach, Rückschlüsse zu ziehen; aber aus diesem Blick winkt bereits der Selbstmord.

Als ich Foto und Familienbuch wieder in die Schreibtischschublade lege, gellt ein Schrei durchs Haus. Ich stürme nach unten. Das Dienstmädchen hat lauthals ihre Rückkehr ins Leben verkündet. Die Kleine steht verstört im Türrahmen des

Salons und weiß nicht, was eigentlich gespielt wird. Es fehlt nicht viel, und sie macht wieder schlapp. Ich geh auf sie zu und versuche eine beruhigende und – so gut es mir gelingt – väterliche Geste. Sie starrt mich aus runden Augen an, den Mund weit aufgerissen. Sieht verdächtig nach Kuh aus.

„Haben Sie keine Angst", sage ich so sanft wie möglich. „Ich bin von der Polizei."

„Polizei?"

Offensichtlich versteht sie das Wort nicht.

„Ja, von der Polizei. Sie selbst haben uns doch alarmiert, nachdem Sie entdeckt haben...?"

„Sie... Sie ha... haben ... gesehen...?" stottert sie zitternd.

„Ja. Lassen wir das im Moment. Sie müssen erst wieder richtig zu sich kommen. Gibt's hier irgendwo was zu trinken?"

Keine Antwort. Ich schiebe das Mädchen in die Küche, wo ich ein vierzigprozentiges Stärkungsmittel auftreibe. Ich verabreiche ihr eine ordentliche Dosis. Mich selbst vergesse ich auch nicht. Das möbelt die Kleine wieder auf, aber so ganz das Richtige ist das doch nicht. Ich spendiere uns eine zweite Runde. Schon viel besser.

„Wie heißen Sie?" frage ich.

„Marie Perrichaux. Aber Madame nannte mich Mariette."

„Also gut, Mariette. Ich bin Nestor Burma. Vielleicht sagt Ihnen mein Name was?"

Tatsächlich, der Name sagt ihr was.

„Ich habe gehört, wie Madame gestern mit Ihnen telefoniert hat. Oh, unfreiwillig natürlich... Madame hat Ihren Namen genannt... Nestor Burma, nicht wahr? Den Namen kann man gut behalten..."

Ja, ja, das reicht. Das Mädchen vom Lande hat sich bestimmt gesagt, daß es hier in Paris komische Familiennamen gibt. Komischer noch als die Spitznamen in ihrem Kaff. Désiris... Nestor Burma... Manchmal hat sie wohl gemeint, man wolle sich über sie lustig machen. Kaum zu glauben, daß es solche Namen überhaupt gibt... Gar nicht zu reden von den

Namen bestimmter Minister, die sie in den Zeitungen liest oder im Radio hört. Aber bei denen handelt es sich um Pseudonyme, wie alle Welt weiß. Niemand würde es wagen, sein Ministeramt unter seinem richtigen Namen auszuüben. Nicht mal Politiker.

„Wissen Sie, was sie von mir wollte?"

„Hat Madame es Ihnen nicht gesagt?"

„Sie hat mich nur hierherbestellt. Wissen Sie, warum?"

„Nein."

Arme Madame Désiris! Ich höre noch ihre Stimme am Telefon: ‚Hallo. Monsieur. Mein Name ist Jeanne Désiris. Sie übernehmen doch vertrauliche Aufträge, nicht wahr? Könnten Sie zum Beispiel rauskriegen, woher gewisse mysteriöse Einkünfte stammen? Sagen wir ... ein plötzliches Vermögen?... Ja, das könnten Sie? (Nestor kann alles! Vor allem, wenn jemand einen Namen hat, der zum Träumen verführt...) Vielen Dank, Monsieur Burma! Würden Sie morgen früh um neun zu mir kommen?'

Ich kann mich nicht mehr genau an ihre Worte erinnern, aber ungefähr das hat sie gesagt. Gewisse mysteriöse Einkünfte! Plötzliches Vermögen! Von wegen! Sie hat mir irgendein Märchen aufgetischt, das ihr zufällig in den Sinn kam. Großer Gott! Wie kompliziert die Leute doch sind! Sie hätte doch einfach sagen können: ‚Ich mach mir Sorgen um meinen Mann. Könnten Sie rauskriegen, was los ist?' Natürlich etwas eleganter, versteht sich. Aber nein! Mysteriöse Einkünfte. Na ja, das alles ist jetzt nicht mehr so wichtig. Dennoch setze ich mein vorsichtiges Verhör fort:

„Wie war die Ehe von Madame und Monsieur?"

„Ging so."

„Also eher schlecht?"

„Weder gut noch schlecht. Solala."

„Sind Sie schon länger hier?"

„Ein halbes Jahr."

„Und vorher?"

„Hab bei meinen Eltern gewohnt."

Mit einer vagen Geste gibt sie den Wohnort an. Muß irgendwo hinter Longjumeau oder Juvisy liegen.

„Dann ist das hier Ihre erste Stelle?"

„Ja."

Richtig geraten!

„Sie hatten getrennte Schlafzimmer, nicht wahr?" bohrte ich weiter.

„Ja."

Ich stopfe mir eine Pfeife und zünde sie an.

„Waren sich also ziemlich fremd, die beiden?"

Die Farbe, die ins Gesicht des Mädchens zurückgekehrt ist, verschwindet mit einem Schlag wieder. Marie-Mariette faßt sich an die Stirn und stöhnt:

„Mein Gott!"

„Was haben Sie?"

„Ich fühle mich hundeelend."

„Kein Wunder! Nach dem Schock..."

„Mir ging's schon vorher nicht gut, vor dem..."

„Davon wollen wir lieber noch nicht sprechen. Wieso ging's Ihnen schon vorher nicht gut?"

„Ich glaub, ich hab zu lange geschlafen... Bin zu spät aufgestanden... Und dann die Kopfschmerzen! Ich muß den Wekker überhört haben."

„Genauso wie die Schüsse, hm?"

„Ich hab nichts gehört."

„Wie fühlten Sie sich gestern, als Sie zu Bett gingen? Auch schon schlecht?"

„Ja, ziemlich. Ich war todmüde."

„Haben Sie vor dem Schlafengehen was getrunken? Tee zum Beispiel?"

„Nein", ruft sie entrüstet. Hört sich an wie: ‚Meinen Sie, ich wär 'ne alte Schachtel?'

„Und zum Abendessen?"

„Wein, was sonst?"

„Aus einer nur für Sie bestimmten Flasche?"

„Ja."

„Aha! Hier, trinken Sie..."

Ich reiche ihr das Glas, das ich vorher mit Whisky gefüllt habe.

„Da hat keiner was reingetan", füge ich hinzu.

„Reingetan? Was meinen Sie damit?"

„Daß Ihr Chef ein Schlafmittel in Ihren Wein geschüttet hat, um ungestört das tun zu können, was er tun wollte."

„Also wirklich!"

Sie kriegt sich gar nicht mehr ein. Schließlich kippt sie ihren Scotch runter.

„Tja, so war das. Ist noch ein Rest Wein in Ihrer Flasche?"

„Ich glaub, ja."

„Sie werden sehen: Die Flics werden den Wein untersuchen und meine Vermutung bestätigen. Apropos Flics... Wie haben Sie die Tragödie entdeckt? Ich frag das nicht, weil ich Sie gerne quäle... Ist sicher furchtbar für Sie... Aber ich muß gleich die Flics informieren, und die werden Ihnen noch viel unangenehmere Fragen stellen. Unsere kleine Generalprobe kann nur gut für Sie sein..."

„Ach, wissen Sie", sagt sie achselzuckend, „viel gibt es gar nicht zu erzählen... Ich bin heute morgen aufgestanden, zu spät und mit Kopfschmerzen, wie gesagt. Dann hab ich mich gewaschen und angezogen. Weil es schon so spät war, hab ich nur schnell meinen Kittel übergezogen."

Leider merkt sie plötzlich, daß ihr Kittel offensteht. So weit, daß es eine Freude ist für einen Liebhaber hügeliger Landschaft. Errötend bringt sie ihre Toilette in Ordnung.

„Ich bin dann hinuntergegangen und hab an die Tür von Madame geklopft. Sie hat nicht geantwortet..."

„Gezwungenermaßen."

„Ja. Ich hab die Tür geöffnet, und da hab ich sie gesehen, beide. Erst Madame und dann Monsieur, als ich näher ranging."

„Moment! Wie haben Sie sie gesehen?"

„Wie? Also, wie man so sieht. Mit den Augen."

„Hab ich mir fast gedacht. Brannte das Licht?"

„Nein. Ich hab's angeknipst..."

Sie runzelt plötzlich die Stirn.

„Komisch, hm?" sagt sie.

„Was ist komisch?"

Sie schwingt sich zu ungeahnten Höhen der Psychologie auf. Die Wirkung des Whiskys ist bemerkenswert.

„Die kleinen Handgriffe und Bewegungen, die man in ganz besonders schlimmen Situationen macht. Man erinnert sich an unbedeutende Details und vergißt andere, wichtigere. Zum Beispiel könnte ich Ihnen nicht sagen, was ich getan hab, nachdem ich das... äh... na ja, gesehen habe. Ich weiß nicht mehr, wie ich aus dem Zimmer gegangen bin. Aber daß ich das Licht ausgeknipst habe, das weiß ich noch ganz genau! Blöd, nicht wahr? Genausogut hätte ich's brennen lassen können..."

„Stimmt. Die beiden hätte das Licht nicht geblendet. Aber deshalb müssen Sie nicht meinen, Sie wären von einer bösen Krankheit befallen. So was kommt alle Tage vor... Also, das Licht brannte nicht, Sie haben es an- und dann wieder ausgeknipst. Ihr Chef wird wohl sein Vorhaben nicht im Dunkeln ausgeführt haben. Als Szenenbeleuchtung hat die Nachttischlampe gedient. Sie ist dann umgefallen und kaputtgegangen. Um sich selbst umzubringen, brauchte er kein Licht... Ja, ich glaube, so geht's. Knapp und bündig. Ich kenne die Flics. Sie suchen immer das Haar in der Suppe. Mit dieser Lampengeschichte wär'n die Ihnen stundenlang auf den Wecker gegangen. Wenn wir denen aber klipp und klar erklären können, wie's gewesen ist, ersparen wir uns viel Ärger... und erleichtern den Flics die Arbeit. Hoffentlich wissen die das zu schätzen!"

„Sagen Sie", unterbricht mich die Kleine mit ängstlichem Blick. „Wenn Sie doch mehr oder weniger von der Polizei sind..."

„Weniger", stelle ich klar.

„Was werden die Flics mit mir machen? Kriege ich Ärger?"

„Warum? Bei dem Anblick haben Sie offensichtlich einen Schock bekommen und sind weggerannt."

„Ja, ja. Aber fragen Sie mich nicht, wie ich auf die Treppe gekommen bin und was ich da gemacht habe. Ich erinnere mich an nichts mehr. Ich weiß nur, daß ich eben auf dem Sofa im Salon aufgewacht bin."

„Wohin ich Sie gebracht habe", ergänze ich und erkläre ihr, wie ich sie gefunden habe, bewußtlos, hinter der angelehnten Tür.

„Angelehnt?" fragt sie erstaunt.

„Wahrscheinlich haben Sie selbst geöffnet. Als Sie aus dem Schlafzimmer von Madame gerannt sind, wollten Sie Hilfe holen. Aber dann haben Ihre Kräfte Sie verlassen, und Sie sind umgekippt."

„Ja", sagt das Mädchen nach einer Schweigeminute und faßt sich wieder an die Stirn. „So muß das wohl gewesen sein."

„Ganz sicher... Was hat Ihr Chef beruflich gemacht?"

„Er war Ingenieur, glaub ich. Ging früh aus dem Haus... so um acht... und kam abends spät wieder. Manchmal sogar erst nach Mitternacht. Hin und wieder schlief er auch außer Haus."

„Wie hat er Sie behandelt?"

„Guten Tag, guten Abend. Mehr nicht. Er sprach nicht sehr viel."

„Und Madame? Ging sie einer Beschäftigung nach?"

„Nein. Sie hat die Zeit totgeschlagen. Nicht sehr amüsant."

Ich sehe auf meine Uhr. Zeit, die Flics zu informieren. Im Büro steht ein Telefon. Ich gehe hinüber. Mariette folgt mir. Mit den beiden Leichen im Haus möchte sie ungern alleine bleiben. Bevor ich den Hörer in die Hand nehme, werfe ich noch schnell einen Blick in zwei, drei Schubladen. Hier sieht's noch aufgeräumter aus als im Schlafzimmer des ehemaligen Hausherrn. Der Mann hat nichts rumliegen lassen. Das ist das einzige, was mich an dieser banalen Revolvergeschichte stört.

Ich wähle die Nummer der Kripo und lasse mir Kommissar Faroux geben.

„Hallo!" brüllt mein Freund Florimond.

„Hier Nestor Burma."

„*Salut*..."

Sofort wird er hellhörig. Mein Freund hört nämlich die Flöhe husten.

„Wo brennt's denn?" fragt er vorsichtig.

„Hier nicht. Die Nachttischlampe ist nämlich kaputt."

„Wollen Sie mich verarschen?" bellt er.

„Wie könnte ich! Sie haben mich gefragt, wo's brennt. Und ich hab Ihnen die Wahrheit gesagt. Wenn Sie Näheres erfahren wollen, müssen Sie sich schon herbewegen."

„Wohin?"

„Rue Alphonse-de-Neuville..." Ich nenne die Hausnummer und füge hinzu: „Ich hätte auch Ihren Kollegen hier im Viertel bemühen können. Aber ich ziehe es vor, mit dem Lieben Gott persönlich zu tun zu haben, anstatt mit seinen Heiligen. Wenn ich den Polizeipräfekten kennen würde, was der Liebe Gott verhindern möge..."

„Schluß jetzt! Worum geht's?"

„Entweder um einen doppelten Selbstmord oder um einen Mord mit anschließendem Selbstmord. Sie wissen ja besser als ich, wie man diese verschiedenen Sportarten bezeichnet. Ich..."

Der Kommissar schneidet mir das Wort ab, indem er den Hörer auf die Gabel knallt. Ohne mir zu sagen, ob er kommt oder nicht! Aber ich kenne doch meinen Freund Florimond! Er rennt jetzt bestimmt schon über den Hof der Nr. 36 und klemmt sich hinter das Steuer seines Wagens. Ein doppelter Selbstmord! Von Nestor Burma entdeckt! Ein doppelter Selbstmord? So siehst du aus, wird mein Freund wohl denken. Ich lege ebenfalls auf.

Dann gehe ich zur Haustür und öffne sie sperrangelweit, damit die Flics schnell und ungehindert reinstürmen können. Als nächstes lasse ich mir von Mariette in der Küche die Weinflasche zeigen, aus der sie gestern abend getrunken hat.

Dort findet uns der Arm des Gesetzes. Inzwischen haben wir der Whiskyflasche den Rest gegeben. Die dritte Leiche im Haus!

Die Flics sind so zahlreich erschienen, als ginge es um die Belagerung von Choisy-leRoi, bei der Bonnot ums Leben gekommen ist. Der Oberflic Faroux läßt sich nicht nur von seiner rechten und linken Hand Grégoire und Fabre begleiten, sondern ist noch auf dem Kommissariat des Viertels gewesen und hat ein Trio Uniformierter und einen dazu passenden Zivilen, wohl irgendeinen Kommissar, mit hergeschleppt.

„Los, Burma!“ brüllt Faroux ohne Begrüßung. „Sagen Sie, was Sie angefaßt haben. Dann geht's schneller.“

„Nur das Dienstmädchen“, antworte ich und zeige auf Mariette.

Die Kleine hält sich am Tisch fest und fühlt sich gar nicht wohl in ihrer Haut. Diese Flics mit ihrem wilden Blick sehen aus, als wollten sie alles und jeden verschlingen. Vor denen kann sogar ein Finanzbeamter Schiß kriegen!

Kommissar Faroux von der Tour Pointue mustert das Dienstmädchen mit Kennerblick.

„Finden Sie, sie ist es nicht wert?“ frage ich meinen Freund.

Keine Antwort. Ich füge hinzu:

„Die Quintessenz des Ganzen...“

Einer der Flics kichert glucksend. Diese jungen Burschen, die gerade von der Polizeiakademie kommen, müssen bei dem Wort „Quintessenz“ lachen.

„Also, die Quintessenz ist...“ setze ich neu an.

„Schluß jetzt!“ unterbricht mich Faroux. „Philosophiert wird später. Wo sind die Leichen?“

„Oben.“

Mit einer Handbewegung wendet er sich an seine Truppe.

„Los, Jungs!“ befiehlt er und zeigt nach oben. „Sie bleiben hier, Sie und das Mädchen“, wendet er sich an mich, als ich Anstalten mache, den Flics zu folgen. „Wenn wir Sie brauchen, sagen wir Ihnen Bescheid.“

Zu unserer Sicherheit – oder zu seiner – läßt er einen seiner Leute bei uns, den mit der Quintessenz. Wir setzen uns und warten schweigend. Ich rauche eine Pfeife, Mariette ist in

Gedanken vertieft. Ihr Kittel hat sich wieder geöffnet und gibt einen großzügigen Einblick auf ihre Vorzüge. Der junge Flic taxiert stirnrunzelnd das Mädchen. Wahrscheinlich sucht er die verdammte Quintessenz, von der ich eben sprechen wollte.

Mindestens eine Stunde sitzen wir so da. Faroux und seine Männer streichen im Haus rum, stolpern die Treppe runter, benutzen das Telefon, gehen wieder hinauf, begrüßen kurz darauf den Gerichtsmediziner und einen Fotografen vom Labor, die sie herbestellt haben usw. usw. Das übliche Brimborium, offiziell „Tatbestandsaufnahme" genannt.

Endlich – gerade als Mariette wieder leicht nervös wird wegen der tödlichen Warterei – kommt Inspektor Fabre zu uns und bittet sie, ihm zu folgen. Meine einzige Gesellschaft ist der Uniformierte.

Kurz darauf gesellt sich Faroux zu uns.

„Möchte wissen, warum Sie mich belästigt haben", knurrt er. „Es handelt sich einwandfrei um doppelten Selbstmord oder Mord plus anschließendem Selbstmord. Damit hätte mein Kollege aus dem Viertel auch alleine fertig werden können."

„Aber nicht mit mir! Mich kennt er nicht, Ihr Kollege."

„Hm, stimmt. Was haben Sie hier überhaupt verloren?"

„Ich war mit der Toten verabredet."

„Weshalb?"

„Weiß ich nicht. Sie hat mich gestern nachmittag angerufen und für heute morgen halb zehn herbestellt. Mehr hat sie mir nicht verraten."

Der Kommissar muß nicht unbedingt wissen, daß ich schon um neun verabredet war. Sonst meckert er mich wieder an, weil ich ihn nicht früher angerufen habe.

„Und Sie haben nicht die leiseste Ahnung, worum es ging?"

„Ahnung nicht, aber 'ne Idee. Offensichtlich hat sich Monsieur nicht von einer Minute auf die andere zu dem Schlachtfest entschlossen. In der letzten Zeit hat es vielleicht beunruhigende Anzeichen dafür gegeben. Er hat seine Frau bedroht, zum Beispiel, und sie wollte sich vor ihm schützen. Aus irgendeinem Grund kam die Polizei für sie nicht in Frage. Deshalb hat sie einen Privaten angerufen. Leider bin ich zu spät aufgetaucht. Aber ich weiß sowieso nicht, wie ich sie vor ihrem traurigen Schicksal hätte bewahren können."

Faroux zuckt die Achseln.

„Tja, was soll die Scheiße? Darüber werden wir uns nicht den Kopf zerbrechen. Er hat sie umgebracht, er hat sich umgebracht. Wir werden die beiden zusammen beerdigen, und der Fall ist erledigt... Aber um unsere Routinearbeit kommen wir nicht herum, Burma. Spucken Sie schon Ihre Quintessenz aus. Fabre und Grégoire kümmern sich um das Mädchen."

Er zeigt mit seinem nikotingelben Finger an die Decke.

„Mal sehn, ob Ihre Aussagen zusammenpassen", fügt er noch hinzu. „Aber keine Sorge, 'ne reine Formalität..."

Ich erzähl ihm, wie ich Mariette gefunden habe und was sie mir berichtet hat. Dabei komme ich auch auf die Weinflasche mit dem darin vermuteten Schlafmittel zu sprechen. Wortlos steht Faroux auf, schnappt sich die Flasche und bringt sie irgendwohin.

Kurz darauf gibt es Spektakel auf der Treppe. Das Gesetz hat seine Untersuchung abgeschlossen und schickt sich an, den Tatort zu verlassen. Inspektor Grégoire teilt mir mit, daß ich ab sofort die Küche wieder verlassen darf. Im Hausflur gibt Faroux gerade seine letzten Anweisungen. Sie bleiben hier... Sie warten auf den Untersuchungsrichter... Sie sorgen dafür, daß der Leichenwagen kommt... Ja, natürlich, zwei! Usw. Ich entdecke Mariette neben Inspektor Fabre. Sie hat sich inzwischen weiter angezogen und geschminkt. Rundherum ein erfreulicher Anblick, zwischen den vielen Flics. Ich lächle ihr zu. Sie lächelt etwas schwach zurück.

„Sie nehmen mich mit", sagt sie besorgt.

„Wir müssen Ihre Aussage zu Protokoll nehmen", erklärt Fabre.

„Nur keine Aufregung", sage ich zu dem Mädchen. „Sie müssen das verstehen. Wenn die armen Kerle mal die Gelegenheit haben, mit einem hübschen Käfer wie Ihnen die Zeit zu verbringen, ziehen sie das freudige Ereignis möglichst in die Länge. Ist 'ne angenehme Abwechslung von den schlechtrasierten Typen, mit denen sie normalerweise zu tun haben. Von ihren eigenen Frauen ganz zu schweigen ..."

„Apropos schlechtrasierte Typen", lacht Faroux. „Sie kommen auch mit, Burma!"

2

Näheres über die Leichen

Am nächsten Morgen gegen zehn klingelt das Telefon. Am anderen Ende meldet sich mein Freund Marc Covet. Ich frage mich, warum der allesschluckende Journalist vom *Crépuscule* nicht schon früher angerufen hat.

„Komm grade von Marseille zurück", erklärt er mir. „Hab da Material über die Zigarettenschmuggler der Sarfotti-Gang gesammelt. Aber sagen Sie... Welche Rolle spielen Sie bei dem Fall Désiris? Die Zeitungen sind ja voll davon. Nach Meinung der Flics haben Sie Ihren makabren Fund rein zufällig gemacht. Sie gehen die Rue Alphonse-de-Neuville entlang, sehen eine Hand in der halboffenen Eingangstür, finden das ohnmächtige Dienstmädchen..."

Gestern in Faroux' Büro haben wir uns darauf geeinigt, den Zeitungen meine Verabredung mit Madame Désiris zu verschweigen. Schließlich ist sie tot, und da wir die Gründe für ihren Anruf bestimmt nie erfahren werden, machen wir am besten die Sache nicht komplizierter, als sie ist. Das würde die Phantasie der Öffentlichkeit und der Journalisten unnötigerweise anregen. Wir hätten meine Anwesenheit in der Villa auch völlig unter den Tisch fallenlassen können. Aber als wir in der Nr.36 ankamen, lungerten zwei oder drei Journalisten in den Fluren der Polizeidienststelle rum. Einer von ihnen kannte mich und hat gleich bohrende Fragen gestellt.

„Stimmt diese Lüge?" bohrt jetzt Marc Covet, der ungläubige Thomas.

„Ja."

„So früh sind Sie schon auf den Beinen?"

„Ich genieße eben gerne den jungen Morgen eines noch jüngeren Frühlings."

„Aber nicht jeden Tag. Heute zum Beispiel..."

„Ich hab Angst, daß ich wieder über Leichen stolpere."

„Als ob Ihnen das was ausmacht!"

„Wenn ich dadurch Ärger kriege und womöglich noch in Verdacht gerate, dann macht's mir 'ne ganze Menge aus."

Schon zappelt Covet an der Angel.

„Sie werden verdächtigt?"

„Wollen Sie einen großen Artikel schreiben?" frage ich zurück.

„Weiß ich noch nicht. Kommt ganz darauf an. Ein bürgerliches Drama, Richtung Balzac... hm... Die Leute haben nämlich von knallharten Gangstern die Schnauze voll. Sarfotti fiel noch etwas aus dem Rahmen. Deswegen hab ich mich mit der Bande beschäftigt. Aber ansonsten wollen die Leute von Gangstern nichts mehr hören. Balzac würde sie vielleicht mehr interessieren."

„Glaub ich nicht. Für die ist das nur die Bezeichnung eines Telefonbezirks."

„Na ja, 'ne gute Gelegenheit, die Allgemeinheit aufzuklären und ihre kulturelle Bindung zu erweitern. Aber sagen Sie... Die Flics haben keine Erklärung für den Selbstmord?"

„Nein. Aber meiner Meinung nach geht das auf Konto Wahnsinn. Hab ein Foto von dem Kerl gesehen. Augen hat der..."

„Verrückt also... Schon möglich. Ein Kollege von mir hat sich über den Mann informiert. Désiris war Erfinder, und die sind immer leicht bekloppt."

„Und was hat er erfunden?"

„Keine Ahnung. Vielleicht nichts. Aber versucht hat er's."

„Woran hat er sich denn versucht?"

„Auch das wissen wir noch nicht. Ich hab zwei Leute auf den Fall angesetzt. Die suchen, woran Désiris sich versucht hat."

„Na dann, Weidmannsheil! Ich kann jedenfalls nicht dienen."

„Und das Dienstmädchen? Wissen Sie nicht, was mit ihr los ist? Sie ist spurlos verschwunden."

„Wahrscheinlich ist sie zu ihrer Mutter aufs Land gefahren."

Mariette, mein lieber Covet, steht sozusagen unter meinem Schutz! Ich habe meine Sekretärin Hélène gebeten, sie vorübergehend bei sich aufzunehmen. Erstens, damit sie ihren Schock überwindet, und dann, um sie vor neugierigen Journalisten wie dir zu schützen. Aber das werd ich dir natürlich nicht auf die Schnapsnase binden!

„Tja, also dann...", murmelt mein Freund, „trotzdem vielen Dank. Sollte der Fall eine ungewöhnliche Wendung nehmen..."

„Welche Wendung soll der Fall schon nehmen..."

Wir legen auf. Ich nehme den Hörer wieder ab und wähle die Nummer einer Bekannten, die vor kurzem ein Dienstmädchen gesucht hat. Die Stelle ist tatsächlich noch frei. Ich drücke meiner Bekannten Mariette aufs Auge, erwähne aber, daß die Kleine keine Referenzen hat. Ihre letzte Herrschaft hatte keine Zeit mehr, ein Zeugnis zu schreiben. Und Anrufen ist zwecklos... Meine Bekannte ist ganz begeistert, als sie hört, daß es sich dabei um das Ehepaar Désiris handelt. Wie aufregend! Ich soll Mariette sofort zu ihr schicken. So, das wär die gute Tat für heute! Ich geb meiner Bekannten Hélènes Telefonnummer.

Kaum hab ich aufgelegt, als das Telefon schon wieder läutet.

„Hallo! Monsieur Burma?" meldet sich eine herrische Stimme am anderen Ende.

„Am Apparat."

„Hier Monsieur Labouchère."

„Labouchère?"

Den Namen hab ich vor kurzem irgendwo gelesen.

„Ja. Ich bin der Vater von Madame Désiris."

„Ach, ja! Guten Tag, Monsieur."

„Ich würde Ihnen gerne ein paar Fragen stellen."

„Ja, natürlich. Wann wär's Ihnen recht?"
„So schnell wie möglich."
Er gibt mir die Nummer des Hauses in der Avenue de la Grande-Armée, in dem er wohnt.

* * *

Die stattliche Großbürgervilla mit den Jugendstilbalkonen befindet sich direkt gegenüber dem Touring-Club. Es ist die ehemalige Stadtvilla von Thérèse Humbert, der Heldin des berühmten Erbschaftsschwindels von 1902. (Dadurch werden wir auch nicht grade jünger!) Ein großbürgerliches Haus, das immer noch großbürgerlich bewohnt wird. Das Erdgeschoß hat sich noch nicht – wie das der Nachbarhäuser – seine Würde nehmen lassen. Weder durch Boutiquen für Sportartikel und -kleidung noch durch Autosalons.

Die Concierge sagt mir, daß Monsieur Labouchère in der ersten Etage wohnt. Dort öffnet mir ein Hausdiener mit gestreifter Weste. Sein ernstes Gesicht verrät einem, daß es einen Trauerfall in der Familie gegeben hat. Dafür verrate ich ihm meinen Namen. Er neigt höflich sein Haupt – er weiß Bescheid! – und bedeutet mir, ihm zu folgen. Im Salon erwartet mich ein etwa sechzigjähriger Mann, ungeheuer kräftig und prima in Form, trotz seines leicht gebeugten Rückens. Sein Gesicht ist kantig, durch die Brille mustern mich harte Augen. Er ist gekleidet, als käme er gerade aus einer Verwaltungssitzung. Vor ihm auf dem Tisch stapeln sich so gut wie alle Tageszeitungen von Paris. Auf seine Einladung hin setze ich mich. Der Diener zieht sich diskret zurück.

„Ich habe Sie zu mir gebeten", beginnt der Hausherr, „um Sie zu fragen, Monsieur, welche Rolle Sie bei dem Ganzen spielen. Nach dem, was die Zeitungen schreiben und was mir die Polizei gesagt hat, sind Sie es, der das... äh... die Sache entdeckt hat. Zufällig... Hm... Der Zufall spielt immer eine Rolle, aber trotzdem... Also, ich möchte wissen, welche Rolle Sie spielen."

Erinnert mich stark an Marc Covet!

„Das weiß ich selbst nicht so ganz genau", antworte ich, wobei ich mir ein unangenehmes Grinsen verkneife. „Sie haben recht, Monsieur. Ich habe das... die... äh... na, Sie wissen schon... nicht rein zufällig gefunden. Das haben Kommissar Faroux und ich uns ausgedacht, um der Presse keinen unnötigen Grund zu wilden Spekulationen zu geben. Aber ich dachte, der Kommissar hätte Ihnen zumindest die Wahrheit gesagt."

„Daß Sie mit meiner Tochter in Verbindung standen, nicht wahr?"

„Ja. Ich war gestern morgen mit ihr verabredet."

„In Ihrer Eigenschaft als Detektiv?"

„In meiner Eigenschaft als Detektiv, ja."

„Hat meine Tochter Sie schon länger engagiert?"

„Nein, sie hat mich vorgestern angerufen. Von ‚engagieren' konnte noch keine Rede sein. Ich weiß nicht mal, weshalb sie mich angerufen hat. Darüber wollten wir gestern morgen reden."

Er scheint eine Weile nachzudenken. Jedenfalls streicht er sich mit seiner knochigen Hand übers Kinn. Dann hebt er den Kopf, sieht mich prüfend an, seufzt und sagt mit heiserer Stimme:

„Das ist jetzt auch nicht mehr wichtig. Er hat sie getötet und sich dann selbst gerichtet. Damit entgeht er seinem Prozeß... Na ja, alles, was mit meiner Tochter zu tun hat, interessiert mich. Auch wenn sie tot ist... Ich wollte nur wissen, warum sie einen Privatdetektiv angerufen hat. Aber da Sie selbst das auch nicht wissen..."

„Ich vermute, daß sie Schutz suchte. Wahrscheinlich kam ihr Mann ihr plötzlich seltsam und unheimlich vor, gefährlich. Sie kannten ihn doch. War er nicht ein ganz klein wenig verrückt?"

„Kennen wäre zuviel gesagt. Er hat sich wie ein Dieb bei uns eingeschlichen. Er, ein Herr reiferen Alters, hat Jeanne verführt. Und als sie schwanger war, mußten wir natürlich zustimmen, daß er seinen Verpflichtungen nachkam..."

An diese Taktik habe ich gestern bei der Lektüre des Familienbuchs auch schon gedacht!

„Jeanne liebte ihn übrigens, diese dumme Gans", fährt der Alte fort und lacht bitter. „Nein, er war nicht verrückt. Ganz im Gegenteil, sehr clever. Er wußte genau, was er tat, als er meine Tochter verführte. Hat auf mein Vermögen spekuliert. Aber da hatte er sich verrechnet. Keinen Sou hat er gekriegt! Nur das Haus in der Rue Alphonse-de-Neuville hab ich den beiden überlassen. Ich war wütend, auch auf meine Tochter. Wir hatten sozusagen keinen Kontakt mehr. Von Zeit zu Zeit traf sich meine Frau mit Jeanne, um ihr die kleine Rente zukommen zu lassen, die ich ihr – nur ihr! – ausgesetzt hatte. Für ein Dienstmädchen und ihre Toilette. Für ihn keinen Centime! Er war gezwungen, weiterhin zu arbeiten. Bei Dugat, der Autofirma in Levallois. Das hatte er sich schön ausgedacht: durch diesen Trick sein Leben zu verbessern..."

Die Augen von Monsieur Labouchère blicken ins Leere. Er sieht seinen Schwiegersohn frühmorgens auf dem Weg in die Fabrik, sieht, wie er seinen Kittel überzieht – den Kittel eines höheren Angestellten zwar, aber immerhin den eines Angestellten – und in die lärmende Fabrikhalle geht. Eine absurde Situation! Mit einer reichen Erbin verheiratet sein, in einer Villa wohnen und trotzdem in einer Fabrik arbeiten. Nicht, weil es ihm Spaß macht, sondern aus demselben Grund wie jeder x-beliebige Arbeiter: um was zu fressen zu haben!

Ich sehe Labouchère an, der sich mit der Zunge über die Lippen fährt. Seine Rache scheint ihm immer noch süß zu schmecken. Wie oft hat er sich wohl am Abgrund des Todes bewegt, ohne es zu wissen? Désiris wird so manches Mal daran gedacht haben, ihn um die Ecke zu bringen, bevor er dem Leben seiner Frau und seinem eigenen ein Ende gemacht hat. *Sie haben es nicht anders gewollt.* Dieser Satz ist an Jeannes Vater gerichtet.

Der Alte kommt wieder auf die Erde zurück und merkt, daß ich vor ihm sitze.

„Ich weiß nicht, warum ich Ihnen das alles erzähle", sagt er.

„Ich auch nicht. Vielleicht haben Sie das Bedürfnis sich auszusprechen. Ein menschliches Bedürfnis", füge ich hinzu.

„Vielleicht, weil Sie mir sympathisch sind."

Ich gebe keine Antwort. Geschmeichelt fühl ich mich nicht. Mir ist es scheißegal, ob ich ihm sympathisch bin oder nicht. Weder für ihn noch für seinen Schwiegersohn kann ich eine Spur Sympathie empfinden. Und für seine Tochter... Na ja, gegen ein Minimum an Mitleid kann ich mich nicht wehren. Ich komme ins Grübeln. Armes Mädchen! Und so häßlich! Der Körper war ganz hübsch – ich konnte mich gestern davon überzeugen – aber, großer Gott! Was für ein Gesicht! Wie'n Feuermelder. Die Männer haben bei ihr bestimmt nicht in Zweierreihen Schlange gestanden. Und als Désiris sich mit seinen Hintergedanken an sie rangemacht hat... Der Altersunterschied hat sich wohl nur in dem Sinne geäußert, daß Jeanne sich Hals über Kopf verliebt hat. Hinterher wird sie's bereut haben. *Nicht sehr lustig*, hat Mariette die Ehe charakterisiert. Eher wie Fremde haben Sie miteinander gelebt. Warum haben sie sich nicht scheiden lassen? Wer oder was hat die beiden davon abgehalten? Das Kind war ja nur vorübergehend im Haushalt, wenn ich das so sagen darf. Was dann? Bei ihm ist mir das klar. Ein paar Krumen vom Erbschaftskuchen wären auf jeden Fall irgendwann auf seinen Tisch gefallen. Spätestens, wenn Vater Labouchère die Kuchengabel abgegeben hätte. Immerhin ist sein Schwiegervater zehn oder zwölf Jahre älter als er. Für Désiris war Scheidung also kein Thema. Und Jeanne? Verstieß sie den Gedanken an Verstoßung? Streng, wie sie erzogen war? Vielleicht war auch ihr erstes Liebeserlebnis so überwältigend gewesen, daß sie den Mann immer noch liebte, obwohl er ihr darüberhinaus nichts mehr bedeutete.

Nach diesen Gedankenspielen komme auch ich wieder auf die Erde zurück und erinnere mich an Marc Covets Informationen.

„Hab mir sagen lassen, daß Désiris Erfinder war. Solche Leute sind ja immer mehr oder weniger verrückt."

Labouchère zuckt die Achseln.

„Er war weder Erfinder noch verrückt", sagt er. „Ingenieur war er, ziemlich fähig sogar. Hat sich immer beklagt, daß seine verschiedenen Arbeitgeber seine Ideen nicht aufgegriffen haben. Dummes Geschwätz! Aber genug geredet von ihm... Ich wollte nur wissen, welcher Art Ihre Beziehung zu meiner Tochter war."

„Wie gesagt: Ich kann nur vermuten, daß sie sich von ihrem Mann bedroht fühlte. Und da sie sich weder der Polizei noch Ihnen anvertrauen wollte, hat sie mich angerufen."

„Haben Sie sie am Telefon so verstanden?"

„Nein, das hab ich aus dem Schauspiel gefolgert, das sich mir gestern morgen geboten hat. Was Ihre Tochter mir am Telefon gesagt hat, schien mir nicht sehr... äh... glaubhaft."

„Was hat sie gesagt?"

„Sie hat von plötzlichem Vermögen gesprochen, von mysteriösen Einkünften. Und ob ich rauskriegen könne, woher solche Einkünfte kämen, hat sie mich gefragt."

Labouchère reibt sich wieder das Kinn.

„Hm... Ich weiß wirklich nicht, was sie damit gemeint haben könnte... Hm... Warten Sie... Désiris arbeitete seit einigen Monaten nicht mehr bei Dugat. Jeanne hat damals angedeutet, es gebe eine Veränderung im Leben ihres Mannes. Aber alles, was meinen Schwiegersohn betraf, hat mich nicht interessiert. Ich hab Jeanne nur immer geraten, sich scheiden zu lassen. Aber sie wollte nicht. Soll sie alleine damit zurechtkommen, hab ich mir gesagt. Ich wollte nichts davon wissen... Also, er hatte bei Dugat gekündigt und..." Er deutet ein Lächeln an. „Den Rest hab ich durch die Polizei erfahren. Hab so getan, als wüßte ich Bescheid. Also, er hat sich eine Werkstatt auf der Île de la Grande-Jatte gekauft, um sich selbständig zu machen. Letzten Dezember hat er zwei Arbeiter eingestellt. Frag mich, was er in dieser Werkstatt produzieren wollte..."

„Vielleicht geisterte ihm 'ne Erfindung im Kopf rum", tippe ich.

Außer einem skeptischen „Hm“ kommt keine Antwort. Dann fährt Labouchère fort:

„Als Jeanne mir erzählte, daß er nicht mehr bei Dugat war, hab ich mich gefragt: Wovon will er jetzt leben? Wird wohl bald kommen, um mich anzupumpen. Schließlich brauchte er Geld für seine Firmengründung. Wenn auch keine Unsummen, aber trotzdem ... Aber er kam nicht.“

„Vielleicht hatte er geerbt?“

„Ausgeschlossen. Er war ohne Familie.“

„Ach!“

Komisch! Ohne Familie ... Dann fiel jetzt wohl dem Schwiegervater das eventuelle Firmenkapital als Erbschaft zu? Ironie des Schicksals!

„Er mußte sich also Kapital besorgen“, kombiniert mein Gegenüber weiter. „Glauben Sie, daß meine Tochter über dieses unverhoffte Kapital mit Ihnen sprechen wollte?“

„Kann schon sein. Allerdings, wenn er sich das schon vor einigen Monaten besorgt hatte ...“

„Tja ... stimmt. Es sei denn, sie hat es erst vor kurzem erfahren. Was genau hat sie Ihnen am Telefon gesagt?“

Ich wiederhole noch einmal Madame Désiris Worte. Dann versinken wir beide in nachdenkliches Schweigen. Irgendwann merken wir, daß wir uns nichts mehr zu sagen haben. Ich stehe auf.

„Dann bleibt mir nur noch, Ihnen die Kosten zu erstatten, die Sie durch den Anruf meiner Tochter hatten“, sagt Monsieur Labouchère zum Abschied.

* * *

Die Tage verstreichen. „Die blutige Tat in der Rue Alphonse-de-Neuville“, wie sie von den Zeitungen genannt wurde, gerät langsam in Vergessenheit. Die polizeilichen Ermittlungen sind zügig abgeschlossen worden. Es gab auch keinen Grund, daß sie sich länger hingezogen hätten. Ergebnis: Jeanne Désiris ist von ihrem Mann ermordet worden, der dann Selbstmord begangen hat. Einer der beiden Arbeiter des kleinen Unternehmens auf der Île de la Grande-Jatte, ein Araber, hat sich in Luft aufgelöst. Vielleicht vom F.L.N. oder vom M.N.A. verschluckt. Die Befragung des anderen Arbeiters hat nichts Sensationelles ergeben. Sein Chef arbeitete anscheinend an einem neuen Motorentyp. Zwei Punkte bleiben im dunkeln und werden es vermutlich immer bleiben: die Motive für die Tragödie und die Herkunft von über einer Million auf dem Bankkonto des Verstorbenen, die jetzt wohl tatsächlich dem Konto des Schwiegervaters gutgeschrieben wird. Hatte Désiris Ersparnisse? Mit solchen Kleinigkeiten gibt sich die Polizei nicht ab. Sie hat noch andere Leichen im Keller. Florimond Faroux und seine Spürhunde haben in der Tat alle Hände voll zu tun. Eine zerstückelte Frau in Châtillon, einen Steinwurf vom Kernreaktor entfernt. Ein Banküberfall in der Rue Vivienne, bei dem der Kassierer getötet wurde. Eine Abrechnung in der Unterwelt von Montmartre. Der mysteriöse Mord mit vorausgegangener Folter an einer Frau, die in Verdacht stand, die Komplizin der Schmugglerbande von Sarfotti gewesen zu sein. Diese pfiffigen Gangster, für die sich mein Freund Marc Covet extra nach Marseille begeben hat, haben ihre Ware in einem U-Boot von Tanger an Frankreichs Mittelmeerküste transportiert. Die Zollbeamten haben ein ziemlich dummes Gesicht gemacht. All diese Fälle kann man in dem ausgezeichneten Buch von Roger May und Nik Sanders nachlesen, *Schwere Waffen und leichte Mädchen*. Und da ist auch noch der Mord an der pensionierten Siegelbewahrerin, der letzten noch lebenden dieser Art, einem wahren Museumsstück. Die Frau war übrigens ein Mann, der sich sechzig Jahre lang verkleidet hat. Auch ein interessanter Fall. Mit anderen Worten, Mörder und Diebe sind in diesem Frühling keine Mangelware. Sie strotzen vor Gesundheit, spucken Feuer, sprühen vor Temperament.

Aber auch ich kann mich nicht beklagen. Ehebrecherische Familienväter, untreue Buchhalter usw. usw. Désiris? Kein Wort mehr darüber.

Kein Wort? Von wegen! An einem schönen Apriltag lese ich in der Abendausgabe des *Crépuscule* die fettgedruckte Überschrift:

DIE WIRKLICHEN HINTERGRÜNDE DES
SELBSTMORDS VON CHARLES DÉSIRIS
DAS DRAMA DES ERFINDERS

Der Artikel stammt von Marc Covet. Ich erfahre, daß Désiris einen „revolutionären Motor" erfunden hatte oder erfinden wollte. Die Erfindung hatte er einem Gremium vorgelegt, das seine Idee nicht so überwältigend fand wie er. Zur endgültigen Entwicklung fehlten einfach wichtige Vorarbeiten.

Verzweifelt über seine geringen erfinderischen Fähigkeiten, fuhr Covet in seinem Artikel fort, *hat der Ingenieur sich selbst und seine junge Frau umgebracht. Möglicherweise war Madame Désiris damit einverstanden. Vielleicht aber ist der Tote durch seinen Mißerfolg verrückt geworden und hat sich an einer Unschuldigen für die Ablehnung seiner Erfindung gerächt.*

Ich rufe Marc Covet im *Créspuscule* an.

„Sie interessieren sich also für Désiris", stelle ich fest.

„Durch Ihre Schuld. Wenn Sie nicht darin verwickelt wären, hätte ich den Selbstmord nicht weiter ausgeschlachtet."

„Ich bin nicht darin verwickelt."

„Das haben Sie behauptet", erwidert Covet. „Aber ich hab Ihnen nicht geglaubt. Irrtum meinerseits, o.k. Immerhin ist daraus 'n ganz hübscher Artikel geworden, nicht wahr? Und ein plausibles Motiv für den Selbstmord hab ich auch geliefert..."

„Das mit der Erfindung, ist das 'ne Erfindung von Ihnen?"

„Ja und nein."

„Wie meinen Sie das?"

„Désiris hatte die Basis für die Erfindung eines neuen Motors geschaffen. Nach Expertenmeinung kein schlechter

Ausgangspunkt. Aber um die Entwicklung weiter- und zu Ende zu führen... Désiris war am Ende, und das habe ich durch meinen Artikel zum Ausdruck gebracht. Die Geschichte eines fähigen Mannes, der seine geistigen Kräfte schwinden sieht, ist spektakulärer als ein gemeiner Betrug. Und ich kann Ihnen versichern: Unsere Leser wollen noch mehr davon!"

„Betrug?"

„Ja. Unser Désiris war nebenberuflich wohl auch 'n kleiner Betrüger. Hat versucht, Leute anzupumpen, um seine Idee zu entwickeln. Doch sein Plan geht leider den Bach runter. Die Verhandlungen scheitern, aber das gepumpte Geld liegt auf seinem Konto. Und der oder die Geprellten geben natürlich nicht gerne zu, daß sie verarscht worden sind. Ich muß schon sagen, ein komischer Heiliger, dieser Désiris."

„Scheint mir auch so."

„Aber die Leute haben von heiligen Betrügern die Schnauze voll. Deshalb hab ich dem toten Erfinder lieber den Heiligenschein eines verkannten und gescheiterten Genies gelassen."

„Mit anderen Worten, Sie tun so, als hätten Sie 'ne prima Erklärung für seinen Selbstmord geliefert, haben es aber gar nicht."

„Doch! Sie schon wieder! Zwei Sachen haben mitgespielt: geniales Scheitern und banale Angst vor der Entdeckung seiner kleinen Betrügereien. Da hat er den Kopf verloren. Jedenfalls..."

„... ist er tot", beende ich das Gespräch.

* * *

Und wieder verstreichen die Tage. Ich warte auf einen Anruf von Monsieur Labouchère. Der Artikel im *Crépu* müßte ihn eigentlich dazu veranlassen. Doch Vater Labouchère ruft nicht an. Weder in den Tagen darauf noch in den folgenden Wochen. Als genialer Erfinder oder Schaumschläger oder Betrüger gerät Désiris in Vergessenheit, zusammen mit der zerstückelten Frau und den anderen Fällen. Die Urlaubszeit kommt, geht vorbei und gerät ebenfalls in Vergessenheit.

Und dann zeigt der November sein nebliges Gesicht.

3

Die Doppelgängerin

Das Mädchen räkelt sich auf einem Sofa, ein Bein hochgezogen, das andere baumelnd. Die einstudierte Pose ist bestens dafür geeignet, ihre weiblichen Reize ins rechte Licht zu rükken. Sie werden nur von schwarzen Nylonstrümpfen mit passendem Strumpfhalter samt Strapsen und hochhackigen Schuhen bedeckt. Üppige, stolze Brüste und ein hübsches Gesicht, umrahmt von einer langen blonden Haarpracht, ziehen den Blick auf sich. Das neckische Lächeln, halb naiv-unschuldig, halb lasterhaft-verdorben, verwirrt den Betrachter.

Es ist leider nur ein Bild. Eins von dreißig, vierzig, die ein Herrenmagazin schmücken. *Prickelndes Paris*, für Minderjährige verboten, nur unterm Ladentisch zu kriegen.

Ich reiße mich von dem Bild los und konzentriere mich auf die junge Frau, die drei Meter von mir entfernt in einem Sessel sitzt. Ihre wohlgeformten Beine können mit denen auf dem Foto konkurrieren. In Bezug auf die Brüste kann ich mir kein endgültiges Urteil erlauben. Meine Gastgeberin Dany Darnys hat mich bedauerlicherweise nicht in derselben Aufmachung empfangen wie das unkeusche Fotomodell. Einen vorzeitig Entwöhnten kann sie allerdings auch so ins Schwitzen bringen. Was das Lächeln des blonden Filmstars betrifft, so läßt es sich nicht leugnen: viel verdorbene Unschuld, viel naives Laster...

„Wie finden Sie das?“ fragt Dany Darnys.

Sie hat mich in ihre luxuriöse Wohnung eingeladen. Vom Fenster des großzügigen Salons aus sieht man eine Ecke des Triumphbogens. Ich saß kaum, als meine Gastgeberin mir schon das Magazin in die Hand drückte und sagte:

„Sehen Sie sich die Bilder an. Seite 10, 11 und 12."

Erst dann bekam ich einen ordentlichen Whisky und die Erlaubnis zu rauchen. Und jetzt sitze ich hier mit diesen leichtbekleideten Damen. Hier ein Paar Brüste, dort ein Hintern mit nackten Schenkeln. Eine hübsche Fleischparade. Ich soll also mein Urteil abgeben.

„Könnten Sie sein", stelle ich fest.

Sie protestiert:

„Nein, das bin nicht ich!"

„Weiß ich. So kurzsichtig bin ich nicht. Scheint so, als hätten die Fotografen eine täuschend ähnliche Doppelgängerin von Ihnen aufgegabelt. Pech für Sie, Glück für das Magazin. Bis jetzt haben die Imitationen von Brigitte Bardot und Sophia Loren sehr zu wünschen übriggelassen."

Dany Darnys klimpert mit den Wimpern.

„Hatten die beiden ebenfalls die... äh... Ehre?"

„Ihnen waren sogar ganze Ausgaben gewidmet."

„Sie scheinen ja bestens informiert", erwidert sie spitz. „Lesen Sie den Schund regelmäßig?"

Ich muß lächeln.

„Lesen ist wohl nicht das richtige Wort. Schund übrigens auch nicht. Es gibt viel Hübsches darin zu entdecken..."

Zum Totlachen! Was soll diese beschissene Prüderie?

„Sie müssen schon entschuldigen", füge ich hinzu, „aber eine falsche Bardot von hinten ist mir lieber als ein richtiger Finanzminister von vorne."

Mein kleiner Scherz kommt nicht an. Ungeduldig wirft sie ihre Zigarette zu den vielen Kippen in den Kristallaschenbecher, der neben der Whiskyflasche auf einem Glastischchen steht. Außerdem liegt da noch eine Lederhülle, wahrscheinlich mit Schecks gefüllt.

„Das glaub ich wohl", sagt der Filmstar. „Um auf die Fotos zurückzukommen... Halten Sie das nicht auch für eine Schweinerei?"

„Ganz Ihrer Meinung. Wollen Sie Anzeige erstatten?"

„Nein. Der Skandal ist so schon groß genug. Ein Prozeß wär nur noch zusätzliche Werbung für die."

„Im übrigen glaube ich, daß Sie einen Prozeß verlieren würden."

„Und warum?"

„Na ja, ich bin kein Rechtsanwalt, aber ich hab so meine Erfahrungen und dazu ein gutes Gedächtnis. Die Verantwortlichen dieser Praktiken wissen im allgemeinen sehr genau, wie weit sie gehen dürfen. Sie bedienen sich der Methoden gewisser Nobelpuffs, nur auf einer anderen Ebene. Manche dieser Etablissements waren früher nämlich auch immer auf der Jagd nach bestimmten Doppelgängerinnen. Und die zahlungskräftige Kundschaft hatte das Gefühl, mit Berühmtheiten ein... äh... gemütliches Beisammensein zu erleben. Zum Beispiel mit Cécile Sorel, mit den Guy-Schwestern..."

„Den Guy-Schwestern?" ruft Dany Darnys. „Wie gemein!"

Sie weiß offenbar nicht, daß es sich bei denen nicht um Betschwestern handelt. Ich kläre sie darüber auf, wer die Guy-Schwestern waren: zwei Nackttänzerinnen, die 1925 im Casino de Paris auftraten. Das scheint meine Gesprächspartnerin zu erleichtern.

„Ich kann mich nicht erinnern", fahre ich fort, „daß die Opfer jemals gerichtlich vorgegangen wären. Nein, von einem solchen Prozeß hab ich nie gehört. Klar, man kann niemandem einen Strick daraus drehen, jemand anderem zu ähneln, auch nicht, wenn dieser oder diese andere eine berühmte Persönlichkeit ist. Und diese Ähnlichkeit zu Geld zu machen, ist meines Wissens auch nicht strafbar. Schon gar nicht, wenn es sich um keineswegs pornografische Fotos handelt, wie hier im *Prickelnden Paris*. Das sind doch nur pikante Szenen mit leichtbekleideten Mädchen, mehr nicht. Genausowenig gibt es ein Gesetz gegen geschickte Fotografen, die die Ähnlichkeit zu dem gewünschten Original durch Kunstgriffe wie Beleuchtung, Perspektive und Make-up noch unterstreichen. Sicher, solche Fähigkeiten haben keine Chance, von der Akademie für Sitte und Anstand ausgezeichnet zu werden. Aber für eine Verurteilung langt es auch nicht. Sie haben recht: Ein Prozeß würde den Skandal nur noch vergrößern. Bis jetzt hat die Bilder nur ein kleiner Kreis von ... äh ... Liebhabern gesehen."

„Also wirklich, Monsieur Burma, es ist mir ein Vergnügen, Ihnen zuzuhören. Sie scheinen sehr gut unterrichtet zu sein ..."

„Wenn man den ganzen Tag in Paris rumläuft, hört man so allerhand", erwidere ich, bescheiden lächelnd.

„Also kann man nichts dagegen unternehmen?"

„Auf gerichtlichem Wege nicht."

Die Schauspielerin zündet sich die nächste Zigarette an.

„Pikante Szenen", murmelt sie. „Und dafür nehmen sie Mädchen, die so aussehen wie berühmte Leute. Könnten die nicht irgendwen nehmen?"

„Tun sie. Aber wenn sich's so ergibt ... Solche Ähnlichkeiten sind ein zusätzliches Salz in der gepfefferten Suppe ihrer Fotosammlung."

„Kapier ich nicht", sagt sie seufzend. „Auf jeden Fall danke ich Ihnen für Ihre Aufklärungsstunde. Ein Prozeß ist also aussichtslos. Aber ich möchte doch wenigstens erreichen, daß mit meiner Person nicht noch mehr Schindluder getrieben wird. Deswegen hab ich Sie angerufen."

„Und wie soll ich das Wunder vollbringen?"

„Sie sollen kein Wunder vollbringen. Ich möchte, daß Sie mit dem Mädchen Kontakt aufnehmen und sie herbringen. Ich will ihr einen Vorschlag machen."

„Was für einen, wenn ich fragen darf?"

„Sie dürfen. Ich könnte ihr einen Job verschaffen. Vielleicht engagiere ich sie auch als Double. Wir Schauspieler brauchen so was oft. Irgend etwas werd ich schon für sie finden. Sie soll sich nur nicht mehr so fotografieren lassen."

„Eine elegante Art, eine Doppelgängerin zu ködern", bemerke ich.

„Nicht wahr? Schön, daß Sie mir zustimmen. Heißt das, ich kann mit Ihrer Hilfe rechnen?"

„Aber natürlich!"

Sie beugt sich vor und nimmt das Lederetui mit dem Reißverschluß vom Tischchen. Tatsächlich, das ist ein Scheckheft. Außerdem enthält es einen vergoldeten Füllfederhalter. Sehr elegant, sehr geschmackvoll. Sie schraubt ihn auf, ihre schlanken Finger mit den rosa Fingernägeln entnehmen dem Etui ein Scheckformular derselben Farbe.

„Übrigens, was Ihr Honorar betrifft... Ich kenne mich da nicht aus... Reichen..."

Die Summe beweist, daß sie sich tatsächlich nicht auskennt und daß sie um jeden Preis ihre Doppelgängerin ausfindig machen will.

„Doch, das reicht wohl", sage ich nickend.

Sie füllt das Formular aus und reicht es mir. Um es anzunehmen, muß ich das *Prickelnde Paris* aus der Hand legen. Es ist eine nagelneue Nummer, die noch vor kurzem der Länge nach gefaltet war.

„Wie sind Sie an dieses Exemplar gekommen?" erkundige ich mich.

„Ich hab's vor drei Tagen mit der Post bekommen."

„Hab ich mir gedacht. Als Brief, im geschlossenen Umschlag?"

„Ja, sehr diskret."

„Haben Sie eine Idee, wer der mögliche Absender sein könnte?"

Sie lacht.

„Oh! Bestimmt ein Freund. Einer dieser wunderbaren Freunde, mit denen wir in unserem Beruf immer rechnen können. Er – oder sie – wollte mir eine Freude machen."

Oder die Herausgeber des Magazins, als Visitenkarte, freundliche Empfehlung oder höflicher Warnschuß zum Auftakt von ernsten Unterhaltungen auf dem Hintergrund konkreter Musik.

„Gut, dann werd ich mich also auf die Suche machen", sage ich. „Sobald ich Namen und Adresse ihrer Doppelgängerin habe, sag ich Ihnen Bescheid. Ein paar Tage wird's allerdings wohl dauern..."

„Ich hab Vertrauen in Ihre Fähigkeiten. Sie gelten als schnell und geschickt."

„Hat man Ihnen das gesagt?"

„Ja."

„Wer?"

„Monsieur Viénot. Marcel hat mir geraten, Sie anzurufen. Kennen Sie ihn?"

„Nein. Einer Ihrer Freunde?"

„Ja."

„Einer von denen, die Sie eben erwähnt haben?"

„Oh, nein! Marcel Viénot ist kein Schauspieler. Er arbeitet in der Automobilbranche. Ein wirklicher Freund. Kein... äh... Rivale."

„A propos... Könnte einer Ihrer Rivalen – oder eher noch Rivalinnen – die Zeitschrift geschickt haben?"

„Tja... Da kämen gleich zwei in Frage."

Ich notiere mir die Namen.

„Im Moment wär das wohl alles, Mademoiselle. Ich schreib mir nur noch die Redaktionsanschrift des Magazins auf..."

„Sie können die Ausgabe mitnehmen. Vielleicht hilft sie Ihnen..."

Ja, in einsamen Stunden! Ich stecke das *Prickelnde Paris* ein. Dany Darnys erhebt sich, streicht ihren Rock über den schlanken Schenkeln glatt und geht vor mir in den Korridor. Während ich mir meinen Mantel überziehe, kämpft meine Gastgeberin an der Tür mit Schlössern und Ketten. Der ganze übertriebene Sicherheitskram! Offensichtlich findet sie selbst das auch einigermaßen lächerlich. Entschuldigend erklärt sie:

„Ich bin nicht ängstlicher als andere, aber nachdem ich überfallen worden bin..."

„Überfallen?"

„Ja, lesen Sie keine Zeitung? Vor einem Monat wurde über nichts anderes geschrieben... kurz bevor meine Filme rauskamen."

Das ist der springende Punkt! Kurz bevor ihre Filme rauskamen, ihre beiden ersten, und bis jetzt auch einzigen. Sie sind gleichzeitig gespielt worden und haben Dany Darnys über Nacht zum Star gemacht.

„Zwei Männer sind mir gefolgt..."

Ich lächle innerlich. ‚Einer für jeden Film', muß ich unwillkürlich denken. Laut sage ich, höflich wie ich bin:

„Ach ja, ich erinnere mich."

Dany Darnys und ihr mysteriöser Überfall! Alles erlogen und erstunken! Nichts weiter als ein Werbetrick, der nicht grade für die Fähigkeiten dessen sprach, der sich die Geschichte ausgedacht hatte.

Und wenn es kein Bluff war? schießt es mir plötzlich durch den Kopf. Wenn die beiden Männer sich in der Person geirrt, die Schauspielerin für das Modell des *Prickelnden Paris* gehalten haben?

„Ja, doch, ich erinnere mich...", murmele ich noch einmal.

„Seitdem hab ich... Wie sagt noch gleich ein Freund von mir, ein Psychoanalytiker?... Ach ja, ein Trauma! Ich bin sozusagen gezwungen, mich zu verbarrikadieren. Jedem, der mich zu intensiv ansieht, unterschiebe ich schlechte Absichten. Und noch weniger empfehlenswert ist es, mir Iris zu schenken. Ich hasse diese Blumen!"

„Ach! Warum denn?"

„Weil die beiden Männer, die mich verfolgt haben, von nichts anderem geredet haben. Iris hier, Iris da..."

Ich werde hellhörig. Iris! Désiris! Sollte die Leiche auf Umwegen wieder in Erscheinung treten? Ruhig, Nestor. Nur nicht nervös werden. Nur nicht fabulieren, wie ihr Freund, der Psychoanalytiker, ebenfalls sagen würde. Aber trotzdem...

„Könnten wir noch mal zurück in den Salon gehen?" frage ich. „Ich hätte noch ein paar Fragen wegen dieses Vorfalls damals."

Sie ist überrascht, geht aber auf meinen Vorschlag ein.

„Antworten Sie bitte in aller Offenheit", beginne ich, als

wir wieder im Salon sitzen. „War dieser Überfall nun ein Werbegag, wie alle Welt geglaubt hat, oder hat er tatsächlich stattgefunden?"

„Ja", seufzt sie, „ich weiß, wie darüber gedacht worden ist. Aber ich versichere Ihnen, die Geschichte ist tatsächlich passiert."

Klingt absolut aufrichtig.

„Dann erzählen Sie mir doch, wie das passiert ist."

„Also gut... Ich war gerade nach Hause gekommen. Alleine. Es hat geklingelt, und ich hab die Tür geöffnet. Mein Dienstmädchen hatte frei. Zwei Männer drängten sich in den Flur und zerrten mich in dieses Zimmer hier."

„Wie sahen die Männer aus?"

„Ganz normal."

„Wenn ich mich recht erinnere, konnten Sie damals keine genaue Beschreibung der beiden geben. Nur daß es zwielichtige Gestalten waren, haben Sie gesagt. Deswegen wurde Ihnen das auch nicht abgenommen. Sie hatten grade zwei Kriminalfilme gedreht..."

„Ich war zu sehr geschockt, um was Besonderes an den Männern zu bemerken. Ich glaube, sie sahen tatsächlich ganz normal aus."

„Und wie ging's weiter?"

„Sie haben mich bedroht, redeten unzusammenhängendes Zeug, von Iris und von Tarnung. Ich glaub, die waren nicht ganz richtig im Kopf..."

„Womit haben sie Ihnen gedroht?"

„Was weiß ich? ‚Wir machen dies oder das mit dir, spiel nicht die Unschuldige'... Bedroht haben Sie mich, eingeschüchtert. Als wär das nötig gewesen! Ich war vor Angst sowieso schon wie gelähmt."

„Iris, Iris", wiederhole ich. „Kann es nicht sein, daß die beiden nicht nur ‚Iris', sondern ‚Désiris' gesagt haben?"

„Möglich. Weiß ich nicht mehr. Ich hab immer ‚Iris' verstanden..."

„Und wie ging die Sache aus?"

„Ganz überraschend. Plötzlich haben sie geflucht, haben mich losgelassen und sind abgehauen."

„Die Männer haben Sie angefaßt?"

Dany Darnys wird rot.

„Ja", sagt sie leise.

„Warum werden Sie rot?"

„Ach, nichts."

„Noch einmal: War es Bluff oder nicht?"

„Nein. Ich sage Ihnen die Wahrheit."

„Nicht die ganze."

„Hören Sie", entrüstet sie sich. „Warum interessieren Sie sich eigentlich dafür? Ich hab Sie nicht engagiert, damit Sie diese alte Geschichte wieder aufwärmen."

„Ich weiß. Darum könnten Sie mir aber trotzdem die Wahrheit sagen... und nicht nur die halbe. Oder ist das Ganze doch nur ein Märchen?"

„Das kann Ihnen doch egal sein."

„Ist es mir auch, offen gesagt. Aber ich bin von Natur aus neugierig."

„Die Verbrecher wollten mich vergewaltigen", schreit sie. „Sind Sie jetzt zufrieden? Wollen Sie noch Einzelheiten hören? Sie haben meinen Rock hochgeschlagen und... na ja, zu mehr kam es nicht. Einer von den beiden hat geflucht auf Teufel komm raus, und dann sind sie abgehaun. Und jetzt sollten Sie ebenfalls abhaun, Monsieur Burma. Wenn Sie mir noch eine Frage stellen, verlange ich meinen Scheck zurück und wende mich an einen Ihrer Kollegen..."

„Aber so beruhigen Sie sich doch! Ich entschuldige mich ja tausendmal. Nichts liegt mir ferner, als Sie mit bösen Erinnerungen zu quälen. Diese Blume hat meine Phantasie angeregt. Iris, Désiris. Ein guter alter Bekannter von mir heißt so, müssen Sie wissen. Désiris. Hieß so, besser gesagt. Hat Anfang März seine Frau und sich selbst umgebracht. Gar nicht weit von hier, genau am anderen Ende der Avenue de Wagram."

„Wie schrecklich! Ja, ich hab's damals in der Zeitung gelesen. Was halten Sie davon?"

„Weiß ich nicht", gebe ich zu. „Weiß ich wirklich nicht. Und ich bitte Sie nochmals um Entschuldigung, Mademoiselle."

„Ach, schon vergessen", säuselt sie lächelnd. „Und vergeben. Aber wenn in Zukunft irgend jemand diese Geschichte in Zweifel zieht, dann wissen Sie, daß sie sich tatsächlich so abgespielt hat."

„Ja."

Ich riskiere noch eine Frage:

„Die Sache mit den Blumen und dem Vergewaltigungsversuch haben Sie vermutlich damals den Zeitungen gegenüber nicht erwähnt?"

„Nein. Ich hab sofort gemerkt, daß man mir den Überfall nicht abnehmen würde. Warum also Einzelheiten erzählen? Und noch dazu so peinliche Einzelheiten..."

„Natürlich."

Wir verabschiedeten uns endgültig.

* * *

Ich gehe zurück zu meinem Wagen. Er steht etwas weiter unten gegenüber dem seltsamen Gebäude aus der Jahrhundertwende, hinter dessen Keramikfassade man ein Badehaus vermutet. Keramik-Hotel heißt es übrigens. Als ich hinter dem Steuer meines Dugat sitze, suche ich im *Prickelnden Paris* die Adresse der Redaktion. Doch wie ich vermutet habe, beschränkt man sich auf ein Postfach: Nr. 12, Postamt 90, Paris 9e. Die Ausgabe wurde in einer „Spezial-Druckerei" hergestellt, Rue Nie-gehört, Nr. Nicht-zu-finden. Der geschäftsführende Direktor scheint unter einer Art Künstlernamen zu arbeiten: Lucien Dupont. Wenn das ein Witz sein soll, ist er auf jeden Fall gut gelungen.

Ich angle aus dem Handschuhfach meinen Stadtplan, in dem viele nützliche Ratschläge zu finden sind. Zum Beispiel die genauen Adressen von Friedhöfen und Postämtern, geordnet nach Arrondissements und laufenden Nummern. Das

Amt Nr. 90 befindet sich in der Rue Duperré, Ecke Rue Fontaine.

Ich fahre hin, um zu sehen, wie's aussieht. Es sieht nach 1900 aus. Aber das interessiert mich gar nicht. Eher schon die Postfächer. Sie sind so angeordnet, daß ich sie leicht überwachen kann. Ich erkundige mich, wann geleert und verteilt wird. Dann rufe ich von einer Telefonzelle aus Roger Zavatter an, den geschniegelten Modegeck unter meinen Mitarbeitern.

„Arbeit für Sie", melde ich ihm.

„Welcher Couleur?"

„Blond, Dany Darnys, Avenue de Wagram."

„Der frischgebackene Star?"

„Genau der."

„Was soll ich mit der Dame machen?"

„Sie ist seit einer halben Stunde unsere Klientin. Ich möchte mehr über sie wissen. Erkundigen Sie sich, womit sie ihre Tage und Nächte verbringt. Und mit wem. Ein gewisser Marcel Viénot gehört zu ihren Bekannten. Ich auch zu seinen, aber er nicht zu meinen."

„Davon gibt's ja mehrere."

„Mich interessiert nur Marcel Viénot und die übrigen Bekannten von Dany Darnys. Vielleicht steht das mit dem Désiris-Selbstmord in Verbindung. Désiris hatte was mit Autos zu tun, dieser Viénot auch."

Wieder in meiner Agentur Fiat Lux, hab ich das Gefühl, mich um Dinge zu kümmern, die mich nichts angehen. Aber das ist nicht das erste Mal.

Ich nehm eine Visitenkarte, auf er nichts als mein Name steht, ohne Berufsbezeichnung. Unter NESTOR BURMA schreibe ich: *grüßt hochachtungsvoll den Herrn Direktor von* Prickelndes Paris *und wünscht vertrauliche Informationen.* Die Visitenkarte stecke ich in einen auffälligen Umschlag – hellrot –, klebe ihn zu und schreibe Adressaten samt Postfach drauf.

Die Zeit bis zur Schließung der Postämter nutze ich dazu, mit meiner Sekretärin Hélène über die prickelnde Zeitschrift zustreiten. Dann fahre ich wieder in die Rue Duperré und werfe meinen dünnen Brief in den Briefkasten.

In diesem Moment bin ich bestimmt der einzige in Paris, der für einen so kurzen Brieftransport so viel Geld bezahlt. Zwanzig Francs für fünf oder sechs Meter, die Entfernung zwischen Briefkasten und Postfach. Kein Wunder, daß ich immer blank bin.

4
Régine

Am nächsten Morgen um Punkt acht bezieh ich Posten auf dem Postamt 90. Als Aufenthaltsgenehmigung kaufe ich eine Briefmarke, mit der ich mich unauffällig in einen Winkel verziehe. Mit einem Auge schiele ich zum Postfach Nr. 12 hinüber, mit dem anderen lese ich die Zeitungen, die ich mir unterwegs besorgt habe.

Gegen zehn Uhr schließt ein junger Kerl das Postfach auf. Einer von den eingebildeten Lackaffen, die sich für furchtbar schlau halten. Mein roter Briefumschlag fällt ihm direkt vor die Füße. Er hebt ihn auf, sieht ihn von allen Seiten an (viele davon scheint's nicht zu geben) und steckt ihn dann schließlich, zusammen mit der restlichen Post, in eine Ledermappe. Als er das Postamt verläßt, sitze ich schon hinterm Steuer meines Dugat. Der Halbstarke geht zu einem eher bescheidenen, nicht besonders sauberen Auto, das gegen die Vorschrift direkt vor dem Eingang parkt. Eigentlich ist der Platz für die Wagen der Post reserviert. Der Junge steigt ein und fährt los. Ich häng mich an seine Hinterräder.

* * *

Er lotst mich zum Boulevard Berthier, wo er seinen Wagen parkt. Mit der Ledermappe in der Hand geht er in eine Villa, deren Fassade dringend gereinigt werden müßte. Die Räume in der ersten Etage mit Rundumverglasung waren wohl früher ein Atelier, das in ein Fotostudio umgewandelt wurde. Ich warte ein paar Minuten für den Fall, daß der Kurier sich nur kurz in dem Haus aufhalten sollte. Aber ich glaube eher, daß dies hier der verborgene Sitz des *Prickelnden Paris* ist. Ich gehe zur Haustür und drücke auf den Klingelknopf. Die Tür wird einen Spaltbreit geöffnet, so als wolle sie sich sofort wieder schließen. Der Junge, der gerade die Post abgeliefert hat, sieht mich erstaunt an. Die kriegen hier wohl nicht oft Besuch. Ich stoße die Tür weit auf, ohne dem Jungen Gelegenheit zu irgendeiner dummen Frage zu geben.

„Also, hören Sie mal!" faucht er und versucht, mich festzuhalten. Aber ich stehe schon im Hausflur.

„Monsieur Dupont erwartet mich."

Auf den Lärm hin kommt ein anderer Mann angerannt. Er steht in der Tür zum Büro, meinen roten Briefumschlag in der Hand. Alles läuft wie am Schnürchen.

„Was ist los, Henri?" fragt der Neue, ein dicker, widerlicher Kerl mit Glatze und unsympathischer Stimme. Typ schleimiger Lustmolch. Seine Füße mag ich mir gar nicht vorstellen.

„Weiß ich auch nicht, M'sieur", antwortet Henri. „Der ist einfach reingekommen."

Der Dicke glotzt mich aus seinen Glupschaugen an. Ein mieser Vogel.

„Was wollen Sie?" bellt er.

Ich zeige auf meinen Umschlag in seiner Hand.

„Wenn Sie den Brief öffnen, werden Sie's wissen."

„Was soll ich machen, M'sieur?" fragt Henri, der unbedingt etwas machen will.

„Nichts. Ich weiß nicht, was der sich vorstellt, einfach so hier reinzuplatzen zu kommen... Aber er wird's mir bestimmt erklären."

Henri verdrückt sich. Monsieur Dupont – falls er es ist – dreht sich um und stapft ins Büro zurück. Ich folge ihm. Die Wände sind, bis auf einen Kalender, nackt. Das ist aber auch das einzig Nackte in dem nüchternen Büro. Keine Brüste, keine Schenkel weit und breit. Monsier Dupont scheint seine eigenen Produkte nicht übermäßig zu schätzen. Er öffnet den roten Briefumschlag und nimmt meine Visitenkarte heraus.

„Sind Sie der Privatflic?“ fragt er, nachdem er meinen Namen gelesen hat.

„Ja.“

„Angenehm“, sagt der Fettsack und reicht mir die Hand. Sie ist sauber und trocken, der Händedruck fest. Kaum zu glauben! „Wir waren mal Kollegen, damals, als ich für Marius in Lyon gearbeitet habe... Ich sehe, Sie kennen sich aus. Sie lachen nicht, und Sie korrigieren mich nicht. Die meisten, die ganz Schlauen, meinen nämlich, sie müßten mich verbessern. Brüllen sofort, Marius ist nicht in Lyon, sondern in Marseille... Na ja, angenehm, Sie kennenzulernen, Monsieur Burma! Aber ging das nicht etwas weniger dramatisch? Warum so stürmisch? Na ja, egal. Setzen Sie sich doch bitte.“

Ich gehorche. Er setzt sich hinter seinen Schreibtisch und überfliegt noch mal meine Karte.

„Hm...“, brummt er. „Vertrauliche Informationen wollen Sie also?“

„Ja, über dieses Mädchen...“

Ich hol das Magazin aus meiner Tasche und zeige ihm die Fotos, über die sich Dany Darnys so sehr geärgert hat.

„Name, Adresse, Telefonnummer, falls sie Telefon hat...“

„Langsam, langsam“, lacht der Dicke. „Wofür halten Sie mich?“

„Für einen alten Kuppler, wenn man den richtigen Preis zahlt.“

„Vorsicht mit großen Worten! Scheiße nochmal, warum sind Sie eigentlich so aggressiv?“

„Weiß ich selbst nicht.“

Doch, ich weiß es ganz genau. Seine Visage bringt mich auf hundert!

„Vielleicht bringt mich die Kleine auf hundert“, weiche ich aus.

„Sie hat was“, stimmt er mir zu.

In diesem Augenblick gellt ein Schrei durchs Haus.

„Was war das?“ frage ich.

„Wahrscheinlich wird grad eins unserer Modelle vergewaltigt", sagt er und grinst ironisch. „Das passiert hier oft... Also, wie gesagt..."

Man hört Geschrei im Stockwerk über uns, Türenknallen, Gerenne. Der Fettsack brummt was vor sich hin, steht auf und geht hinaus auf den Flur. Ich folge ihm. Ein junges Mädchen rutscht das Treppengeländer zu uns runter. Sie ist nur mit Seifenschaum und einem winzigen Slip bedeckt. Klar, daß sie nicht die Stufen genommen hat. Mit ihren eingeseiften Füßen hätte sie sich überschlagen.

„Gut, daß Sie da sind, Monsieur Dupont!" kreischt sie. „Ich hab so langsam die Schnauze voll von Ihrem Fotografen! Bitte, zahlen Sie mich aus, und ich verschwinde aus Ihrer Mausefalle."

„Mach mal halblang!" gibt der Dicke zurück. „Du willst uns doch nicht erzählen, daß du Jungfrau bist, hm? Halt bloß die Schnauze!"

Er will das Mädchen fangen. Eingeseift, wie sie ist, wird sie ihm aus den Händen rutschen. Das überlege ich mir aber nicht, sondern schlage dem Schleimer meine Faust mitten ins schwammige Gesicht. Es macht plumps!, und der Lustmolch liegt auf seinem fetten Arsch. Henri steht plötzlich bei uns und schaut sich die Szene verblüfft an. Ein weiterer Kerl, wahrscheinlich der triebhafte Fotograf, steht auf der Treppe.

Ihr Chef rappelt sich wieder hoch.

„Verpiß dich", zischt er und wirft mir einen giftigen Blick zu. „Deine vertraulichen Informationen kannst du dir sonstwo..."

„Da gehören sie auch hin", unterbrech ich ihn.

„Die hat 'ne Kamera kaputtgemacht", beschwert sich der Fotograf von oben.

„Und dann will sie noch Geld sehn", japst der Dicke, krebsrot im Gesicht. „Raus, verdammt noch mal! Raus!"

„Meine Klamotten!" schreit die eingeseifte Nymphe. „Ihr Geld können Sie sich von mir aus in den..."

„Jetzt reicht's aber", fahr ich dazwischen. „Werden Sie

nicht auch noch ausfällig! Außerdem sind da schon die vertraulichen Informationen drin...“

Der Fotograf und Liebhaber reizvoller Modelle verschwindet in seinem „Atelier“ und kommt mit einem Kleiderbündel wieder, das er fluchend zu uns runterwirft. Das Mädchen zieht einen Unterrock aus dem Knäuel und trocknet sich damit ab. Dann zieht sie ihr Kleid und einen Pelzmantel über. Den Rest – Unterrock, Strümpfe samt Strumpfhalter usw. – stopft sie in einen Beutel. Jetzt nur noch ein Kopftuch auf die nassen Haare und Schuhe an die Füße, und schon ist sie ausgehfertig. Zusammen verlassen wir das gastliche Haus, inmitten von feindlichem Schweigen. Hinter uns wird wütend die Tür zugeschlagen.

Wir gehen ein paar Schritte in Richtung Place de la Porte de Champerret. Plötzlich bleibt das Mädchen stehen und sieht mich an. Ihre braunen Augen leuchten. Sie ist vielleicht keine Titelblattschönheit, aber sie hat Charme, die Kleine. Ungeschminkt, grade dem Bad entstiegen, sieht sie frisch und gesund aus, zum Anbeißen. Ein scharfer Wind spielt mit den kastanienbraunen Haarsträhnen, die wie Fransen unter dem Kopftuch hervorkommen.

„Das war Klasse“, bemerkt sie.

„Was war Klasse?“

„Der k.o.-Schlag. Hat mir gefallen.“

„Nicht der Rede wert“, sage ich bescheiden.

„Geben Sie öfter solche Boxeinlagen?“ fragt sie lachend.

„Nein. Nur wenn ich so ’ne widerliche Fresse sehe wie die von diesem Dupont. Aber im allgemeinen halte ich mich zurück. Davon gibt’s zu viele. Meine Zeit reicht nicht, um allen was auf die Nase zu geben. Heute waren die Umstände besonders günstig...“

„Sie haben ja keine prima Meinung von den Menschen!“

„So mittelprächtig.“

„Vielleicht haben Sie recht“, sagt das Mädchen nachdenklich und geht weiter. „Solche Typen wie Dupont und der Fotograf...“

„Tja..."
„Und so Mädchen wie ich, hm?"
Ihre Stimme wird aggressiv.
„Los, sagen Sie's schon! Huren, stimmt's? Das meinen Sie doch..."
Sie schreit beinahe.
„Ach, wissen Sie! Was ich so meine...", antworte ich. „Was heißt das schon: Huren? Ich persönlich seh das nicht so eng."
„Sie sind 'n komischer Heiliger!"
Schon der zweite komische Heilige! Ihre Stimme wird wieder normal:
„Sie gefallen mir, wirklich...Monsieur... äh... Wie heißen Sie eigentlich?"
„Nestor Burma. Los, lachen Sie schon!"
„Warum? Ich heiße Régine Monteil. Sie gefallen mir, Nestor."
„Sagen Sie Nes. Das hört sich etwas besser an."
„Gut, Nes."
„Sie meinen, mein k.o.-Schlag hat Ihnen gefallen?"
„Ja, ganz prima! Entschuldigen Sie bitte meinen launischen Anfall gerade... Ich war wütend, auf mich selbst..." Sie seufzt. „Ich weiß nicht, warum ich den Fotografen nicht rangelassen hab. Einer mehr oder weniger, was macht das schon! Von irgendwas muß ich schließlich leben... Aber dieser Kerl eben... Nein, der war wirklich zu widerlich!"
„Bedauern Sie's nicht, Régine! Wenn man zu jemandem ‚Scheiße!' sagen will, soll man's auch tun. Ich bedaure auch nicht, daß ich dem fetten Schwein was in die Fresse gehaun habe. Aber so günstig war das für mich auch nicht. Jetzt steh ich nämlich da und kann mir meine Informationen sonstwo herholen, wie der Fettsack gesagt hat. Es sei denn..."
Ich ziehe das Exemplar aus der Tasche, das ich aus dem Mutterhaus wieder mitgenommen habe.
„Kennen Sie vielleicht dieses Mädchen?"
„Warum fragen Sie?"
„Ich suche sie."

„Warum? Zum Bumsen? Waren Sie wegen ihrer Adresse bei Dupont?"

„Ja. Name, Adresse, Telefonnummer. Aber nicht wegen der Nummer, die Sie meinen. Ich such das Mädchen, weiter nichts. Also, kennen Sie sie?"

Nach kurzem Zögern entschließe ich mich, ihr die volle Wahrheit zu sagen.

„Dann wird Dupont also wieder ein Modell verlieren?" fragt Régine.

„Ja."

„Das ist eine Freundin von mir. Yolande Mège. Wir wohnen im selben Haus, Rue du Dobropol. Wenn Sie sie besuchen wollen... Ich kann Sie im Wagen mitnehmen."

Wir stehen neben einem Kabriolett. Offensichtlich der Luxusschlitten meiner neuen Freundin. Ich nehme die Einladung an. Régine braust los. Nach ein paar Radumdrehungen sagt sie:

„Sie haben Glück gehabt, daß wir uns begegnet sind, daß Sie mir sofort sympathisch waren und daß Yolande überhaupt in Paris ist. Bis vor ein paar Tagen hat sie sich in der Provinz von dem Schock erholt."

„Von welchem Schock?"

„Ihr Freund, der sie ausgehalten hat, ist Anfang des Jahres gestorben. Ob sie ihn geliebt hat, weiß ich nicht. Aber ein Schock war's auf jeden Fall. Vor allem, weil die Umstände so tragisch waren... Hat sich umgebracht, zusammen mit seiner Ehefrau. Désiris hieß er. Haben Sie nicht davon gehört?"

5

Schiefes Licht auf eine Horizontale

Auf beiden Seiten der Rue du Dobropol parken Autos. Die meisten sind schicke kleine Zweisitzer mit zurückklappbarem Verdeck für den Sommer, farblich sicher auf die Dessous der Besitzerin abgestimmt.

Régine geht mit mir in eins der sechsstöckigen Häuser, die in der Epoche der Art deco als modern galten. Diese grünbepflanzten Gebäude stehen da, wo sich früher Befestigungsanlagen befanden, in Straßen, die an den Balkanfeldzug erinnern sollen: Dobropol, Dardanalles, Salonique.

Wir fahren mit dem Aufzug in die dritte Etage. Régines Appartement ist klein, aber hübsch und gemütlich. Es ist warm und riecht angenehm.

„Setzen Sie sich", fordert mich meine Freundin auf. „Ich muß mich schnell mal verhübschen. Möchten Sie was trinken? Es ist Zeit für den Aperitif... Wie wär's, essen wir zusammen?"

„Mit dem größten Vergnügen, aber ich muß arbeiten. Ich bin hier, um Ihre Freundin Yolande zu treffen."

„Der Vogel wird schon nicht davonfliegen! Sie wohnt über mir, bei Rita. Ich kümmere mich gleich darum."

Mit diesem Versprechen verschwindet sie im Badezimmer. Ich nehme einen Schluck von dem Aperitif, den sie mir spendiert hat. Régine, Yolande, Rita. Die haben aber auch Namen, diese Vögelchen! Unter dem Telefontisch liegt ein Fernsprechbuch, das nach Straßen geordnet ist. Ich seh mir die Rue du Dobropol an. Rita Marson... Yolande Mège... Consuelo Mogador... Régine Monteil (erinnert mich irgendwie an Régine de Montille, die Halbweltdame, die 1887 von Pranzini umgebracht wurde)... Arielle Soundso... Léonore Dings... Chantal Bums... Dann eine Marlène, zwei Doras... Die Hütte beherbergt auch noch andere Mieter; aber in der Mehrzahl sind es Mieterinnen dieser Kragenweite. Marie... Joséphine... Jeanne...

Wie hat Régine eben gesagt? Ihre Freundin Yolande wohne bei Rita... Mal sehn. Rita Marson, Niel 23-00. Yolande Mège, Niel 34-45. Was denn nun? Wohnt Yolande bei Rita, oder hat sie ein eigenes Appartement? Ganz schön kompliziert, diese Wohnverhältnisse!

Ich lege das Telefonbuch wieder an seinen Platz zurück und werfe einen Blick nach draußen auf den Boulevard de Dixmude. Auf der anderen Seite sehe ich die leprösen Mauern einer stillgelegten Fabrik. Früher prangte der stolze Name der Firma auf der Fabrikmauer. Jetzt hängen Plakate in Fetzen herab.

In der Ferne erkenne ich Levallois-Perret, die Autostadt. Und noch etwas weiter weg, in Neuilly, liegt die Île de la Grande-Jatte. Ich muß an Désiris denken.

Plötzlich steigt mir ein feines Parfüm in die Nase. Ich drehe mich um. Hinter mir steht Régine. Geschminkt, frisiert, in einem großzügig dekolletierten Kleid, auf ihren hohen Absätzen balancierend, die Beine in hauchdünnen Nylonstrümpfen. Sie sieht sehr begehrenswert aus.

„Gefalle ich Ihnen?" fragt sie kokett.

„Und wie!"

Irgend etwas muß immer eine knisternde Atmosphäre zerstören. So ist es nun mal im wirklichen Leben. Jetzt zum Beispiel heult in der Ferne eine düstere Sirene auf. Andere antworten ihr, das Geheul kommt immer näher, und schließlich scheint ganz Paris einen einzigen Klagelaut auszustoßen. Es ist Donnerstag, der 6. November. Wie an jedem ersten Donnerstag des Monats probiert unsere besorgte Verwaltung die Alarmanlagen aus. Das Läuten zum Mittagessen. Her mit der Suppe! Oder versprechen die Sirenen etwa weit weniger unschuldige Genüsse...?

„Also, essen wir zusammen?“ fragt meine Sirene Régine.

„Liebend gerne. Aber vorher...“

„Ich weiß. Yolande...“

Sie nimmt den Hörer und wählt die Nummer ihrer Freundin.

„Hallo, Rita“, sagt sie in die Muschel. „Ist Yolande da?... Ach ja?... Gut... Ich ruf zurück.“

Sie legt auf.

„Yolande ist weggegangen und kommt erst im Laufe des Nachmittags wieder. Heute ist Donnerstag... Rita hat Besuch.“ Régine lächelt vieldeutig. „Wir können also in aller Ruhe zu Mittag essen. Gehn wir?“

Wir gehen.

* * *

„Wenn Sie nichts Besseres vorhaben“, sagt Régine, als wir aus dem Restaurant kommen, „lade ich Sie zu einem Wodka zu mir ein.“

Ich nehme ihre Einladung an. Vor dem Aufzug begegnen wir einer eleganten Frau mit kastanienbrauner Haarpracht und anthrazitschwarzen Augen.

„Guten Tag, Ré“, sagt die Hübsche mit unverkennbar spanischem Akzent.

„Guten Tag“, grüßt Régine zurück.

Das Stakkato der hohen Absätze entfernt sich zum Ausgang. Hört sich an wie ein heißer Flamenco.

„Werden Sie ‚Ré‘ genannt?“ frage ich im Aufzug lächelnd.

„Ach, das ist so’n Tick von ihr. Sie muß alle Namen verstümmeln.“

„Darf man das mit ihrem auch machen?“

„Wissen Sie denn, wer das ist?“ fragt Régine überrascht zurück.

„Consuelo Mogador, nehme ich mal an.“

„Ja. Sie kennen sie?“

„Hab eben im Telefonbuch rumgestöbert.“

Im Appartement meiner Freundin sprechen wir dem angekündigten Wodka zu.

„Yolande war also die Geliebte von Désiris?“ beginne ich.

„Ja.“

„Und er hat sie ausgehalten?“

„Ja.“

„Dann hatte er also das nötige Kleingeld?“

„Klar. Hat ihr sogar ein Auto geschenkt. Sicher, er hat in der Branche gearbeitet und Rabatt gekriegt, aber trotzdem...“

Régine ist sehr gesprächig. Sie beschreibt mir den Wagen, einen Tallemet, neuestes Modell. Ich bohre weiter:

„Haben Sie Désiris auch gekannt?“

„Ich war dabei, als sie sich kennenlernten. Auf einer kleinen Party von Consuelo... Ich weiß nicht mehr, aus welchem Anlaß sie die gegeben hat... Ihr Freund hatte was zu feiern, glaub ich. Monsieur Désiris war eingeladen, Yolande und ich auch.“

„War er ein Freund von Mademoiselle Mogador?“

„Nein. Consuelos Freund kannte ihn.“

„Macht der auch in Autos?“

„Weiß ich nicht. Er reist viel rum.“

„Kannten Sie Désiris gut?“

„Bin ihm zwei- oder dreimal begegnet, im Aufzug oder auf der Treppe. Ich glaub, er fand das Haus hier zù unruhig, zu familiär. Jedenfalls hat er für Yolande eine Villa gemietet, in der Rue Rochefort, am Parc Monceau. Doch, er war wohl gut bei Kasse. Na ja, nicht die ganze Villa hat er gemietet, aber immerhin... Mutter Mèneval hat bestimmt ’ne anständige Miete kassiert...“

„Wer ist denn Mutter Mèneval?“ erkundige ich mich.

„Huguette Mèneval. Haben Sie nicht von ihr gehört? Mèneval oder de Mèneval. War früher mal ’ne bekannte Edelnutte.“

„Das muß vor meiner Zeit gewesen sein“, bemerke ich lächelnd.

Régine lächelt zurück.

„Ja, stimmt. Entschuldigen Sie, ich wollte Sie nicht älter machen, als Sie sind. Die Gräfin ist jetzt sicher schon achtzig oder so."

„Gräfin?"

„Ja, bei uns heißt sie Gräfin. In ihrer großen Zeit nannte sie sich Huguette de Mèneval."

Alter Schlafzimmeradel!

„Sind Sie eine Freundin der Gräfin?" frage ich weiter.

„Wir sind alle ihre Freundinnen. Sie kommt uns oft besuchen. Wir erinnern sie an ihre Jugend, sagt sie immer. Sie liest uns aus den Karten, gibt uns Tips und Ratschläge. Natürlich hören wir nicht hin, aber wir haben viel Spaß mit ihr. Manchmal machen wir uns auch über sie lustig. Aber vielleicht ist das falsch... Schließlich hat sie's richtig gemacht. Hat's verstanden, ihr Geld zusammenzuhalten. Sie jedenfalls hat's nicht zum Fenster rausgeworfen, das können Sie mir glauben. Feine Leute haben bei ihr verkehrt, Politiker, Bankiers... Ein Parlamentsmitglied soll sich wegen ihr sogar umgebracht haben. Die *République* hat ganz schön gewackelt... Na ja, jedenfalls gehört ihr jetzt die Villa in der Rue Henri-Rochefort, dazu bestimmt noch 'n hübsches Aktienpaket und viel Bargeld..."

Das Leben einer berühmten Kurtisane ist immer höchst interessant. Aber ich komme wieder auf Yolande zu sprechen.

„Meinen Sie, Désiris hat sich wegen Yolande umgebracht?" frage ich.

„Yolande hat's erst aus der Zeitung erfahren. Das war vielleicht ein Schlag für sie! Übrigens hat sie damals nicht mehr hier gewohnt. Kam nur von Zeit zu Zeit, mit der Gräfin."

„Warum ist sie eigentlich nicht zur Polizei gegangen?"

„Wer?"

„Yolande."

„Und was sollte sie da?"

„Sagen, daß sie die Geliebte des Selbstmörders war."

„Warum das denn? Sie..."

Plötzlich verdüstert sich ihr Blick. Sie nimmt meine Hand

und sieht mir lange in die Augen. In ihrem Blick steht Traurigkeit, so als hätte ich sie eben enttäuscht.

„Sagen Sie mal, was haben Sie vor?“ fragt sie leise, vorwurfsvoll.

„Ich stelle nur ’n paar Fragen.“

„Ja. Und ich antworte brav...“

Sie läßt meine Hand los. Ihre Stimme bebt jetzt fast vor Zorn.

„Warte gar nicht erst Ihre Fragen ab. Ich rede und rede, blöd wie ich bin. Was sind Sie eigentlich von Beruf?“

„Privatdetektiv, wie gesagt.“

„Privatflic!“

Sie zuckt mit den Achseln.

„Na ja, mir kann’s egal sein“, sagt sie müde. „Schließlich hatte ich nichts mit Désiris. Soll Yolande sehn, wie sie damit klarkommt. Nur, daß sie jetzt Ärger kriegt, weil ich den Mund nicht halten konnte...“

„Ihre Freundin wird keinen Ärger kriegen, das verspreche ich Ihnen. Warum sollte ich den Flics erzählen, daß Désiris ’ne Geliebte hatte, die in der Rue du Dobropol wohnt? Der Fall ist abgeschlossen. Schnee von gestern, sozusagen. Außerdem haben Sie recht: Wenn Yolande im März zur Polizei gegangen wäre, hätte das nichts geändert. Nichts als Ärger hätte sie gekriegt. Bei den Flics weiß man nie, wie’s ausgeht... Das wird sie sich bestimmt gesagt haben, nicht wahr?“

„Vor allem hat’s ihr die Gräfin gesagt.“

„Und die hat Erfahrung mit Selbstmördern, hm? Na gut, lassen wir das...“

Wir wechseln das Thema, obwohl meine Neugier noch nicht so ganz befriedigt ist. Aber die Fragestunde ist vorläufig beendet.

Die Nacht bricht herein. Zeit, um sich wieder um Yolande zu kümmern. Régine telefoniert.

„Hallo. Bist du’s, Yolande? Kann ich mal kurz raufkommen?... Nicht alleine. Da ist jemand, der ’n Job für dich hat... Ja, genau... Bis gleich!“

Bevor wir hinaufgehen, legt mir Régine ihre Hand auf den Arm.

„Jetzt sitzen wir schon einige Stunden zusammen", sagt sie fast schüchtern, „und Sie... na ja... Sie haben mich nicht einmal angefaßt..."

„Sollte ich?" frage ich lächelnd.

„Ich..." Sie schüttelt den Kopf. „Nein, ich glaube nicht. Nur... Sie haben 'ne Belohnung verdient."

Régine zieht mich zu sich ran und küßt mich auf den Mund. Wenn sie eben noch schüchtern wirkte, jetzt ist sie's nicht mehr. Ganz im Gegenteil! Wir küssen uns nach allen Regeln der Kunst, immer abwechselnd. Das angenehme Spielchen nimmt gar kein Ende. Offener Meinungsaustausch nennt man so was. Aber wir dürfen Yolande nicht zu lange warten lassen.

6
Yolande

Genauso hab ich mir Yolande Mège vorgestellt. Dem Filmstar Dany Darnys beinahe wie aus dem Gesicht geschnitten. Die wenigen unähnlichen Kleinigkeiten konnten fürs *Prikkelnde Paris* durch ein paar Kunstgriffe des Fotografen angeglichen werden. Nur einen üppigeren Busen hat die Kleine. Eine Augenweide! Je nach den Bewegungen der glücklichen Besitzerin schimmert im Ausschnitt der hübsch gefüllten Bluse eine Kette mit Anhänger. Das Licht spielt in Yolandes goldener Haarpracht und läßt den Stein an ihrer Hand funkeln.

Nachdem Régine uns miteinander bekanntgemacht hat, erklärt sie, was für ein Held ich bin.

„Hab ihn bei Dupont getroffen. Dem hat er vielleicht einen verpaßt…"

Sie erzählt ihr die ganze Geschichte. Yolande hört ihr zu. Gleichzeitig schielt sie mich neugierig durch ihre langen Wimpern hindurch an. Régine erklärt, wer ich bin und was ich will.

„So", sagt sie schließlich, „ich laß euch jetzt alleine. Hübsch brav sein…"

Und sie flattert davon.

„Setzen Sie sich doch, Monsieur Burma", lädt Yolande mich ein.

Ich wage es, meinen Hintern auf eins dieser modernen Möbel zu setzen. Es sieht aus, als wäre es hergestellt worden, um Leute wie mich zu bestrafen. Aber, o Wunder!, so schlecht sitzt man gar nicht auf diesen Dingern. Man muß es nur wagen. Yolande setzt sich ebenfalls und zündet sich eine parfümierte Zigarette an.

„Sie haben mich also gesucht", beginnt sie.

Die Kleine scheint irgendwie Angst zu haben. Nur so, ohne bestimmten Grund.

„Ja", antworte ich. „Ich möchte Ihnen einen gutbezahlten Job vorschlagen, nicht sehr anstrengend..." Ich ziehe das Exemplar des *Prickelnden Paris* hervor. „Wissen Sie, daß Sie Dany Darnys ähnlich sehen, der großen Neuentdeckung des Films?"

„Ja, man hat's mir gesagt."

„Gesicht, Figur, Haarfarbe..."

„Oh, die Haarfarbe ist neu. Damit ich ihr noch ähnlicher sehe. Didiers Idee. Das ist einer von Duponts Fotografen", fügt sie erklärend hinzu.

„Der Triebtäter?"

„Nein. Ein anderer. Es gibt mehrere davon..."

Mit einer großzügigen Geste schicke ich alle Fotografen, ihre Apparate, Ideen und Triebe zum Teufel.

„Mademoiselle", sage ich, „ich komme direkt von Dany Darnys. Sie meint, Ihre Fotos fügen ihr großen Schaden zu. Und sie meint weiter, Sie sollen den Beruf wechseln, um jeden Preis. Das können Sie ruhig wörtlich nehmen. Mademoiselle Darnys ist bereit, Sie als Double zu beschäftigen. Vielleicht ist das für Sie *die* Chance, ins Filmgeschäft einzusteigen. Wenn Sie erst mal als Double arbeiten, kann Dany Ihnen hier und da eine kleine Rolle zuschanzen. Jedenfalls ist es besser, zusammen als gegeneinander zu arbeiten. Bei dem Erfolg, den Dany im Moment hat... Wollten Sie nie zum Film?"

„Natürlich! Aber..."

Mein Vorschlag scheint sie zu verwirren. Ich setze ihr noch einmal die Vorteile auseinander. Schließlich ist sie bereit, sich mit meiner Klientin zu treffen.

„Sehr schön", sage ich und stehe auf. „Kann ich mal Ihr Telefon benutzen?"

Yolande zeigt mit einem lackierten Fingernagel auf den Apparat. Mademoiselle Darnys ist nicht zu Hause. Das Dienstmädchen sagt mir, ich solle Elysées 26-19 anrufen. Als ich die Schauspielerin an der Strippe habe, unterrichte ich sie über den Stand der Verhandlungen mit ihrer Doppelgängerin. Sie beglückwünscht mich zu meinem Arbeitstempo.

„Wann kann ich diese Yolande treffen?“ fragt sie.

„Sofort, wenn Sie wollen. Ich telefonier von ihrer Wohnung aus.“

„Sofort geht's nicht. Ich hab zu tun. Aber... Sagen Sie, die wird doch wohl nicht mit den Hühnern ins Bett gehen?“ Sie lacht. „Oh, lustig, nicht wahr?“

„Was?“ frage ich.

„Was ich grade gesagt habe.“

„Ach das! Ja, doch, zum Totlachen, wirklich...“

Sehr genügsam, meine berühmte Klientin.

„Ich bin heute abend um elf zu Hause“, fährt sie fort. „Können Sie mit der Kleinen dann zu mir kommen?“

„Moment“, antworte ich und gebe den Vorschlag an Yolande weiter. Die Kleine mit den großen Brüsten ist einverstanden. „Mademoiselle Mège ist einverstanden“, sage ich in die Muschel.

„Prima. Dann bis heute abend...“

Wir legen auf.

„Das hätten wir“, sage ich fröhlich zu Yolande. „Ihr Glück ist in den besten Händen, Mademoiselle.“

„Wurde auch höchste Zeit“, bemerkt sie. „Bin wieder mal ziemlich knapp bei Kasse.“

„Sagen Sie das bloß nicht Mademoiselle Darnys! Tun Sie so, als würden Sie im Geld schwimmen. Sonst speist sie Sie mit 'n paar Tausendern ab.“

Yolande sieht mich eine Zeitlang an, dann fährt sie sich mit ihrer rosa Zungenspitze über die Lippen.

„Sie sind ein netter Kerl“, bemerkt sie.

„Hat Ihnen das Ihre Freundin eben nicht gesagt? Allzeit bereit, hübschen jungen Mädchen mit Rat und Tat zur Seite zu stehen...“

‚Und ihnen in passenden Augenblicken die Würmer aus der Nase zu ziehen!‘ füge ich in Gedanken hinzu.

Ob's mir paßt oder nicht: Ich werd das Gefühl nicht los,

daß der Selbstmord von Monsieur Désiris (eine der beiden Witwen sitzt vor mir!) nicht das Ende, sondern der Anfang eines erstklassigen Durcheinanders ist. Also, dann wollen wir mal...

„Darauf müssen wir anstoßen!“ ruft Yolande. „Auf meine neue Karriere! Ein Gläschen wird Ihnen hoffentlich nicht gleich schaden...“

Beim Einschütten muß sie plötzlich lachen. Ein nervöses Lachen.

„Und ich dachte, Sie gehörten zu denen, die Madame Mèneval Angst eingejagt haben. Na ja, was man so Angst nennt... Hier, Ihr Glas.“

Soso! Es gibt also Leute, die der Gräfin Angst einjagen können?

„Madame Mèneval?“ frage ich unschuldig. „Wer ist das?“

Yolande gibt mir etwa dieselbe Beschreibung wie ihre Freundin Régine.

„Und jemand jagt der guten Frau Angst ein?“

„Das behauptet sie.“

„Ich kann Ihnen versichern: Ich bin es nicht!“

„Das glaub ich Ihnen.“

Das Mädchen nippt an ihrem Glas.

„Hab das Gefühl, daß die Gräfin Schauermärchen erzählt“, sagt sie.

„Hat sie immer noch Spaß an sowas, in ihrem Alter?“

„Ich meine damit, daß sie nur einen Vorwand suchte, um mich loszuwerden. Sie ist so geizig!“

„Also wirklich“, bemerke ich lachend, „das scheint ja alles höchst kompliziert.“ Ich spiele den höflichen Gesprächspartner, der alles andere als indiskret sein will. „Wohnen Sie jetzt eigentlich hier oder bei der Gräfin?“

„Ich habe bis vor einem halben Jahr bei ihr gewohnt. Dann bin ich zur Erholung in Nizza gewesen. Wollte übrigens versuchen, irgendwie zum Film zu kommen. Dort sind die Chancen besser als hier, hab ich mir gesagt. Aber Pustekuchen. Na ja, vielleicht mit Dany Darnys Hilfe...“

„... wird's schon eher klappen", ergänze ich.

„Hoffentlich", seufzt Yolande. „Also, ich war mehrere Monate in Nizza. Vor zwei Wochen bin ich nach Paris zurückgekommen, ziemlich blank..."

„Das kann ich nachfühlen", sage ich mitfühlend.

Sie läßt den Stein an ihrer Hand im Licht funkeln. Souvenirs, Souvenirs! Bestimmt hat sie unten an der Küste einen zahlungskräftigen und -willigen Freund gefunden. Aber leider tanzte sie nur einen Sommer. Alles, was ihr blieb, ist dieser Ring. Ein Abschiedsgeschenk. Nicht schlecht. Sieht aus wie ein Smaragd. Wenn er echt ist, ist er ein hübsches Sümmchen wert.

„Ich bin dann also wieder in Huguettes Villa gezogen", fährt Yolande fort. „Sie hat mir diese Schauergeschichte erzählt. Zwei Männer waren in der Zwischenzeit bei ihr gewesen. Haben mich gesucht und die Gräfin bedroht. ‚Wenn ich daran denke', hat sie mir gesagt, ‚zittern mir immer noch die Knie'."

„Wer's glaubt, wird selig!"

„Ein Geizhals ist sie, weiter nichts! ‚Meine Liebe', hat sie gesagt, ‚ich glaube, es ist besser, daß du ausziehst.' Und ich Blödmann hab ihr erzählt, daß ich völlig pleite bin. Glücklicherweise hat Rita mir angeboten, bei ihr zu wohnen. Meine Wohnung hier im Haus war nämlich nicht mehr frei."

„Nicht grade sehr nobel, Ihre Gräfin", stelle ich fest.

„Kann man wohl sagen."

„Und Ihnen dann noch solche Märchen aufzutischen! Oder haben Sie Feinde?" frage ich unschuldig.

„Was für Feinde sollte ich denn haben?" fragt Yolande noch unschuldiger zurück und reißt ihre schönen Augen weit auf.

„Das weiß ich doch nicht. War nur 'ne Frage. Außerdem hätte diese Madame Minerva den schrecklichen Männern sagen können, wo Sie sich aufhielten. Dann wär sie die beiden los gewesen."

Das Mädchen schüttelte den Kopf.

„Niemand wußte, wo ich mich aufhielt. Ich bin einfach

weggelaufen, um meinen Kummer zu vergessen. Ich wollte nur alleine sein."

Ich frage sie nicht, weswegen sie Kummer hatte. Désiris' Selbstmord, ich weiß. Vielleicht wär dies der richtige Augenblick, um die Kleine auszuquetschen. Aber so richtig intim bin ich noch nicht mit der „Witwe". Außerdem hab ich Zeit, viel Zeit.

„Das mit den bedrohlichen Männern ist jedenfalls reine Erfindung", beende ich das Thema. „Aber sagen Sie, was haben Sie mit dem angefangenen Abend vor? Wie wär's, sollen wir zusammen essen gehen? Sie, Régine und ich. Danach könnten wir noch irgendwo ein Gläschen trinken..."

Und auf Umwegen wieder auf Désiris zu sprechen kommen! Yolande nimmt meine Einladung an. Ich erhebe mich von meiner futuristischen Sitzgelegenheit.

„Während Sie Régine Bescheid sagen, hole ich schnell meinen Wagen vom Boulevard Berthier."

„Wir können auch meinen nehmen", schlägt Yolande vor.

„Gerne, aber ich muß unbedingt Kühlwasser nachfüllen", rede ich mich raus.

Wasser ist das Stichwort. Draußen hat es leicht angefangen zu regnen. Der übliche November-Nieselregen. An der Ecke Boulevard Gouvion-Saint-Cyr winke ich ein Taxi ran.

Während der kurzen Fahrt denke ich über die beiden Männer nach, die die Gräfin der weißen Linnen so sehr erschreckt haben. Nein, das ist kein Märchen! Die Männer gibt es tatsächlich. Wahrscheinlich sind es dieselben, die Dany Darnys überfallen haben, auf der Suche nach der Geliebten von Monsieur Désiris. Doch, das gibt mir zu denken.

Mein Wagen steht immer noch da, wo ich ihn – vor meiner Privatschau im *Prickelnden Paris* – abgestellt habe. Hinter der Windschutzscheibe klemmt ein Strafzettel. Macht nichts, bis Mitternacht werden noch einige hinzukommen! Ich klemme mich hinters Steuer (wie der Strafzettel!) und fahre in die Rue du Dobropol, wo Régine und Yolande auf mich warten.

„Wo soll's denn hingehen?" erkundige ich mich.

„Ins Bistro 22, Avenue Niel“, schlägt Yolande vor und bedeckt ihr Goldhaar mit einem Kopftuch, das ebenso futuristisch gemustert ist wie ihre Sitzmöbel.

„Also, auf zu Weiluc“, sage ich.

Weiluc hieß der verstorbene Inhaber des Bistros 22, den ich gekannt habe, als er noch unter den Lebenden weilte. Ein ehemaliger Maler, der sich als Gastronom versucht hat.

Die Mädchen hüllen sich in ihre Tierfelle, und wir gehen hinunter zu Yolandes Tallemet. Das elegante Kabriolett ist tatsächlich so aufsehenerregend, wie Régine es mir beschrieben hat. Auch wenn Désiris Rabatt gekriegt hat, muß es ihn ’ne Stange Geld gekostet haben.

Yolande startet den Sportwagen und rast los. Und der gute alte Nestor segelt dahin zwischen den schönsten Schenkeln und dem teuersten Parfüm von Paris.

* * *

Unser Auftritt im Bistro 22 erregt Aufsehen unter den Gästen. Sie halten im Kauen inne und wenden ihren Blick von den Bildern an den Wänden zu dem lebenden Bild, das ich mit den beiden Hübschen abgebe. Ich komme mir vor wie ein Eunuch, der zwei Haremsdamen zum Essen ausführt. Vor allem Yolande zieht die Blicke auf sich. Wahrscheinlich halten sie die Kleine für Dany Darnys. Wir setzen uns in eine stille Ecke und geben unsere Bestellung auf. Nach dem ersten Bissen komme ich auf die Fotos in dem Herrenmagazin zu sprechen.

„Ihr Gesicht hätten Sie sehen sollen, als sie mir die Halbnacktfotos gezeigt hat!“ schwärme ich. „Nein, Dany Darnys war gar nicht glücklich darüber.“

Yolande wird rot.

„Und Sie sind sicher, daß sie mir nicht böse ist?“ fragt sie besorgt.

„Absolut. Nur müssen Sie ihr versprechen, sich nie mehr in dieser Aufmachung fotografieren zu lassen. Mehr verlangt sie nicht.“

„Schließlich kann Yolande nichts dafür, daß sie Ähnlichkeit mit ihr hat, oder?“ verteidigt Régine ihre Freundin.

„Mir selbst ist es gar nicht aufgefallen“, erzählt Yolande. „Didier hat's gemerkt, der Fotograf. Ich hatte schon früher mal für Dupont gearbeitet...“

‚Bevor dir Désiris das Leben erleichtert hat‘, denke ich bei mir.

Didier hatte sie gefragt, wo sie sich die ganze Zeit rumgetrieben habe. Schon wochenlang habe er sie gesucht. (In der Zeit waren wohl alle hinter ihr her!) Dany Darnys war über Nacht zum Star geworden. Die Zeitungen waren voll von ihr und ihren Fotos. Dupont und der Fotograf, immer auf der Suche nach lukrativen Schweinereien, hatten die Ähnlichkeit mit Yolande bemerkt und Geld gerochen. So sind die Fotos ins *Prickelnde Paris* gekommen. Eine saubere Sache fürs dreckige Geschäft!

„Ich muß sagen“, gesteht das Double, „ich hatte Spaß an dem Schwindel, und seitdem betone ich natürlich die Ähnlichkeit.“

„Dany Darnys wird sicher darauf bestehen, daß Sie das nicht zu sehr betonen“, werfe ich ein. „Übrigens ist das auch für Sie besser, falls Sie wirklich zum Film wollen.“

„Natürlich.“

Dann reden wir noch ein Weilchen über diesen Didier. Scheint ein netter Kerl zu sein, ganz im Gegensatz zu dem triebhaften Fotografen, der Régine vergewaltigen wollte. A propos Vergewaltigung: Mir fällt der Überfall auf Dany Darnys ein. Ich starte einen pikanten Versuchsballon:

„Dieser Didier scheint keine große Nummer als Künstler zu sein. Hab so was wie'n Fleck auf Ihrem Innenschenkel entdeckt. Ist der beim Entwickeln der Fotos passiert oder...“

„Sie sehen sich die Fotos ja ganz genau an!“

Die Mädchen lachen ohne falsche Prüderie.

„Nein, der Fleck ist echt“, klärt mich das Fotomodell auf. „Eine häßliche Narbe, die sich nicht wegschminken läßt.“

Sie erzählt, wie sie als Kind bei dem Versuch, über einen

Zaun zu springen, sich beinahe den Bauch aufgeschlitzt hat. Jetzt verstehe ich auch, warum die Männer in Dany Darnys Wohnung geflucht und dann das Weite gesucht haben. Sie wollten dem Filmstar nämlich gar nicht an die Wäsche, sondern nur anhand dieses unveränderlichen Kennzeichens die gesuchte Yolande identifizieren! Und als sie keine Narbe entdecken konnten, haben sie sich fluchend aus dem Staub gemacht. Eins ist mir jetzt jedenfalls klar: In Paris laufen zwei schräge Vögel rum, die aus irgendeinem Grund hinter Yolande her sind. Soll ich die Kleine darüber aufklären oder lieber darauf warten, daß die Kerle mir in der Rue du Dobropol in Ritas Wohnung in die Falle gehen? Ich beschließe, die Begegnung mit Dany Darnys abzuwarten. Ich glaube, in dieser Richtung liegt der Schlüssel zu dem Geheimnis...

Wir reden noch über dies und das und gehen dann noch auf ein Glas in eine Bar in der Rue Bayen. Vor dort versuche ich, Roger Zavatter telefonisch zu erreichen. Aber er ist weder zu Hause noch in einem seiner Stammcafés. Auch bei Hélène hat er noch nicht angerufen.

Ganz langsam rückt unsere Verabredung mit Dany Darnys näher.

* * *

„Das ist Ihre Doppelgängerin", sage ich zu dem Filmstar, der Yolande neugierig anstarrt. „Seien Sie ihr wegen ihrer künstlerischen Tätigkeit nicht böse."

Wenig später verabschiede ich mich, zusammen mit Régine. Sollen sich die beiden Künstlerinnen unter vier Augen aussprechen. Meine Mission ist hiermit beendet. Yolande ist alt genug, um nach dem Gespräch alleine nach Hause zu finden.

„Und was machen wir jetzt?" fragt Régine, als wir in meinem Wagen sitzen.

„Erstmal warten wir 'n Weilchen, wenn's Ihnen nichts ausmacht."

„Nein, überhaupt nicht", sagt sie und lacht zweideutig.

Ihr muß ich nichts erklären. Aber ich kann ihr auch nichts vormachen. Sie hält mich für einen Privatflic, der 'n bißchen vor ihr angeben will.

Es regnet nicht mehr. Dafür ist es jetzt neblig. Die Leuchtreklamen der Kinos und Cafés verschwimmen etwas, aber wir haben immer noch ausgezeichnete Sicht. In einem Auge hab ich den Hauseingang zu Dany Darnys Wohnung, im anderen Yolandes Wagen, der einige Meter weiter geparkt ist.

Der Filmstar schien alleine zu sein. Aber irgend etwas sagt mir, daß sie eigentlich Besuch haben sollte. Vielleicht hat er sich zurückgezogen, als wir kamen. Oder er taucht erst später auf. Ich bin jedenfalls entschlossen, so lange zu warten, bis Yolande aus dem Haus kommt.

Eine gute Stunde verstreicht. Niemand kommt heraus, niemand geht hinein. Endlich öffnet sich die Haustür. Yolande tritt ins Freie. Alleine. Ich weiß nicht, ob ich enttäuscht sein soll oder nicht. Sie geht zu ihrem Wagen, steigt ein und braust davon. Ich starte ebenfalls meinen Dugat.

„Das wär's dann also für heute“, sage ich zu Régine. „Ich fahr Sie nach Hause.“

„Wenn's Ihnen Spaß macht“, bemerkt das Mädchen trokken.

Hab den Eindruck, daß sich ihre Gefühle zu mir abgekühlt haben. Wahrscheinlich wegen der Komödie, die sie hinter meinem Verhalten vermutet.

Nach ein paar Minuten verliere ich den Sportwagen aus den Augen. Erst in der Rue du Dobropol seh ich ihn wieder. Als wir gemächlich um die Ecke biegen, parkt er schon vor dem Haus meiner jungen Freundinnen. Yolande steigt aus.

Die Straße liegt verlassen da. Die Büsche in den Vorgärten werfen ihre Schatten auf den Bürgersteig, die Straßenlaternen ihr Licht auf die regennassen Gitter. Die Fassade wird von einigen beleuchteten Fenstern durchlöchert. Der Nebel macht die verlassene Einsamkeit dieser Gegend noch fühlbarer.

Ja, es sieht so aus, als wär's das für heute. Wirklich? Komm, Nestor, mal den Teufel nicht an die nachtschwarze Wand.

Plötzlich preßt sich Régine an mich, so als wolle sie Schutz in meinen Armen suche. Ihre Fingernägel krallen sich durch den Stoff in mein Fleisch.

Sie hat's gesehen, genauso wie ich.

Aus einem Hauseingang lösen sich zwei Schatten und gehen eilig auf Yolande zu. Der Film läuft so schnell ab, daß ich gar nicht zum Eingreifen komme. Mit einem blinkenden Gegenstand – eher einem Revolver als einem Knüppel – verpaßt ihr einer der Kerle einen Schlag auf den Hinterkopf. Lautlos, ohne einen Schrei sinkt Yolande dem anderen Gangster in die Arme.

Bevor Régine neben mir aufschreien kann, halte ich ihr den Mund zu.

7

Levallois *by night*

Im nächsten Augenblick ist die Straße wieder menschenleer. Der Tallemet rast in Richtung Levallois. Ich lasse Régine los und mache mich an die Verfolgung.

„Großer Gott!“ stöhnt das Mädchen. „Was ist da passiert?“

Beruhigend klopfe ich ihr aufs Knie. Im Moment fällt mir nichts Besseres ein.

„Ich hab nicht mehr gesehen als Sie“, murmele ich.

„Die haben Yolande entführt!“

Ihre hysterische Schreierei macht es auch nicht besser.

„Ja, die haben Yolande entführt“, wiederhole ich nickend.

„Das sind Mädchenhändler!“

„Weiß ich nicht. Kann schon sein.“

„Und Sie haben nichts unternommen!“ kreischt Régine vorwurfsvoll. Sie wird tatsächlich gleich hysterisch.

„Was hätte ich denn unternehmen können? Blinder Eifer schadet nur. Und mein Heldentod hätte ihr auch nichts genützt. Besser, wir kriegen raus, wo die Kerle sie hinbringen... Und wenn Sie jetzt, bitte schön, die Schnauze halten würden? Diskutieren können wir später.“

Régine kauert sich in ihren Sitz. Ich hole meine Kanone raus und lege sie zwischen uns. Wie das Schwert zwischen Tristan und Isolde. Aber die Absicht ist eine andere. Sicher ist sicher, sage ich mir. Wenn ich die Waffe plötzlich brauche, hab ich sie griffbereit neben mir.

„Sie sind bewaffnet!“ stellt Régine fest. „Und trotzdem haben Sie nicht eingegriffen.“

„Schnauze.“

Sie hält sie. Rührt sich nicht mehr in ihrer Ecke.

Inzwischen rast der Tallemet den Boulevard de l'Yser hoch, biegt in die Avenue de la Porte de Champerret ein. Bis hierhin kenn ich mich aus. Die Kerle vor uns haben noch nicht mitgekriegt, daß hier 'ne Verfolgungsjagd stattfindet. Aber lange geht das nicht mehr gut. Wir fahren nach Levallois, und in dem Gewirr von dunklen, schlecht gepflasterten Straßen verliere ich die Orientierung. Der Federung meines Wagens ächzt und stöhnt im Chor mit meiner Beifahrerin. Das Mädchen wird so richtig durchgeschüttelt. Plötzliche Kurven, unerwartete Wechsel von Richtung und Gang. Offensichtlich haben Yolandes Kavaliere spitzgekriegt, daß sie immer einen Dugat im Rückspiegel sehen können. Sie versuchen die waghalsigsten Manöver, um mich abzuhängen. Aber ich bin vom Fach, und die Entfernung zwischen den Rennwagen wird nicht geringer, bis plötzlich...

Ja, bis ich plötzlich einen Gegenstand in meinen Rippen spüre. Könnte 'n Pfeifenstiel sein. Ist aber mein Revolver.

„Drehen Sie um", stammelt Régine zitternd, mit tonloser Stimme. „Ich hab Angst."

Scheiße! Das hat mir gerade noch gefehlt. Klar, daß die Kleine Schiß gekriegt hat. Unter dem Make-up ist sie bestimmt grün im Gesicht. Man könnte meinen, sie hätte ein Gespenst gesehen. Der hysterische Anfall ist überwunden, jetzt winkt der Nervenzusammenbruch. Ja, Régine hat Angst. So große Angst, daß sie mutig meinen Revolver in die Hand genommen und ihn mir in die Rippen gedrückt hat. Scheint für sie der einzige Weg zu sein, aus dieser Situation heil rauszukommen. Ich schiele auf die Waffe. Es ist zu dunkel, um zu erkennen, ob ich sie eben entsichert habe oder nicht. Ich erinnere mich nicht mehr. Immerhin hat Régine den Finger am Abzug, und die Hände zittern ganz schrecklich. Wenn sie noch etwas mehr Angst kriegt und noch etwas mehr zittert, fang ich mir gleich 'ne wunderschöne blaue Bohne! Fluchend bremse ich. Vor mir, weit weg, werden die Rücklichter des Tallemet vom Nebel verschluckt. Ironisch scheinen sie mir zuzuwinken. Gute Nacht, Nestor! Aber vielleicht ist es auch ein anderer, ein unschuldiger Wagen.

„Blöde Gans", zische ich der Revolverheldin neben mir zu.

Doch glücklicherweise ist die blöde Gans zu aufgeregt oder zu erschöpft. Sie paßt einen Augenblick nicht auf, und ich kann ihr endlich auf die Finger klopfen und die Kanone abnehmen. Sie sieht mich verstört an, verzieht ihren Mund und öffnet ihn dann ganz langsam. Das Geheul, das sie ausstößt, gleicht verdächtig dem der Alarmsirenen heute mittag. Ich ohrfeige das schreiende Ungeheuer links und rechts. Erstens heilt man auf diese Weise einen hysterischen Anfall, und zweitens beruhigt das meine eigenen Nerven. Ventil für meine Wut, Rache für ihr unqualifiziertes Eingreifen. Régine sackt in sich zusammen und droht vom Sitz zu rutschen. Soll sie ruhig ohnmächtig werden, wenn's ihr Spaß macht! Dann ist sie wenigstens nicht so lästig. Aber sie kommt wieder zu sich und fängt leise an zu schluchzen.

Ich stecke meine Kanone ein, steige aus und mache ein paar Schritte auf dem nassen Asphalt. Die frische Nachtluft tut mir gut. Ich fühle mich beinahe ausgezeichnet. Die schwach beleuchtete Straße ist menschen- und autoleer. Die niedrigen Häuser links und rechts schlafen tief. In dieser finsteren Gegend bin ich verloren. Sieht aus wie 'n Kuhdorf. Eine Katze springt miauend aus einem Mülleimer und nimmt vor mir Reißaus. Durch den watteartigen Nebel dringt die Sirene (noch eine!) eines Feuerwehrautos, das zum Einsatzort rast. Dann herrscht wieder tiefes Schweigen. Ich gehe auf eine breitere Straße zu. Gide heißt sie. Charles oder André? Das Schild gibt keine Auskunft. Würde mir sowieso nicht weiterhelfen. Sollen die Gides doch alle zum Teufel gehen ! Leicht fröstelnd gehe ich zum Wagen zurück.

Régine hat sich nicht vom Fleck gerührt. Mit einem Taschentuch tupft sie sich das schluchzende Näschen. Ich halte die Wagentür an ihrer Seite auf und sage:

„Ich hab noch hier in der Gegend zu tun. Wenn's dir nicht

paßt, kannst du ja aussteigen und zu Fuß nach Hause marschieren!"

Der totale Schwachsinn! Aber jeder ist anders albern, und jetzt bin ich an der Reihe.

Régine reagiert nicht. Das heißt wohl, daß sie bleiben will. Ich setze mich wieder hinters Steuer und verfahre Benzin, nur so zum Spaß. Als ob ich jetzt noch Yolandes Tallemet wiederfinden könnte! Aber vielleicht hab ich ja Schwein in diesem Kuhdorf. Wütend kurve ich durch Levallois und suche die Straßen nach dem Sportwagen ab. Nichts! Ich fahre und fahre, und plötzlich sehe ich den Eingang einer Metrostation. *Louise-Michel,* steht auf dem Schild über der Treppe, die in den Untergrund führt. Wir sind wieder mitten in Paris!

Ich nehme Kurs auf die Rue du Dobropol. Régine schnäuzt sich noch einmal hörbar und bringt dann mit leiser Stimme hervor:

„Ich möchte mich entschuldigen, für eben. Aber ich hatte solche Angst. Wenn die aufeinandertreffen, hab ich mir gesagt, was passiert dann?"

Daß die Kleine sich von einem möglichen Schützenfest fernhalten wollte, hab ich wohl kapiert. Und ich kann ihr deswegen nicht mal böse sein, trotz meiner Wut. Ganz im Gegenteil, wenn ich's mir recht überlege. Schließlich hat sie mir einen erstklassigen Vorwand geliefert, würdevoll den Rückzug anzutreten. Die Verfolgungsjagd hatte ich eigentlich schon verloren, bevor sie anfing. Solange Yolandes Entführer mich nicht bemerkt hatten, konnte ich mir noch eine Chance ausrechnen. Aber danach ... Kurz gesagt, Régine hat mir eine Schießerei erspart, bei der die Bedingungen noch ungleicher verteilt gewesen wären als in der Rue du Dobropol.

„Schon vergessen", sage ich und klopfe meiner Beifahrerin wieder beruhigend aufs Knie. Wird wohl 'n Tick von mir, dieses lustige Schenkelklopfen. Na ja, es gibt unangenehmere ...

Die Rue du Dobropol ist der reinste Parkplatz. Ich muß meinen Wagen in einiger Entfernung von Régines Wohnung stehenlassen. Wir gehen zu Fuß zurück. Das Klappern der hohen Absätze (von Régine!) hallt in der Straße wider.

Plötzlich knallt eine Autotür zu. Régine schreckt hoch. Schon habe ich meine Hand auf dem Revolver und seh mich um. Ein Schatten, gerade aus dem Auto gestiegen (hat wohl Wache gesessen), zündet sich in aller Ruhe eine Zigarette an. Die Flamme des Feuerzeugs erhellt die Gesichtszüge des Mannes. Ich erkenne ihn und überlege, ob ich zu ihm gehen soll oder nicht.

Es ist Roger Zavatter. Verdammt, den hab ich hier nicht erwartet!

„Ein Freund von mir", erkläre ich Régine, die sich schrecklich erschreckt hat. Verständlich!

„*Salut,* Roger", rufe ich meinem Mitarbeiter zu, um ihm zu verstehen zu geben, daß die Luft rein ist.

Er kommt über die Straße auf uns zu, die Hände in den Taschen seines kurzen Trenchcoats. Lässig tippt er mit dem Zeigefinger an seine karierte Schirmmütze.

„Wieso treiben Sie sich hier rum?" frage ich ihn.

„Ich warte auf den Kerl, den Sie mir ganz besonders ans Herz gelegt haben."

„Marcel Viénot?"

„Genau der."

Komisch, besonders überrascht bin ich nicht.

„Er ist in dem Haus da", erklärt Roger und zeigt auf das Gebäude, in dem Régine wohnt.

„Schon lange?"

„Fünf Minuten."

„Dann wollen wir..."

Weiter komme ich nicht. Im Treppenhaus geht plötzlich das Licht an, und gleichzeitig hört man das surrende Geräusch des Aufzugs.

„Vielleicht ist er das", sage ich. „Am besten, Sie gehen wieder in Ihr Auto. Folgen Sie ihm. Und wenn Sie ihn zu Bett gebracht haben, rufen Sie mich an."

Ich frage Régine nach ihrer Telefonnummer.

„Niel 78-69."

„O.k.", sagt Zavatter und entfernt sich.

Beinahe gleichzeitig schlagen zwei Türen zu: die von Zavatters Auto und die Haustür gegenüber. Ich nehme Régine in meine Arme und küsse sie leidenschaftlich. Der etwa vierzigjährige Mann, der aus dem Haus tritt, sieht nur flüchtig zu dem Liebespaar hinüber, das sich auf der anderen Straßenseite abknutscht. Er steigt in einen Wagen und fährt los. Zavatter nimmt die Verfolgung auf. Sehr gut.

„Also, mit Ihnen wird's einem nie langweilig", stellt Régine fest, als wir in ihrer Wohnung sitzen. Zum Scherzen ist sie allerdings nicht aufgelegt, obwohl sie's versucht. Die Angst steckt ihr noch in den Knochen. „Was hat das alles zu bedeuten?"

Sie legt mir eine Hand auf den Arm und fragt beinahe flehend:

„Yolande..."

„Nur keine Panik! Die werden wir schon wiederfinden... Haben Sie das Autokennzeichen im Kopf?"

„2107 AB 75."

Ich rufe das Kommissariat in Levallois an.

„Hallo, Chef!"

„Ja, was ist?" brummt der Flic am anderen Ende. Die schmeichelhafte Anrede scheint ihn nicht dafür zu entschädigen, daß er sein Kartenspiel unterbrechen mußte.

„Ein Tallemet, Kennzeichen 2107 AB 75 ist in der Rue Gide gesehen worden. In dem Wagen wurde eine junge Frau von zwei Kerlen belästigt."

„Wer ist am Apparat?"

Ich lege auf. Sollen die Flics sich darum kümmern oder nicht. Vielleicht bringt's was ein... Vielleicht auch nicht. Nach einer Weile wiederhole ich das Spielchen. Durch meine Hartnäckigkeit könnte es passieren, daß sie der Sache Bedeutung beimessen. Mir ist zwar nicht nach Lächeln zumute, aber ich gebe mir Mühe und frage Régine:

„Was halten Sie von einem Privatflic im Dienst?"

„Na ja... Das Schauspiel ist neu für mich."

„Und dabei haben Sie noch gar nicht viel zu sehen gekriegt. A propos sehen: Wir haben nichts von der Entführung gesehen, sind direkt von Dany Darnys hierhergefahren, ja? Vergessen Sie's bitte nicht..."

„Nein."

Das Telefon klingelt. Roger Zavatter erstattet Bericht:

„Er ist nach Hause gefahren und wird jetzt wohl dort bleiben."

„Wo sind Sie?"

„Boulevard des Batignolles, direkt am Théâtre Hébertot. Drei Meter von meinem Auto und zehn von Viénots Wohnung entfernt."

„Bleiben Sie, wo Sie sind. Ich bin sofort da."

* * *

„Dann schießen Sie mal los!" fordere ich meinen Mitarbeiter auf, als ich neben ihm in seinem Wagen sitze.

Durch die leicht beschlagene Windschutzscheibe sieht man in der Ferne die Leuchtreklame an der Place Clichy. Das bunte Neonlicht durchdringt die Nacht von Montmartre.

„Also", beginnt Zavatter, „vor rund dreißig Stunden haben Sie mich auf Dany Darnys und Marcel Viénot angesetzt. Ich will mich ja nicht selbst loben, aber in so kurzer Zeit hab ich wohl noch nie soviele Informationen gesammelt."

„Ja, ja, schon gut. Dafür gibt's 'ne Sonderprämie."

„Vielen Dank. Fangen wir mit dem Einfachsten an: Dany Darnys. Allgemein gilt sie nicht als besonders schlau, und wenn sie selbst was für ihre Publicity tut, ist das meistens 'n Schuß in den Ofen. Im Oktober zum Beispiel hat sie einen Überfall simuliert..."

„Ich weiß. Nur, daß der nicht simuliert war."

„Ach nein?"

„Ja. Aber das nur am Rande. Ansonsten stimmt das Image. Sie ist 'n bißchen blöd."

„Bei allem Respekt, ja."

„Und kann man sie auch gut beeinflussen, ohne daß sie's merkt?"

„Bestimmt."

„Das dachte ich mir... Und jetzt zu Viénot."

„Ein ruhiger Vertreter. Intelligent. Da Sie ihn mir besonders ans Herz gelegt hatten, hab ich mich an ihn gehängt. Vierzig Jahre, gepflegte Erscheinung. Sie haben ihn ja gesehen..."

„Mit einem Auge."

„Leitender Angestellter im Konstruktionsbüro der Autofirma Roger Richard. Hat früher bei Dugat gearbeitet. Dort hat er wohl Charles Désiris kennengelernt. Steht mit Dany Darnys auf gutem Fuß, seit die Schauspielerin ein Star ist. Ich bin Viénot heute abend vom Betrieb aus nachgefahren. Erst hierher zu seiner Wohnung, dann ins Restaurant, später in ein Bistro. In der ganzen Zeit hat er zwei-, dreimal jemandem die Hand gegeben. Nichts Besonderes."

„Hat er telefoniert?"

„Ein paarmal. Hat aber offensichtlich nie jemanden erreicht. Immer wenn er aus der Kabine kam, sah er ärgerlich aus. Um neun endlich hatte er wohl Glück. Er schien zufrieden mit dem Gespräch. Danach dachte er angestrengt nach. Na ja, so sah's jedenfalls aus. Nach dem Bistro ging's in ein Kino auf den Champs-Elysées. Nach dem Kino hat er in aller Ruhe was getrunken und noch mal angerufen. Dann ist er zu Dany Darnys gefahren."

„Wann genau?"

„Nach Mitternacht. Ich hab gewartet. Warum, weiß ich nicht. Wenn er mit ihr ins Bett gestiegen wäre, wär die Warterei sozusagen verlorene Liebesmüh gewesen. Aber so gegen eins kam er wieder runter. Ich wollte grade Feierabend machen. Den Rest kennen Sie: Rue du Dobropol, dann wieder hierher."

„Und was..." Zavatter gähnt, daß er sich beinahe die Kiefer ausrenkt. „... was soll ich jetzt machen?"

„Sie warten hier. Ich rufe ihn von einem Bistro aus an, und dann gehen wir möglicherweise zusammen zu ihm hinauf."

Ich steige in meinen Dugat um und fahre zur Place Clichy. Im Bistro Ecke Rue Biot suche ich mir Viénots Telefonnummer raus und rufe ihn an. Er geht sofort an den Apparat, schon nach dem ersten Klingeln. Seine Stimme klingt für keinen Sou verschlafen. Im Gegenteil, hellwach. So als hätte er auf einen Anruf gewartet.

„Hallo?"

„Hier Nestor Burma."

„Nestor Burma..."

Es verschlägt ihm die Sprache.

„Burma, ganz richtig. Ich bin ganz in Ihrer Nähe. Würde gerne mit Ihnen sprechen, trotz der ungewöhnlichen Uhrzeit."

„Hm... Worüber?"

„Über Yolande Mège und Charles Désiris."

„Désiris? Ah... Ah..."

Er gibt Laute von sich wie jemand, der einen Reim auf etwas macht.

„Na schön, ich erwarte Sie. Vierte Etage, links."

Weitere Einwände hat er nicht.

* * *

Viénot verzieht leicht das Gesicht, als er sieht, daß wir zu zweit sind. Trotzdem bittet er uns höflich herein und führt uns in einen Raum mit antiken Möbeln. Ein Buffet, ein runder Tisch und mehrere Stühle mit Schnitzereien. Wahrscheinlich stammt das Zeug aus einer Erbschaft. Im Blick des Hausherrn liegt eine Spur Verstimmung, aber keinerlei Angst. Unter den grauen Bürstenhaaren wölbt sich eine mächtige Stirn. Ein männlicher Charakterkopf, alles in allem. An den Füßen trägt Viénot Hausschuhe und unter dem Hausrock eine normale Anzughose.

„Dann waren Sie es also, der mir gefolgt ist?" fragt er, nachdem wir uns gesetzt haben.

„Gefolgt? Wann denn?"

„Hören Sie auf, den Naiven zu spielen, Monsieur Burma! Ich jedenfalls will offen zu Ihnen sein. Vor kaum einer halben Stunde bin ich aus einer kleinen Straße weggefahren, und fast gleichzeitig hat sich ein anderer Wagen in Bewegung gesetzt und ist mir gefolgt. Deshalb vermute ich..."

„Sie vermuten richtig", sage ich lächelnd. „Ihnen ist tatsächlich jemand gefolgt, und zwar schon seit Ihrem Feierabend bei der Firma Roger Richard. Monsieur Zavatter..." Ich zeige mit meiner Pfeife auf meinen Mitarbeiter. „... hatte Anweisung, Ihnen nicht von der Stoßstange zu weichen. Und vorher hat er noch ein paar Informationen gesammelt, ebenfalls auf meine Anweisung hin. Wollen Sie wissen, warum? Na gut, auch ich will offen zu Ihnen sein. So können wir viel Zeit sparen, was um diese Uhrzeit nicht zu verachten ist. Ich nehme an, Sie sind genauso müde wie wir. Also, ich hab Informationen über Sie sammeln und Sie beschatten lassen. Warum? Weil ich mir gesagt habe – als denkender Mensch wissen Sie ja, welch verschlungene Pfade der Verstand manchmal mit einem spazierengeht! – weil ich mir also gesagt habe, daß derjenige, der mich Dany Darnys empfiehlt, das bestimmt in irgendeinem eigenen Interesse tut. Er wollte an die ehemalige Geliebte des ehemaligen Monsieur Désiris rankommen, ohne sich selbst ins Rampenlicht zu stellen. Also hat er sich der Filmschauspielerin bedient. Die kann man nämlich prima beeinflussen, ohne daß sie's merkt. Zitat Ende! Man muß sie nur ordentlich einseifen; denn alleine wär sie nicht unbedingt auf die Idee gekommen, ihre Doppelgängerin davon abzuhalten, in leichter Garderobe für ein lockeres Magazin zu posieren. Nachdem man Dany Darnys die Fotos durch die Post zugeschickt hat... Seh ich das richtig, Monsieur Viénot?"

„Goldrichtig", bestätigt mir unser Gastgeber achselzukkend.

„Ja, verdammt nochmal! Warum denn diese Zirkusnummer?"

„Wie Sie schon sagten: um mich nicht selbst ins Rampenlicht zu stellen. Es sollte nicht jeder wissen, daß und warum ich mich für dieses Mädchen interessiere... Yolande Mège... Hab ihren Namen erst heute abend durch Dany erfahren."

„Das Dumme ist nur, daß Sie mir die Gründe für Ihr Interesse jetzt mehr oder weniger offenlegen müssen."

„Das Gefühl hab ich auch! Möchte bloß wissen, warum ich ausgerechnet Dany Sie empfohlen habe. Ein anderer würde bestimmt nicht so rumschnüffeln wie Sie..."

„Ein anderer, Monsieur Viénot, hätte aber Ihre Yolande – ich nenn sie mal einfach so! – nicht in dem Affentempo aufgegabelt."

„Stimmt auch wieder. Trotzdem, das dürfte 'ne ausgesprochene Scheißidee gewesen sein."

„Vielleicht ist Ihnen mein Name eingefallen, weil ich in den Mordfall Désiris verwickelt war."

Seine Augen werden kugelrund.

„Mordfall Dés..."

„Ja, ich hab die Leichen gefunden. Und Sie haben meinen Namen in den Zeitungsberichten gefunden."

Viénot schnippt mit den Fingern.

„Genau!" ruft er. „Hab ihn wohl im Unterbewußtsein gespeichert. Und als Dany und ich von einem Privatdetektiv sprachen, ist er mir automatisch wieder in den Sinn gekommen. 'ne saublöde Idee, wirklich..."

„Kann man wohl sagen, aber Sie hatten sie nun mal."

Kaum zu glauben, daß er mich seiner Freundin alleine deshalb empfohlen hat, weil ich in der Rue Alphonse-de-Neuville über die Leichen gestolpert bin!

„Aber egal", beende ich diesen Diskussionspunkt. „Ich nehme an, Sie kannten Charles Désiris von Dugat?"

„Richtig."

„Und haben sich dann aus den Augen verloren?"

„1956, als ich zu Richard gewechselt bin."

„Woher wissen Sie, daß Yolande Mège die Geliebte von Désiris war?"

„Letzten Januar hab ich Désiris zweimal getroffen, zufällig.

In seiner Begleitung war eine junge Frau… Yolande… Den Namen kannte ich damals allerdings noch nicht, wie gesagt. Sofort fiel mir auf, daß das Mädchen sehr schön war. Sie erinnerte mich nur sehr entfernt an Charles' Ehefrau… Die war nämlich nicht sehr… äh… anziehend."

„Sie kannten Madame Désiris?"

„Flüchtig."

„Und im März haben Sie von dem Selbstmord erfahren?"

„Wie jeder in Paris, der Zeitung liest."

„Was halten Sie davon?"

Achselzucken.

„Im Oktober veröffentlichten die Zeitungen Fotos von dem frischgebackenen Filmstar. Da haben Sie doch bestimmt gedacht: ‚Aha! Ist das nicht Désiris schöne Freundin?'"

„Jawohl, hab ich."

„Sie sehen zu, daß Sie in den Bekanntenkreis von Dany Darnys kommen, weil Sie sie für Yolande halten."

„Genau."

„Hatten Sie sich in Yolande verknallt?"

„Nein!"

„Warum wollten Sie sie dann unbedingt kennenlernen?"

„Als ob Sie das nicht wüßten!"

Viénot lächelt ungläubig.

„Die Erfindung, hm?"

„Ja. Sehen Sie, Monsieur Burma, ich hab Désiris gut gekannt und weiß, was er als Ingenieur taugte. Ein hervorragender Mann, voller Ideen. Die Unternehmen haben häufig davon profitiert und ihn mit einem Almosen abgespeist. Deswegen war Désiris verbittert. Aber in seinem Kopf arbeitete es weiter. Als ich den Artikel im *Crépuscule* las, hab ich nur mit dem Kopf geschüttelt. Désiris sollte sich umgebracht haben, weil er an seinen Fähigkeiten als Ingenieur zweifelte? Dummes Zeug!"

Mit einer Handbewegung schickt er das Blei, mit dem Covets Ergüsse in der Druckerei gesetzt wurden, in Richtung Rue Legendre, in die Gießerei.

„Dummes Zeug", wiederholt er.

„Weshalb sollte er sich denn Ihrer Meinung nach umgebracht haben?"

„Keine Ahnung. Aber bestimmt nicht, weil er an sich gezweifelt hat."

„Sie finden also, daß Désiris' Erfindung keine Erfindung der Journalisten ist?"

„Unbedingt!"

„Und weil Sie das finden, haben Sie sich gesagt: ‚Desiris hat seine Erfindung bestimmt zu Ende geführt. Nur, mißtrauisch wie er ist, hat er wichtige Einzelheiten nicht preisgegeben, wesentliche Voraussetzungen, ohne die der Rest keinen Sou wert ist. Und diese wichtigen Notizen hat er an einem sicheren Ort aufbewahrt. Vielleicht kann mir seine Freundin weiterhelfen. Fragen kostet nichts.' War es so, Monsieur Viénot?"

Er seufzt:

„Genauso. Nur das Fragen hat mich bis jetzt schon 'ne Menge Geld gekostet. Wenn man Umgang mit Frauen wie Dany Darnys pflegt, kann man sich ruinieren."

„Aber das Spielchen lohnt sich doch, oder?"

Keine Antwort.

„Leider ist Dany Darnys nicht die, für die Sie sie gehalten haben, hm?"

Er schüttelt den Kopf.

„Das haben Sie sofort gemerkt, als Sie ihr gegenüberstanden", fahre ich fort, „Yolande und Dany sehen sich zwar ziemlich ähnlich, aber nicht zum Verwechseln. Trotzdem besuchen Sie die Schauspielerin nach wie vor."

„Dany ist sehr angenehm im Umgang", erklärt Viénot etwas reserviert. „So waren meine Anstrengungen nicht ganz umsonst. Ihre Bekanntschaft ist so etwas wie eine Entschädigung für meine Enttäuschung."

„Das leuchtet mir ein", sage ich und nicke nachdenklich. „Kommen wir jetzt zum vorläufig letzten Akt. Sie gehören zum Leserkreis des *Prickelnden Paris*... Na ja, irgend jemand muß das Zeug schließlich kaufen! Sie sehen die Fotos von

Yolande. Kein Zweifel! Das ist jetzt wirklich Désiris' Freundin. Aber wie an sie rankommen? Weil Sie keine Möglichkeit sehen, sich ihre Adresse zu beschaffen, denken Sie sich den Trick mit dem Privatflic aus. Soll der doch die Arbeit machen! Sie schicken Ihrer Freundin Dany Darnys das Exemplar. ‚Wirklich, meine Liebe, das geht zu weit!' entrüsten Sie sich, als Dany Ihnen die Fotos zeigt. Und Sie bequatschen sie so lange, bis Sie selbst auf die Idee kommt, einen Privatdetektiv einzuschalten. Alles läuft wie geschmiert. ‚Monsieur Burma scheint diskret und schnell zu sein', reden Sie ihr ein."

„Was sich als wahr herausgestellt hat!" lacht Marcel Viénot.

„Vielen Dank. Ich werde fündig und informiere Mademoiselle Darnys, die Sie wiederum über meinen Fund und ihre Verabredung mit der Doppelgängerin informiert. Eigentlich könnten Sie an dem Gespräch der beiden schönen Frauen teilnehmen. Aber Sie haben Angst, daß Yolande Sie wiedererkennt und über Désiris zu reden beginnt."

„Ja. Dann wären einige Erklärungen fällig gewesen."

„Eben. Dany Darnys ist zwar keine Intelligenzbestie, aber sie hätte auf die Idee kommen können, daß Sie sich nur sozusagen aus Versehen bei ihr eingeschlichen haben. Und vielleicht hätte sie sich an meine Frage erinnert, ob ihre angeblichen Vergewaltiger damals nicht von ‚Iris', sondern von ‚Désiris' gesprochen hatten. Wir haben nämlich vorgestern über den ... äh ... Vorfall geredet. Spätestens dann wären Erklärungen von Ihrer Seite fällig gewesen, wie Sie sagen. Übrigens ... Ich nehme mal an, daß diese beiden Männer nicht von Ihnen geschickt worden waren, oder?"

„Was denken Sie von mir!" protestiert unser Gastgeber.

„Ach, ich habe nur gefragt. Man darf nichts außer acht lassen. Alte Privatflic-Weisheit ... Man könnte meinen, die Konkurrenz hat sich eingemischt, hm? Denkbar wäre nämlich, daß andere Herren aus der Branche genauso kombiniert haben wie Sie und hinter Désiris' ehemaliger Freundin herwaren ..."

„Möglich", sagt Viénot stirnrunzelnd. „Ganz bestimmt

sogar. Anders läßt sich der Überfall auf Dany kaum erklären. Deswegen bin ich sofort zu dieser Yolande geeilt. Wer zuerst kommt, mahlt zuerst. Aber das Mädchen war nicht zu Hause. Das jedenfalls hat ihre Mitbewohnerin behauptet, eine... äh..." Er zückt sein Notizbuch. „... Rita Marson. Ich hab meine Visitenkarte unter der Tür durchgeschoben. Sie hat sich nämlich geweigert, mir zu öffnen..."

„Haben Sie keine Idee, wer das sein könnte?" frage ich und zünde meine Pfeife an.

„Wer?"

„Wer aus der Automobilbranche könnte sich außer Ihnen für Désiris' Erfindung interessieren?"

„Keine Ahnung."

„Na gut, das geht mich ja auch nichts an."

Viénot lacht laut auf.

„Sie haben Humor!" ruft er. „Was Sie nichts angeht, interessiert Sie nicht?"

„Nein, Monsieur! Der Schein trügt. Ich kümmere mich nie um die Angelegenheiten anderer Leute. Mir ist es zum Beispiel scheißegal, ob die Tochter der Concierge mit dem Maler aus der sechsten Etage ins Bett geht. Das ist sozusagen ihr Bier... oder seins. Mein Bier ist nur, was mit einem Fall zu tun hat, mit dem ich... äh... zu tun habe. Ich will nämlich nicht der Prügelknabe sein, der für seine lichtscheuen Klienten die Rübe hinhält. Für Sie, um ein aktuelles Beispiel zu nehmen. Deswegen sitze ich hier und versuche, etwas Licht ins Dunkel zu bringen. Verdammt nochmal! Hätten Sie nicht einfach direkt zu mir kommen und mich bitten können, die Adresse des Fotomodells rauszukriegen? Ach ja, richtig! Sie wollten nicht im Rampenlicht stehen. Warum eigentlich nicht?"

„Tja... Jetzt, wo Sie sowieso alles ans Licht gezerrt haben, mag es Ihnen kindisch vorkommen. Ich fürchtete Indiskretionen... Daß man sich fragen würde, warum ich der Ex-Geliebten von Désiris hinterherlief und so..."

„Mit anderen Worten, Sie wollten nicht in den Verdacht

kommen, auf der Jagd nach dem revolutionären Motor zu sein, stimmt's?"

„Genau."

„Weil Sie aus der fremden Erfindung eigenes Kapital schlagen wollen?"

„Nun ja..." Der findige Erfindungsjäger zappelt auf seinem Sessel hin und her. „So brutal würde ich das nicht ausdrücken."

„Brutal oder nicht, der Trick bleibt derselbe. Oh, ich will nicht als Moralapostel auftreten. Ihre Absichten gehen mich nämlich mal wieder nichts an. Mademoiselle Darnys hat mich bezahlt, damit ich ihre Yolande ins Haus bringe. Für mich ist der Fall gegessen. Und wenn Sie von Yolande profitieren wollen, bitte schön!"

Ja, geschissen! Von Yolande profitieren? Wie denn? Wann denn? Wo mag das Mädchen im Moment wohl sein?

„Das wär's dann, Monsieur Viénot! Gute Nacht."

Ich stehe auf. Zavatter gähnt und steht ebenfalls auf. Wir geben dem Hausherrn die Hand. Eine warme Hand mit festem Druck. Die Hand eines Ehrenmannes. Davon gibt es viele in Paris. Leute, die einen schief ansehen, weil man Schulden macht, kein Urteil über die Tochter der Concierge fällt, nicht zur Wahlurne geht oder den Hut nicht abnimmt, wenn ein Trauerzug vorbeikommt. Mit solchen Anarchisten möchten die ehrenwerten Herren (und Damen!) nichts zu tun haben. Sie begnügen sich damit, den Fiskus und den Zoll zu bescheißen, auf Kosten anderer zu leben und die süßen Früchte der Erfindung eines Selbstmörders zu ernten. Ehrenwerte Bürger, respektiert und geachtet. Die Welt ist voll davon. Randvoll. Deswegen stinkt es manchmal zum Himmel!

8

Nicht alle Freitage sind fleischlos

Es ist immer dasselbe. Es kommt, es geht, es kommt wieder... Wie die Wellen des Meeres, mit derselben unermüdlichen Macht. Ich kaufe ein freizügiges Herrenmagazin (mit Fotos von Frauen) an einem Zeitungskiosk. Ich schlage es auf, und was halte ich in der Hand? Irgendeine Technik-Zeitschrift mit Graphiken, schiefen Ebenen und Flächen, nüchternen Skizzen, gewürzt mit weniger nüchternen Fotos von Yolande in aufregender Aufmachung. Sie läuft vor Kurbelwellen, Rädern, Ventilen und Kolben davon, wird verschlungen von dem vielen Eisen, von dieser teuflischen Höllenmechanik...

... und ich wache auf.

Kurz darauf stehe ich wieder vor einem Zeitungskiosk und kaufe mir ein freizügiges Herrenmagazin...

Wie von der unermüdlichen Kraft des Meeres hin- und hergeworfen, wälze ich mich in meinem Bett. Bis ich um neun Uhr morgens die Schnauze voll habe. Weit weniger ermüdend ist es aufzustehen, zu duschen, mich zu rasieren und mir eine Pfeife ins Gesicht zu stecken, um meinen Kater zu vertreiben. Ein hoffnungsloses Unternehmen übrigens...

Freitag, 7. November. Das Wetter ist zum Kotzen. Paßt zu meiner Stimmung.

Ich denke an Yolande. Eigentlich wollte ich sie nach ihrer Unterhaltung mit Dany Darnys behüten. Hatte das verdammte Gefühl, daß sie in Gefahr schwebte. Wie recht ich hatte! Aber die Ereignisse haben mich überrollt.

Verdammt nochmal! Diese Hohlköpfe müssen bescheuert sein. Yolande weiß mit Sicherheit nicht mehr über Désiris' revolutionäre Erfindung als ich. Hoffentlich merken die Kidnapper das bald und lassen ihr Opfer frei. Vielleicht ist das Mädchen ja schon wieder wohlbehalten bei ihrer Freundin. Wohlbehalten freigelassen, mit einem entschuldigenden ‚Vergelts's Gott'! Wie das ihre Art ist. So höflich, wie sie Yolande gestern abend aufgefordert haben, ihnen zu folgen? Mit einem kräftigen Schlag hinter die Ohren? Wohlbehalten freigelassen! Dann bete mal schön und trink einen drauf, Nestor!

Ich gehe in die Küche und gieße mir tatsächlich einen hinter die Binde. Dann fahre ich in die Agentur. Nach kurzer Sucherei finde ich einen Plan von Levallois, der Zwillingsstadt von Neuilly. Um mein Gehirn in Gang zu bringen, studiere ich den Plan. Mit einem Bleistift zeichne ich die Strecke nach, die Yolandes Entführer gestern nacht zurückgelegt haben. Von der Rue du Dobropol (Paris) bis zur Rue Gide (Levallois), wo ich meine Verfolgungsjagd aufgeben mußte. Eine schwierige Arbeit, spitzfindig und scharfsinnig. Guten Morgen, Sherlock Holmes! Wenn ich jetzt noch die Haarfarbe der Kidnapper und das Alter ihres Chefs wüßte, würde ich im Nu rauskriegen, wohin sie Yolande verschleppt haben. Also wirklich, manchmal hab ich Ideen! Vor allem am frühen Morgen... Ich will die Karte gerade in die Ecke schmeißen, als ich zwischen zwei Seinearmen die Île de la Grande-Jatte entdecke, hingegossen wie 'ne faule Schnecke...

Vielleicht ist das wieder so eine Guten-Morgen-Idee!

* * *

Das gelbliche Wasser der Seine schimmert hier und da von langen Ölspuren. Zwischen zwei kahlen Bäumen, deren tiefe Äste im Wasser hängen, erkenne ich ein Café auf Pfählen mit einem Bootshaus. Die nackte Laube nebenan steht im Sommer bestimmt in Blüte. Zwei schaukelnde Boote zerren an ihren Ketten, aber die Pflöcke geben sie nicht frei. Für romantische Paare auf der Flucht vor dem Alltag mag das anders aussehen, aber unter dem grauen Himmel wirkt die Szenerie eher traurig. Dazu kommt noch der schlechte Geschmack in meinem Mund und die düsteren Gedanken in meinem Kopf. Ein schwarzes Wellblechfaß, das früher irgendeinen Dreck befördert hat, dient jetzt als jämmerliche Boje. Fest in der Flußmitte verankert, teilt es die Strömung und produziert zwei Wasserfurchen. Manchmal hängt für ein paar Sekunden Treibgut an seinen Wänden, faulige Äste oder ähnliches Zeug, das sich schnell wieder befreit und seinen Weg fortsetzt. Aus einer entfernten Fabrik dringt dumpfes Maschinengeräusch an mein Ohr. Fehlt nur noch ein aufgeschwemmter, grünlicher Hundekadaver, um das Bild zu vervollständigen. Bei längerem Suchen läßt sich sowas bestimmt finden! Aber im Augenblick suche ich nur die Werkstatt des toten Erfinders. Ich hab weder eine Idee davon, wo sie sich befinden könnte, noch eine Idee von ihrer Größe. Ist es eine Fabrikhalle, eine Werkstatt oder mehr ein Karnickelstall? Zum Glück ist die Insel nicht sehr groß. Außerdem werden sich die Leute an den Ingenieur erinnern. Ein Genie, das sich umgebracht hat...

Doch erst einmal schnüffle ich auf eigene Faust herum, immer der Nase nach. Skeptisch gehe ich durch die Straßen und Gäßchen. Zwei oder drei Schuppen könnten Désiris' Werkstatt gewesen sein. Dort wird im Moment pfeifend gearbeitet. Doch das will nichts heißen. Inzwischen kann die Wirkungsstätte des Erfinders weitervermietet worden sein.

Ich kehre um und sehe mir den Boulevard de Levallois an, der wie ein Art Ringstraße an der Seine entlangführt. Eine Werkstatt für Karrosseriebau, eine andere für Diebstahlsicherung, eine weitere für Federung und eine für Getriebe. Alles nicht das, was ich suche. Ich gehe vorsichtig weiter. Bewege mich, als wären hier Fußangeln ausgelegt. Heimlich, still und leise. Völlig verrückt.

Ich trete in ein ländliches Bistro, das von einer Autopolsterei und einer Elektroschweißerei eingekeilt wird. Das Bistro hab ich schon von der anderen Seite gesehen, von der es wie ein Ausflugslokal für Verliebte wirkt. Die Serviererin ist vom Typ Lollobrigida, mit einem Schuß Brigitte Bardot um den Mund. Der Hang zum Schmollmund hat alle wie eine Krankheit erfaßt. Natürlich nur die Frauen. Ich bestelle was zu trinken. Übers Wetter komme ich mit der Kleinen ins Gespräch, um sie schließlich nach einer Werkstatt zu fragen, die zu vermieten sei. Man habe mir versichert, daß ich hier auf der Île de la Grande-Jatte mein Glück finden werde... Und von einem Ingenieur hätte ich gehört, der sich umgebracht habe.

„Sie haben doch bestimmt auch davon gehört, oder?"

„Ja, natürlich! Aber seine Werkstatt..." Ihr Mund läßt BB vergessen. Erinnert jetzt an Ella Fitzgerald. „... ob die noch zu vermieten ist...?"

„Wo ist denn die Werkstatt?"

„Am äußeren Ende der Insel, am Boulevard Vital-Bouhot. Gar nicht zu verfehlen. Ein schwarzer Bretterschuppen. Gehörte früher einem Monsieur Dupleix. Der Name steht noch überm Eingang."

Ich erkundige mich nicht, ob dieser Dupleix der Kerl von der Ostindischen Kompanie ist oder der, von dem im Radio so oft geredet wird.

Der besagte Schuppen am Boulevard Vital-Soundso steht etwas abseits. Eine Baumreihe und ein *no man's land,* auf dem sich allerhand Eisenkram angesammelt hat, trennen ihn von einem Autofriedhof und einer Werkstatt mit knatternden Motoren. Désiris' Schuppen ist ein geteerter Holzbau von schaurig-giftgrünem Aussehen. Die Scheiben eines breiten Fensters und eines Oberlichts über der Tür sind kaputt oder völlig verdreckt. Wie bei allen Werkstätten oder Fabrikhallen. Über dem Eingang sind rotgepinselte Buchstaben zu sehen: DUP... Den Rest hat der Zahn der Zeit gefressen, haben Sonne und Regen ausgelöscht. Vom Boulevard führt ein durchfurchter Weg hierher. Früher hat wohl ein Zaun den Zugang versperrt. Er ist immer noch da, versperrt aber nichts mehr. Das altersschwache Tor hängt an der einzigen Angel, die ihr noch geblieben ist.

Während ich noch die Baracke betrachte, reibt sich etwas an meinem Bein. Ein Hund schnüffelt an mir rum. Was habe ich auch auf seinem Territorium zu suchen! Nachdem er mich als guten Freund identifiziert hat, bettelt er mich an. Klar, er gehört zu den Straßenkötern, die sich hier im allgemeinen von Schrauben und Radkappen ernähren. Nach 'ner Weile zieht er enttäuscht ab. Ich hab leider keinen Knochen in der Tasche. Noch nicht. Jetzt trinkt er wahrscheinlich einen Schluck Seinewasser.

Ich gehe auf den Schuppen zu. Die Eingangstür ist verriegelt und verrammelt. Auf diesem Weg komme ich also nicht weiter. Eine kleine Seitentür aber, wohl der Lieferanten- oder Künstlereingang, erweist sich als zugänglicher. Sie ist nur mit einem einfachen Holzkeil gesichert.

Das Innere der Hütte paßt zum Äußeren. Das fröhliche Chaos wird nur noch durch fingerdicken Staub ergänzt.

Abgesehen von zwei Maschinen auf Stahlsockeln kann weder die Miete noch der Kauf dieser Räumlichkeit Désiris in den finanziellen Ruin getrieben haben. Auch nicht die weitere Einrichtung. Der Boden besteht zu einem Drittel aus Holz, zu einem weiteren aus Zement und zum dritten aus gestampfter Erde. Das Ganze macht einen hoffnunglos verlassenen Eindruck. Durch das herrschende Halbdunkel sieht es auch nicht freundlicher aus. Ich drehe am Lichtschalter, aber es leuchtet keine Birne auf, nicht mal 'ne nackte. Na ja, dann bleibt's eben halbdunkel. Viel ist sowieso nicht zu sehen.

In einer Ecke erblicke ich ein verglastes Büro. Vermutlich Désiris' Studierzimmer. Reißbrett, Zirkel, Lineal, Dreieck, Reißschiene, alles in mehrfacher Ausführung, ein Schreibtisch mit herausgezogener Schublade, ein Aktenschrank, zwei wacklige Stühle und ein noch wackligerer Hocker – das ist die ganze Herrlichkeit!

Außerdem liegt aber einiges rum, was beweist, daß hier vor kurzem noch menschliches Leben existiert hat: Kippen verschiedener Längen auf dem Boden, eine Flasche, in der früher mal Alkohol war, eine zweite, in deren Hals eine fast niedergebrannte Kerze steckt, und unter dem Tisch ein vergessener Putzlappen, der keiner ist. An dem futuristischen Muster erkenne ich Yolandes Kopftuch wieder. Ich hebe es auf. Es ist nur noch ein jämmerlicher Fetzen, zerrissen, mit Lippenstift verschmiert. Man muß kein besonders begabter Spürhund sein, kein Superdetektiv, um zu kombinieren, daß das Tuch als Knebel gedient hat.

Ich setze mich auf einen der wackligen Stühle. Meine Hände zerknittern unbewußt die mißhandelte Seide. Ich weiß nicht, was ich davon halten soll. Besser gesagt, ich weiß es nur zu gut...

Ich sehe mich noch etwas in dem Glaskasten um, wo gestern nacht eine seltsame Sitzung stattgefunden haben muß. Unwillkürlich, instinktiv starren meine Augen auf ein Stück Holz, das unter dem Aktenschrank hervorguckt. Endlich wird mir klar, daß das ein Hammerstiel ist. Ich stehe auf und ziehe den Gegenstand ans schummrige Tageslicht. Das ist kein Hammer, sondern eine Schaufel, an der noch Erde hängt. Ich bin zu benommen, um sachlich zu urteilen. Die Erdklumpen fühlen sich gleichzeitig trocken und feucht an.

Ich laufe in der Werkstatt herum wie ein Löwe im Käfig. Mit einem energischen Fußtritt befördere ich ein altes Kohlebecken in die Ecke. Dann werde ich mir bewußt, daß ich immer noch Yolandes Seidentuch in einer Hand halte, in der anderen die Schaufel. Ich werfe das Tuch auf den Tisch. Die Schaufel behalte ich in der Hand. Der Boden unter mir ist uneben, so als wäre die Erde gelockert und dann wieder festgestampft worden.

Bis jetzt ist dir immer alles auf dem Silbertablett gereicht worden. Du mußtest es nur einsammeln. Heute bist du gezwungen, dich als Maulwurf zu betätigen. Auch gut! Leben ist Bewegung...

Ich gehe zur Tür und verschließe sie sorgfältig. Dann zieh ich Mantel und Jacke aus und mach mich an die Arbeit. Die Schaufel könnte etwas stabiler sein. Aber es wird schon gehen. Andere sind auch gut damit klargekommen. Ich bin zu aufgeregt, um mir der Schwerstarbeit bewußt zu werden. Trotz aller Anstrengung geht's nur langsam voran. Ich schmeiße die Schaufel in eine Ecke und nehme eine spitz zulaufende Eisenstange, die ich wie eine Hacke handhabe. Die Arme tun mir weh. An meinen Händen bilden sich Blasen. Mein Gesicht ist schweißbedeckt, das salzige Wasser beißt mir in den Augen und kitzelt meinen Rücken. Aber ich muß Klarheit schaffen, auch wenn mir kotzübel dabei wird. Langsam aber sicher mache ich Fortschritte. Plötzlich kommt mir aus dem Loch ein Pestilenzgeruch entgegen, der mich umhaut. Ich drehe mich um, stolpere ein paar Meter und kotze tatsächlich.

Nach diesem Schwächeanfall raffe ich wieder auf. Aufgeben gilt nicht! Ich bin gleich am Ziel. Neben unappetitlichen Tierchen kommt jede Menge stabiles Papier zum Vorschein, ganz vermodert, aber noch wiederzuerkennen. Papier, auf dem Pläne gezeichnet werden...

Und dann kommt noch etwas zum Vorschein. Nicht an einem Stück, sondern Stück für Stück. Ein verdrehter Arm, eine verbogene Hand, eine Uhr am Handgelenk, verwesendes Fleisch, muffiger Stoff.

Yolande ist es nicht. Dies hier war früher mal ein Mann, den ich nie gesehen habe, auch nicht an einem Stück. Oder vielleicht doch? Man sollte nie nie sagen. Den Kopf will ich lieber gar nicht von seiner Erdkruste befreien, um mir das Gesicht anzusehen. Viel dürfte sowieso nicht davon übriggeblieben sein! Die Leiche ruht schon mehrere Monate hier und ernährt die Tierchen, die die medizinischen Lehrbücher poetisch als Totengräber bezeichnen.

* * *

Eine Ewigkeit lang starre ich auf das offene Grab, wie ein Idiot. Dann holt mich der Ekel wieder in die Wirklichkeit zurück. Ich muß hier weg. Alles, was es zu sehen gibt, habe ich gesehen. Und was Nachdenken und Kombinieren angeht, so kann ich mir meine Arbeit mit nach Hause nehmen.

Ich ziehe Jacke und Mantel wieder an und verwische die Abdrücke, die meine Finger möglicherweise hier und da hinterlassen haben. Als ich ins Freie trete, wartet außer der frischen Luft der rappelmagere Hund auf mich. Das treue Tier bringt mich auf eine Idee. Ich schnappe mir den Köter – ein Kinderspiel im Vergleich zu dem, was ich da drin geleistet habe! –, locke ihn in den Schuppen und versperre die Tür hinter ihm.

Doch, heute bediene ich mich völlig neuer Methoden!

9

Hélènes Theorie

Ich fahre in meine Privatwohnung und nehme ein heißes Bad, um den Leichengeruch loszuwerden. Dann fülle ich neues Wasser ein und nehme ein zweites Bad. Sicher ist sicher. Das fällige Mittagessen lasse ich ausfallen. Der makabre Fund hat mir den Appetit verdorben. Ich ersetze die Mahlzeit durch einen Telefonanruf. Régine ist zu Hause. Ihrer Stimme merkt man immer noch die Aufregungen der letzten Nacht an. Ich frage sie, ob Yolande inzwischen wieder aufgetaucht sei. Nein. Rita hat eine Vermißtenanzeige aufgegeben. Das Beste, was sie machen konnte.

Nach dem Gespräch zünde ich mir eine Pfeife an und fahre in die Agentur von Fiat Lux.

„Hallo!“ begrüßt mich Hélène. „Ein prima Laden ist das hier. Ab und zu sieht man sogar mal den Chef!“

„Wär's Ihnen lieber“, erwidere ich, nachdem ich mich gesetzt habe, „wenn ich Ihnen ständig zwischen den Beinen rumlaufen würde?“

Sie errötet.

„Erzählen Sie keine Schweinereien, Sie Sittenstrolch. Erzählen Sie mir lieber, was Sie seit vorgestern getrieben haben.“

„Getrieben hab ich 'ne ganze Menge.“

„Haben Sie das Fotomodell vom *Prickelnden Paris* aufgetrieben?“

„Aufgetrieben... getrieben... Ja, hab ich. Auf- und wieder abgetrieben.“

Ich informiere meine Sekretärin über das Nötigste.

„Also wirklich! Was für 'ne Geschichte“, sagt sie kopfschüttelnd und schnuppert plötzlich in meine Richtung.

„Stammt der aufdringliche Geruch von Ihren neuen Freundinnen?"

„Nein. Hab mich mit Kölnisch Wasser zugeschüttet."

„Um einen anderen Gestank zu übertünchen?"

„Ja. War heute morgen auf Île de la Grande-Jatte. Eine bezaubernde kleine Insel... und voller Überraschungen!"

Ich erzähle Hélène von meiner.

„Um Gottes willen!" ruft sie entsetzt. „Wer könnte da..."

„Wahrscheinlich ein Freund von Désiris, den das Genie um die Ecke gebracht hat. Doppelmord mit anschließendem Selbstmord, heißt jetzt der Filmtitel."

„Vielleicht ein Liebhaber seiner Frau?"

„Glaub ich nicht. Meiner Meinung nach ging's da um diese verdammte Erfindung, die alle so ins Schwitzen bringt. Das Spezialpapier für das Zeichnen von Plänen bringt mich auf eine Idee... Ich glaub, Viénot hat recht: Désiris hat als Erfinder nicht versagt, und deswegen war er auch nicht verzweifelt, wie unser Freund Marc Covet vermutet hat. Er hat seine Erfindung zu Ende geführt, hat aber wichtige Teile für das Verständnis nicht rausgerückt und die Zeichnungen irgendwo in der Werkstatt versteckt. Der andere findet sie, will sie sich aneignen, um entweder daraus Profit zu schlagen oder sie zu vernichten, aus reiner Böswilligkeit, Neid oder so. Désiris überrascht ihn dabei. Schlägerei mit tödlichem Ausgang. Totschlag oder vorsätzlicher Mord, je nachdem. Wenn der andere die wichtigen Papiere schon vernichtet hat, kann man sich die Wut des Erfinders lebhaft vorstellen. Aber wohin mit der Leiche? Am besten, sie gleich an Ort und Stelle begraben. Gedacht, getan. Désiris ist fürs erste erleichtert. Später aber drückt ihn die ganze Geschichte immer mehr nieder. Der Verlust der Zeichnungen, die vielleicht unersetzbar sind... Sein Verbrechen... Das alles hat bei ihm sämtliche Schrauben gelockert... Aber das sind alles nur Vermutungen. Die Flics werden schon Licht ins Dunkel bringen."

„Haben Sie sie benachrichtigt?"

„Nein. Das wird ein Köter erledigen. Hab ihn in der Werkstatt eingeschlossen. Im Augenblick wird er wohl ein Höllenspektakel veranstalten. Ist auch nötig. In der gottverlassenen Gegend muß man sich schon einiges einfallen lassen, um jemanden anzulocken."

„Und wie passen Yolandes Entführer ins Gesamtbild? Haben die sich tatsächlich auch für die Erfindung interessiert, wie Viénot?"

„Ganz bestimmt."

„Freunde von Désiris?"

„Weiß ich nicht. Jedenfalls haben sie das Mädchen auf die Insel geschleppt, kannten also die Werkstatt. Das will aber noch nichts heißen."

„Und Yolande?"

Hélènes Stimme hat einen vielsagenden Unterton. Ich hebe resignierend die Schultern.

„Yolande... tja... Ich wollte den ganz Schlauen spielen. Und jetzt haben wir den Salat! Scheiße, Hélène. Warum hab ich bloß nicht eingegriffen, als die Kerle sie sich in der Rue du Dobropol geschnappt haben? Na ja, nicht mehr zu ändern. Wenn ich nur wüßte, wie die Schweine aussehen!"

„Haben Sie sie denn nicht gesehen?"

Ich lache bitter auf.

„Oh, doch! Sie trugen Mäntel, Schlapphut und wahrscheinlich jeder eine Armbanduhr. Und bewaffnet waren sie auch. Sind es immer noch. Damit kann ich einiges anfangen!"

„Tun Sie sich nicht selbst leid! Auch wenn Sie eine genaue Beschreibung der beiden hätten, würde das nichts an Yolandes Situation ändern. Die Flics sind jedenfalls benachrichtigt. Hoffen wir, daß sie sie bald finden!"

Gut gebrüllt, Löwin! Aber kopfschüttelnd balle ich die Fäuste.

„Nein!" rufe ich. „Ich kann nicht einfach abwarten. Und Tee mag ich auch nicht. Ich muß wissen, wer die Typen sind, auch wenn es nicht viel nützt. Aber ich kann das arme Mädchen doch nicht ihrem Schicksal überlassen..."

„Wo wollen Sie denn anfangen zu forschen? Bei Dany Darnys?“

„Ach, die! Die konnte die Kerle auch nicht beschreiben. ‚Zwielichtige Gestalten‘, mehr nicht. Nein, Dany Darnys kann mir nicht weiterhelfen. Aber da ist diese Gräfin, Huguette de Mèneval. Bei der waren die Männer ebenfalls. Sie kannten Yolande demnach besser als Viénot. Wußten, daß sie in der Rue Rochefort wohnte und eine Narbe am Innenschenkel hat.“

Hélène runzelt die Stirn.

„Zwielichtige Gestalten“, murmelt sie nachdenklich, als hätte sie den Stein der Weisen gefunden. „Sagen Sie... Kein Mensch weiß, wie Désiris sich das Kapital für seine Werkstatt besorgt hat, stimmt's?“

„Stimmt, aber das hat auch keinen interessiert. Die Polizei zum Beispiel hat nur seinen Tod und den seiner Frau festgestellt und ist zur Tagesordnung übergegangen.“

„Die Herkunft des Kapitals hat also nur Madame Désiris beunruhigt. Deshalb wollte sie einen Privatdetektiv engagieren...“

„Langsam, langsam! Sie hat zwar am Telefon davon gesprochen, aber für mich war es nur ein Vorwand. Überlegen wir mal: Désiris besaß das Geld nicht erst seit vorgestern. Seine Werkstatt auf der Île de la Grande-Jatte hatte schon mehrere Monate existiert.“

„Seit wann?“

„Keine Ahnung. Scheiß was auf das Startkapital! Ich sage Ihnen, Madame Désiris hat den erstbesten Vorwand genommen, um mich zu der Verabredung zu locken. Ich glaube, daß sie vor ihrem Mann Schiß hatte. Vielleicht hat sie sogar Wind von dem Mord in der Baracke bekommen. Ich sollte den Fall aufklären und sie beschützen. Désiris hat vielleicht gelauscht, als sie mit mir telefoniert hat. Er hat den Kerl in der Baracke umgebracht. Auf einem Bein kann man nicht stehen. Er bringt seine Frau um. Alle guten Dinge sind drei. Er bringt sich selbst um. So entgeht er den Folgen seines Doppelmordes.“

„Ich komme trotzdem noch mal auf das Kapital zurück. Wenn Désiris irgendein Verbrechen begangen hätte, um an das Geld zu kommen? Zusammen mit den Kerlen, die Yolande entführt haben, diesen ‚zwielichtigen Gestalten' ...?"

„Désiris als Gangster?"

„Warum nicht?"

„Tja", seufze ich. „In diesen herrlichen Zeiten überrascht einen nichts mehr. Aber trotzdem... Na gut, nehmen wir an, Désiris war im Nebenberuf Gangster. Gangster und Genie. Er räumt eine Bank aus, zusammen mit Komplizen. Danach arbeitet er in aller Ruhe an seiner Erfindung. Wird dadurch das Verhalten der angenommenen Komplizen erklärt? Vorausgesetzt, diese Komplizen sind dieselben Männer, die Dany Darnys überfallen, Huguette de Mèneval erschreckt und Yolande schließlich entführt haben..."

„Natürlich! Die Männer suchen etwas."

„Und was, wenn ich fragen darf?"

„Dasselbe wie Viénot: die Pläne für die revolutionäre Erfindung!"

Ich schwinge protestierend meine Pfeife.

„Nein, Hélène. Die gehören nicht zu den Leuten, die sich für so was interessieren. Die wollen Geld sehen, und zwar sofort..."

„Ja, warum nehmen wir nicht einfach an, daß es um Bargeld geht?"

Hélène ist ganz aufgeregt und reibt ihre Beine aneinander. Dadurch rutscht der Rocksaum ein paar Zentimeter höher.

„Désiris überfällt eine Bank", kombiniert sie. „Komplizen helfen ihm dabei. Sie gehören zur Unterwelt, sind der Polizei bekannt und werden geschnappt. Désiris gilt als ehrenwerter Bürger und kann ganz beruhigt sein. Seine Freunde werden ihn nicht verpfeifen. Schließlich hat er die Beute..."

„Und hinter dieser Beute sind die Männer her?"

„Genau."

Ich lache besserwisserisch.

„Und die Burschen werden nach ein paar Monaten wieder

laufengelassen? Den Richter müssen Sie mir nennen! Désiris hat die Beute? Er war also der Chef der Bande? Ich weiß nicht, ich weiß nicht..."

Hélène sieht mich böse an.

„Machen Sie sich über mich lustig?" fragt sie.

„Ein ganz kleines bißchen, mein Schatz."

„Na gut! Dann hören Sie mir mal zu. Hören Sie mir zu?"

„Ja, ich höre."

„Nein, Sie schielen auf meine Beine."

„Dabei kann ich sehr gut zuhören."

„Können Sie nicht!"

Schluß der Vorstellung! Sie zieht an dem Rock, bis der beinahe ihre Füße bedeckt. Für mich bleibt wieder nichts übrig nach dieser unfreundlichen Aktion.

„Sie scheinen mir heute nicht der Hellste zu sein, Monsieur Burma! Haben Sie sich noch keinen Schlag auf den Hinterkopf eingefangen?"

„Noch nicht. Vielleicht klappt es deshalb nicht so gut..."

„Oder weil Régine oder Yolande oder Rita Sie geschafft haben?"

„Warum sollten die kleinen Mädchen mich geschafft haben?"

„Um das zu beantworten, braucht man nicht besonders viel Phantasie. Na gut... Um auf die Komplizen zurückzukommen... Vielleicht sind die beiden vor kurzem ausgebrochen? So was soll vorkommen. Und Désiris muß nicht unbedingt ihr Chef gewesen sein, weil er das Geld hatte. Wie Sie schon sagten: Er war nicht vorbestraft. Bei ihm würde die Polizei nicht nachsehen."

„Möglich", sage ich gähnend. „Ich möchte nicht mehr darüber sprechen. Die Diskussion hat seit eben viel von ihrem Reiz verloren."

„Ich sehe nicht ein, warum..."

„Ich schon. Besser gesagt, ich sehe überhaupt nichts mehr."

„Blödmann."

Wir sitzen schweigend da. Hélène schmollt, weil ich ihrer

Theorie keine Beachtung schenke. Ich bewege sie hin und her. Die Theorie, nicht Hélène. Ihre Schlußfolgerungen stimmen hinten und vorne nicht, weisen schwache Punkte auf, lassen vieles im Dunkeln. Ich klopfe meine Pfeife aus, stopfe sie wieder und zünde sie an.

„Ich komme nur zu einem vernünftigen Schluß: Wir vergeuden unsere Zeit. Deshalb werde ich mich jetzt nützlich machen und die Gräfin interviewen."

Bevor ich gehe, schnappe ich mir das Telefonbuch und suche die Nummer von Dugat in Levallois raus. Dem Personalchef gebe ich mich als Flic zu erkennen, damit er den nötigen Respekt vor mir hat. In rauhem Kommandoton verlange ich Informationen über Désiris. Der Ingenieur habe den Betrieb Ende April 57 verlassen. Vorher habe er seinen Urlaub eigenmächtig verlängert, übrigens ohne ihn davon in Kenntnis zu setzen.

„Und wann ist er in Urlaub gegangen?" hake ich nach.

„Am 11. Februar."

„Wissen Sie, wo er seinen Urlaub verbracht hat?"

„Nein, Kommissar. Als er am 15. März nicht wieder zur Arbeit kam, haben wir ihm geschrieben. Aber er hat nicht reagiert. Auch Madame Désiris, mit der ich am Telefon gesprochen habe, wußte nicht, wo ihr Mann sich aufhielt."

„Vielen Dank, Monsieur."

„Keine Ursache. Wird der Fall wieder aufgerollt, Kommissar?"

„Nein, nein. Wir bringen nur Ordnung in unsere Akten. Einen schönen Tag noch."

Ich lege auf. Hélène hat mitgehört.

„Mitte Februar bis Ende April 1957", sage ich. „Sie gehen jetzt in die Bibliothèque Nationale und sehen die Zeitungen durch, die in dem Zeitraum erschienen sind. Uns interessieren alle Verbrechen, nicht nur die in Paris. Wahrscheinlich hat Désiris die zweieinhalb Monate in der Provinz verbracht. Namen der Verhafteten, der Verdächtigen... Na ja, alles, was die Theorie stützt. Schließlich ist das Ihre Theorie! Auf jeden

Fall kriegen Sie damit die Zeit rum. Und ich mach mich auf die Socken zu dieser Gräfin."

Consuelo Mogador wird sie wohl „Hu" nennen. Hu wie Huguette. Oder wie Hure!

10

Alter Schlafzimmeradel

Die Villa in der Rue Henri-Rochefort ähnelt in nichts dem letzten Wohnsitz des verstorbenen Désiris in der Rue Alphonse-de- Neuville. Hinter diesen eleganten Mauern verbringt also die alte Hetäre ihren wohlverdienten Lebensabend. Das aufwendige Haus stinkt geradezu nach Geld. Mir gefällt besonders der Vorgarten mit den zwei Bäumen. Über dem Einfahrtstor, das in der Belle Epoque sicher Droschken und Kaleschen gesehen hat, sind Pinsel und Palette in Stein gehauen. Für den Besucher von heute gibt es daneben ein Eingangstörchen.

Ich ziehe an der Kupferkette neben dem Törchen. Irgendwo im Innern der Villa schrillt eine Glocke. Kurz darauf knirschen Schritte auf dem Kiesweg. Ein betagtes Dienstmädchen öffnet mir. Sie hat nichts von einer Kurtisanenzofe an sich, die an Tagen mit besonderem Andrang Überstunden zu machen hat. Na ja, Mutter Mèneval lebt jetzt schließlich auf dem Altenteil. Ich liefere meine Visitenkarte ab und werde in einen Salon geführt. Die Möbel hier im Erdgeschoß sind zusammengewürfelt. Außerdem ist der Raum mit Bildern, einem Flügel und einer Harfe geschmückt. Es sieht hier aus wie in der Rumpelkammer von Sarah Bernhardt. Ein orientalischer Bazar, Marke Flohmarkt.

Während der dienstbare Geist Madame benachrichtigt, sehe ich mir ein Bild genauer an, das an einem Ehrenplatz hängt. Es stellt eine schöne junge Frau mit schwindelerregendem Dekolleté dar. Ihr Anblick weckt in mir kannibalische Gelüste. Ihr Blick scheint zu sagen: ‚Kommen Sie doch heute abend zu mir.' Ein nicht mehr einzulösendes Versprechen.

Auf einem Schildchen kann der Betrachter lesen, daß es sich um Mademoiselle de Mèneval handelt, gemalt von Archet. Entstehungsjahr des Meisterwerks: 1908.

Hinter mir höre ich so was wie'n Knochenklappern. An einer Seite des Salons wird ein Vorhang zur Seite geschoben, und herein tritt die Hausherrin.

Das Nachtgespenst ist dürr und vertrocknet. Wird wohl ihre achtzig Lenze auf dem krummen Buckel haben, wie Régine geschätzt hat. Nach einer Spur der ehemaligen Schönheit sucht man vergebens. Auch wenn die Gräfin geizig ist: Mit ihren Reizen hat sie so wenig gegeizt, daß nichts mehr davon übriggeblieben ist. Ihre Kleidung ist ein Kompromiß zwischen der Mode ihrer Blütezeit und der von 1958. Die Wirkung ist deprimierend. Die dick aufgetragene Schminke kann die braunen Schatten unter ihren flinken Äuglein nicht verbergen. Gestern das Vergnügen, heute das Herz. Früher wird das Herz bei dem Vergnügen wohl kaum eine Rolle gespielt haben. Mit ihren Beinen ist auch nicht mehr viel los. Gestützt auf einen Stock, schleppt sich Madame mühevoll vorwärts. Daher das Knochengeklapper, das ich eben wahrgenommen habe. Es könnte aber auch von der vierreihigen Perlenkette verursacht worden sein, die das – Gott sei dank geizige! – Dekolleté bedeckt. Alles in allem eine schaurige Sinfonie!

„Sie sind Nestor Burma?" fragt sie einigermaßen besorgt, da sie meinen Beruf auf der Visitenkarte gelesen hat.

Was für eine Stimme! Seit dem Lächeln und dem Blick auf dem Porträt ist mehr als ein halbes Jahrhundert vergangen. Das bleibt nicht in den Kleidern hängen...

„Zu Ihren Diensten, Frau Gräfin", sage ich und verbeuge mich leicht.

Die Anrede schmeichelt ihr offensichtlich.

„Setzen Sie sich doch, Monsieur."

Ich gehorche. Sie nimmt ebenfalls Platz.

„Sie sind also Privatdetektiv", bemerkt sie und wedelt mit meiner Visitenkarte. „Womit können Sie mir denn dienen?"

„Mit nichts. Das war nur eine Redensart, die ich im Kino gehört habe. Aber Sie können *mir* dienen, Madame. Und zwar mit Informationen über zwei ehemalige Mieter von Ihnen. Charles Désiris und Yolande Mège."

Unterwegs habe ich mir vorgenommen, nicht um den heißen Brei herumzureden. Da Huguette de Mèneval das Geld so sehr liebt... Demonstrativ winke ich mit einem Bündel Geldscheine. Eine unmißverständliche Geste, die wie eine Verjüngungskur wirken kann. Oder Madame wird böse. Dann werde ich weitersehen. Sie wird aber nicht böse.

„Désiris und Yolande?" fragt sie überflüssigerweise.

„Ja."

„Warum?"

„Madame", antworte ich lächelnd, „die herausragende und geforderte Eigenschaft eines Privatdetektivs ist Diskretion."

Mit anderen Worten: ‚Ich werde dir nicht erzählen, warum ich frage oder für wen ich arbeite. Aber wenn du dich kaufen läßt, erzähl ich's genausowenig weiter.' Das versteht die Gräfin sofort.

„Was wollen Sie wissen?" fragt sie in einem Ton, den man vor einigen Jahrzehnten ‚hingebungsvoll' genannt hätte.

Dazu paßt ihre Geste, mit der sie, so als wär's die natürlichste Sache der Welt, ihre Hand auf ihr Knie legt, die Handfläche nach oben. Ich brauche nur noch die Scheine hineinzulegen. Und das tue ich auch.

„Alles, was Sie selbst wissen", antworte ich auf ihre Frage.

Es beginnt eine Unterhaltung, die man angeregt nennen könnte. Notizen aus dem Gesellschaftsleben.

Zuerst plaudern wir über die „jungen Mädchen aus der Rue du Dobropol", für die meine Gastgeberin beinahe zärtliche Gefühle hegt („Die lieben Mädchen! Sie sind für mich wie Töchter..."). Dann erfahre ich, daß sich Désiris kurz vor seinem „fatalen Entschluß" (allerdings!) sehr seltsam benommen habe.

„Wieso seltsam?"

„Na ja... Monsieur Désiris war ein sehr liebenswürdiger

Mann, immer höflich und zuvorkommend. Und plötzlich, eines Tages, ließ er sich hinreißen. Schäumte anscheinend vor Wut..."

„Anscheinend? Haben Sie das denn nicht selbst miterlebt?"

„Nein. Ich war kurz verreist und hab's erst hinterher gehört. Monsieur Désiris hatte sich wieder beruhigt, aber wütend war er immer noch. Ich wartete förmlich darauf, daß er mich beschimpfen würde. Wie der mich ansah! Wenn Blicke töten könnten... Yolande hat nichts gesagt, aber ich glaube, er ist ihr gegenüber handgreiflich geworden. Jedenfalls hat er eine Nippfigur an die Wand geschmissen. Zum Glück hab ich nicht sehr dran gehangen. Dabei ist aber ein Bild beschädigt worden..."

Ich drehe mich zu dem Porträt um.

„Nicht das!" sagt Madame de Mèneval. „Gott sei Dank! Eins von denen da oben." Sie zeigt in Richtung Decke. „Aber trotzdem, glücklich war ich nicht darüber. Immerhin ein Kunstgegenstand. Ein Selbstporträt von Frédéric Langlat. Haben Sie mal von ihm gehört?"

„Nein."

„Er hat das Haus hier bauen lassen. Dann hat's Baron Eustache erworben, und später..."

„... wurden Sie die Besitzerin?" ergänze ich.

„Ja. Damals wußte man noch zu leben...", seufzt sie.

Ich nicke höflich. Sie setzt zu den Biographien ihrer verschiedenen Liebhaber an. Da mich aber Langlat, Eustache und Konsorten nicht interessieren, unterbreche ich sie:

„Also, an einem bestimmten Tag hat sich das Verhalten von Monsieur Désiris verändert. Wann war das genau?"

„Anfang März."

„Mit anderen Worten, kurz bevor er..."

„Ja."

„Er wurde also wütend, was nicht seine Art war."

„Ganz und gar nicht."

„Und wie war er danach?"

„Weiß ich nicht. Wir hatten nicht viel miteinander zu tun.

Ich hab ihnen die beiden Etagen vermietet, mit separatem Eingang vom Garten aus. Monsieur Désiris hab ich nur selten zu Gesicht bekommen. Jedenfalls fiel nichts weiter mehr vor, und Yolande hat nichts erzählt, wie gesagt. Tja, und dann... tja..."

Der Satz wird von einem tiefen Seufzer beendet. Ich spreche die nackte Wahrheit aus:

„Ja, und dann hat er sich umgebracht."

Wir legen eine Schweigeminute ein. Fehlt nur noch der Trauermarsch.

„Kramen Sie doch mal in Ihrem Gedächtnis, Frau Gräfin", beginne ich schließlich wieder. „Hat sich Désiris nicht früher schon hin und wieder seltsam benommen?"

„Nein, das war das einzige Mal."

Ich fasse in meine Hosentasche und knistere mit weiteren Geldscheinchen. Auch wenn Mutter Mèneval alt ist, taub ist sie nicht. Jedenfalls wird sie hellhörig.

„Na ja", tastet sie sich behutsam vor, „da ist noch diese Geschichte mit der Unterwäsche... Aber nein, ich glaube nicht, daß das von Bedeutung ist."

„Erzählen Sie nur! Ich liebe Unterwäsche."

„Es handelt sich um Herrenunterwäsche."

„Oh, das ist schon weniger aufregend. Aber macht nichts, erzählen Sie."

„Mein Dienstmädchen hat es entdeckt, kurz nach dem Wutanfall von Monsieur Charles. Ich konnte ihn nicht mehr zur Rechenschaft ziehen. Na ja, Rechenschaft ist vielleicht zuviel gesagt. Aber er sollte mir das erklären... Zwei ganz neue Unterhemden als Lappen zu mißbrauchen! Aber wie gesagt, Monsieur Charles war schon... hatte schon..."

„... Schluß gemacht, ja."

„Auch Yolande hab ich nichts davon gesagt. Sie war so durcheinander, die Kleine!"

„Glaub ich wohl. Was hat Ihr Dienstmädchen denn entdeckt?"

„Unter der schmutzigen Wäsche waren zwei Hemden mit dunklen Flecken... Sah aus wie Blut..."

Ich sage nichts, denke mir aber meinen Teil. So langsam werde ich mißtrauisch. Die Gräfin will mir etwas zuviel bieten für mein Geld.

„Blut?" hake ich nach.

„Ja. So als hätte jemand Blut abgewischt."

„Aber hören Sie mal! Désiris konnte doch nicht einfach jemanden umbringen, hier im Haus, ohne daß Sie und Yolande es bemerkten!"

„Großer Gott!" ruft sie erschrocken. „Wie kommen Sie darauf?"

„Ganz einfach. Sie reden von Blut, und ich komme auf Mord. Logisch, oder?"

„Nein, das ist nicht möglich!"

„Um so besser."

Ich streiche mir über den Schenkel, um die Geldscheine in der Tasche wieder glattzustreichen. Die Tausender kann sie in den Kamin schreiben. A propos Kamin...

„Außerdem ist es ziemlich kompliziert, eine Leiche verschwinden zu lassen", gebe ich zu bedenken. „Eines schönen Tages wären Sie oder das Mädchen bestimmt darüber gestolpert."

Sie wirft mir ihre ausgestreckten Ärmchen entgegen. Die Reifen an ihren Handgelenken stimmen in den Totentanz ein.

„Ich bitte Sie, hören Sie auf!"

„'schuldigung."

Ich komme wieder auf Yolande zu sprechen. Mutter Mèneval ist etwas überrascht, daß ich so gut über ihre ehemalige Mieterin Bescheid weiß.

„Sie kennen die Kleine also?" fragt sie augenzwinkernd.

„Hab sie gestern Dany Darnys vorgestellt, der Schauspielerin. Die beiden sehen sich ziemlich ähnlich. Vielleicht kann Yolande doch noch beim Film landen..."

„Das wollte sie schon immer!" ruft die Alte.

Hoffentlich sind ihre Chancen im Moment immer noch so gut, denke ich, und mir krampft sich der Magen zusammen.

„‚Irgendwann komme ich zum Film', hat sie immer wieder

gesagt. Na ja, das wollen sie alle", fügt Madame Mèneval hinzu. „Aber sagen Sie..."

„Ja?"

Sie lacht. Das Lachen taugt noch weniger als die Stimme. Klingt wie 'ne rostige Kette.

„Und Rita macht sich Sorgen! Dabei kümmern Sie sich so sehr um sie..."

„Um wen?"

„Um Yolande."

„Nicht so, wie Sie meinen."

„Ach nein? Ich dachte..."

„Falsch gedacht. Ich hab sie nur mit Dany Darnys zusammengebracht. Aber warum macht sich Rita... Ich nehme an, das ist die Freundin, bei der Yolande wohnt?"

„Ja."

„Warum macht die sich Sorgen?"

„Weil Yolande heute nacht nicht zu Hause war. Rita hat mich heute morgen angerufen und mich gefragt, ob ich sie nicht gesehen hätte. Ich hab gesagt, nein, natürlich nicht... Hm..." Abschätzend neigt sie das Köpfchen auf die Seite. „Wenn man Sie so ansieht, könnte man meinen... So was soll schließlich vorkommen..."

„Kommt es auch gelegentlich. Aber in diesem Fall nicht. Ich hab Yolande mit Mademoiselle Darnys allein gelassen. Die beiden haben sich bestimmt gut verstanden, und Yolande hat bei dem Filmstar geschlafen. Auch das soll vorkommen..."

„Ja, natürlich."

„Machen Sie sich mal wegen ihr keine Gedanken. Übrigens, ich hab gehört, daß vor kurzem zwei Männer hier waren und nach ihr gefragt haben."

Über diesen Punkt müssen wir ein Sätzchen reden! Dieser Besuch scheint ihr noch in den dürren Knochen zu stecken. Sie sagt zwar nichts, aber ich spüre es. Entweder ihr zittern immer noch die Glieder (so schrecklich, wie die Männer aussahen!), oder aber sie kennt die „zwielichtigen Gestalten", will aber nicht verraten, wer die zwei sind. Ich schieße geradewegs drauflos.

„Um Gottes willen, nein!“ ruft sie auf meine Frage aus.

„Dann sagen Sie mir doch wenigstens, wie die beiden aussahen. Oder haben Sie Geld kassiert, damit Sie den Mund halten? Aber auch in diesem Fall können Sie sicher sein. Ich verrate Sie nicht.“

Ich versuche, sie mit Schmus besoffen zu machen. Früher hat sie andere verführt, jetzt ist sie selbst dran. Nach einigem Hin und Her erfahre ich, daß einer groß und einer klein war. Herrgott nochmal! Was hatte ich erhofft? Nach der langen Zeit... Apropos...

„Wann waren die beiden bei Ihnen?“ frage ich.

„Im Oktober.“

Also genau zu der Zeit, zu der auch Dany Darnys ihren charmanten Besuch hatte.

„Haben Sie sie bedroht?“

„Bedroht? Nein. Aber sie machten keinen gemütlichen Eindruck. Deswegen hatte ich solche Angst...“

„Waren Sie alleine?“

„Ja. Mein Dienstmädchen hatte Ausgang.“

„Was genau haben sie gefragt?“

„Sie wollten Yolandes Adresse wissen. Aber ich konnte sie ihnen nicht sagen.“

„Ein Großer und ein Kleiner, sagten Sie?“

„Ja.“

Pat and Patachon. Die Beschreibung paßt leider nicht auf Yolandes Kidnapper. Die waren nämlich ungefähr gleich groß, etwas über dem Durchschnitt. Na ja, egal.

„Also dann, vielen Dank, Frau Gräfin. Ich glaube, das wär im Moment alles. Entschuldigen Sie, daß ich Sie belästigt habe.“

Wir stehen auf. Ich räuspere mich.

„Hm... Sagen Sie, könnte ich wohl die Zimmer sehen, die Sie an Désiris vermietet hatten?“

„Das wollten die anderen auch.“

„Welche anderen?“

„Die beiden Männer, die nach Yolande gefragt haben.“

„Und was haben die da oben gemacht? Ach ja, stimmt...“ Ich denke an ihre alten schwachen Beine. „Vielleicht sind Sie gar nicht mit ihnen hochgegangen...?“

„Doch“, antwortet die alte Dame und steht stramm. „Nichts haben die zwei gemacht. Haben sich umgesehen und sind gegangen.“

„Genau das werde ich auch machen. Wären Sie so liebenswürdig, mir den Weg zu zeigen? Und mich eventuell nach oben zu begleiten?“

Sie ist so liebenswürdig. Wir gehen eine lackierte Eichentreppe hinauf. Der Stock der alten Hure knallt auf die Stufen. Im Gegensatz zu dem orientalischen Bazar im Erdgeschoß sind die oberen Räume nur spärlich möbliert. Aber auch hier gibt es genug überflüssigen Luxus, der das Leben angenehm macht. Die Gräfin erzählt mir, daß einige Möbel inzwischen nach unten gebracht worden sind. Dann zeigt sie mir das Bild – vom ehemaligen Hausherrn Frédéric Langlat gemalt –, das Désiris bei seinem Wutausbruch beschädigt hat. Das Bild zeigt einen Mann mit inspiriertem Blick, voller Konzentration, in der Hand Palette und Pinsel. Möglich, daß das Porträt wertvoll ist. Ich will nicht widersprechen. Alles ist möglich.

Wir gehen in ein anderes Zimmer, von dem eine Treppe in das oberste Geschoß führt. Dort, unterm Dach, hatte Frédéric Langlat früher sein Atelier. Jetzt ist der Entstehungsort seiner Meisterwerke in ein geschmackvolles Studio verwandelt worden.

Wir steigen wieder ins Erdgeschoß hinunter.

„Außer den Schubladen wüßte ich keinen Platz, der als Versteck in Frage käme...“, stelle ich fest.

„Als Versteck?“ fragt Mutter Mèneval verständnislos.

„Ja. Wissen Sie, was die beiden Männer hier gesucht haben?“

„Nein.“

„Ich bin mir nicht sicher... Zaster, glaube ich. Désiris muß einen ganzen Haufen besessen haben.“

Hélènes Theorie!

„Zaster?“ echot die Gräfin und reißt die Augen auf.

„Geld, wenn Ihnen das lieber ist.“

„Das hab ich schon verstanden. Das Wort hat mich nicht überrascht, sondern die Tatsache.“

„Mich auch.“

„Aber wo sollte er dieses Geld versteckt haben?“

„Da oben jedenfalls nicht. Hier unten schon eher... Na ja. Madame, ich möchte mich verabschieden.“

„Julie wird Sie hinausbringen.“

Die Gräfin zieht an einer Schnur.

„Auf Wiedersehen, Monsieur Burma.“

„Wiedersehen, Gräfin.“

Ich küsse ihr die knochige Hand. In Gedanken zwinkere ich dem reizenden Geschöpf auf dem Porträt zu. ‚Damals wußten Sie ihr Händchen zu gebrauchen, Mademoiselle‘, flüstere ich dem jungen Mädchen zu. ‚Heute sind Sie nur noch mit dem Herzen dabei. Man tut was man kann!‘

Das Dienstmädchen bringt mich bis zum Gartentor. Es wird dunkel über Paris. Aus der Villa hört man reine Harfenklänge. Und ich dachte, die Alte würde stehenden Fußes ihren Kramladen auf den Kopf stellen, um den ‚Zaster‘ zu suchen! Nein. Sie streichelt die Saiten ihrer Harfe. Ich mit meinen raffinierten Scherzen!

Ich gehe zu meinem Wagen und rase in die Avenue de Villiers. Aus einem Bistro rufe ich Roger Zavatter an. In einem anderen Bistro.

„Da ist noch eine, die mich verarschen will“, sage ich.

„Hu, die Böse!“

„Hu war schon ganz richtig. Huguette de Mèneval heißt die Dame. Sie machen dasselbe mit ihr wie mit Viénot.“

Mein Mitarbeiter pfeift durch die Zähne.

„Verdammt! Bei dem Namen lohnt es sich bestimmt“, bemerkt er.

„Früher hat sich's mal gelohnt, mein Lieber. Heute nicht mehr. Achtzig Jahre, auf einen Krückstock gestützt.“

„Rue Henri-Rochefort. Eine Villa.“

„Kenn ich.“

„Nein, nicht die. Eine andere.“

„Ach ja? Auch gut.“

Ich geb ihm noch die nötigen Informationen und lege auf. Dann fahre ich zurück in meine Agentur. Hélène ist nicht da. Sitzt in der Bibliothèque Nationale und blättert in verstaubten alten Zeitungen. Nicht mal ein nettes Wort hat sie mir hinterlassen. Kaum hab ich das festgestellt, als an der Tür geläutet wird. Zwei Flics in Zivil stehen auf der Matte. Einer von ihnen ist Inspektor Fabre, der Helfershelfer von Florimond Faroux.

„Ein Glück, daß es gegenüber ein Bistro gibt“, sagt er. „Da hat man's wenigstens warm. Wir warten nämlich schon 'ne Ewigkeit auf Sie. Der Kommissar möchte mit Ihnen sprechen.“

„Worüber?“

„Hat er nicht gesagt.“

„Geheimniskrämer! Also gut, gehen wir!“

11

Schießerei in der Rue du Dobropol

„Setzen Sie sich", fordert mich Kommissar Faroux auf.

Zur Begrüßung ist er aufgestanden; jetzt läßt er sich wieder auf seinen Bürostuhl plumpsen. Dann macht er sich an der Schreibtischlampe zu schaffen, dreht sie in meine Richtung. Das helle Licht knallt mir direkt ins Gesicht. Faroux' Kopf bleibt im Dunkeln.

„Was gibt's denn?" erkundige ich mich.

Als Antwort klopft Faroux auf einen Aktenordner, der vor ihm auf dem Tisch liegt. Dann räuspert er sich und sagt:

„Das haben mir die vom Quai de Gesvres zugeschickt. Sie wissen schon, Ermittlungen in Familienangelegenheiten. Wenn in diesem Fall überhaupt von Familie die Rede sein kann... 'ne komische Familie... Also: Eine gewisse Yolande Mège, Fotomodell, ist seit gestern verschwunden. Zusammen mit einer Marguerite Marson bewohnt sie eine Wohnung in der Rue du Dobropol. Diese Marson war es auch, die das Verschwinden ihrer Freundin angezeigt hat. Sie hat ausgesagt, daß gestern nacht jemand nach Yolande Mège gefragt hat. Da Mademoiselle Marson ihm die Tür nicht öffnen wollte, hat er seine Visitenkarte unter der Tür durchgeschoben. Marcel Viénot heißt er. Heute morgen stand er in aller Herrgottsfrühe wieder vor der Tür. Wir haben ihn vernommen. Wissen Sie, was er gesagt hat?"

„Daß er Namen und Adresse des Mädchens von Dany Darnys hatte, der Schauspielerin, und daß die sie wiederum von Nestor Burma hatte."

„Stimmt genau! Das ist ja seltsam..."

„Was ist seltsam?"

„Daß Sie so geständig sind. Ist das Ihre neue Taktik?"

„Das hat mit Taktik nichts zu tun. Warum sollte ich Ihnen nicht die Wahrheit sagen, wenn es gar nicht anders geht?"

„Sehr lustig. Wenn die Jungs vom Quai de Gesvres Sie hören könnten, würden sie sich totlachen. Das würde ihre Meinung bestätigen, die sie von Ihnen haben. Als Ihr Name bei dem Fall auftauchte, haben sie mich sofort alarmiert."

„Sehr aufmerksam, Ihre Kollegen."

„Arschlöcher sind das! Wollen mich nur reinreiten. Die warten darauf, daß Sie irgendwann mal Scheiße bauen und ich mit Ihnen badengehe."

„Wie Sie schon sagten: 'ne komische Familie."

„Damit meinte ich nicht die Polizei."

Er dreht sich eine seiner krummen Zigaretten und zündet sie an. Der Rauch breitet sich auf der Schreibunterlage aus und schwebt zur Decke.

„Und jetzt erzählen Sie mir mal", fährt der Kommissar fort, „warum Sie sich so brennend für Yolande Mège interessieren."

„Ich interessiere mich nicht für sie, und schon gar nicht brennend. Ich *habe* mich für sie interessiert, im Auftrag von Dany Darnys..."

Ich lege meinem Freund die Sache mit den Fotos im *Prikkelnden Paris* auseinander.

„Ja", sagt er nach meinem Bericht. „Das hat uns Viénot auch erzählt. Und daß Sie so nebenbei auch noch für ihn gearbeitet haben, ohne es zu wissen."

„Richtig. Und wen juckt das?"

„Mich!"

„Deshalb muß ich mich jetzt kratzen? Versteh ich nicht."

„Werd's Ihnen erklären. Alles scheint klar und einfach. Aber es gibt gleich mehrere Haken."

„Welche?"

„Erstens: Das Mädchen, für das Sie sich interessieren, verschwindet."

„Dafür kann ich doch nichts! Ich hab die Süße gestern um

elf Uhr abends bei Dany Darnys abgeliefert. Vielleicht ist sie ja immer noch da..."

„Nein, ist sie nicht. Sie ist gegen Mitternacht weggegangen."

„Was soll ich dazu sagen?" frage ich achselzuckend.

„Oh, nichts! Am besten gar nichts! Zweiter Haken: Marcel Viénot arbeitet in der Automobilbranche. Wie Charles Désiris. Erinnern Sie sich an Désiris?"

„Sehr genau! Das ist doch der Mann, der keine Zahnschmerzen mehr hat, stimmt's?"

„Wie so viele Ihrer Bekannten."

„Darum bin ich's aber noch lange nicht, der sie umlegt."

„Da bin ich mir so langsam gar nicht mehr sicher... Dritter Haken: Viénot hat uns verraten, warum er sich für Yolande Mège interessiert."

„Weil sie Désiris Geliebte war."

„Ja. Und?"

„Was, und? Als ich das hörte, war ich genauso überrascht wie Sie. Ist das denn so wichtig? Bevor ich Yolande zu Dany Darnys gebracht habe, war ich mehrere Stunden mit ihr zusammen. Von Désiris hab ich kein Sterbenswörtchen gesagt. Sie können sie fragen, wenn sie wieder auftaucht."

„*Falls* sie wieder auftaucht. Ich fürchte nämlich, die Kleine gehört zu dem Kreis, dem Ihre Bekanntschaft kein Glück bringt."

„Ach ja?"

„Ja. Heute nacht hat ein anonymer Anrufer das Kommissariat in Levallois verständigt, er habe eine Frau in einem Wagen gesehen. Sie wurde von zwei Männern mindestens belästigt. Kennzeichen..." Er sieht in der Akte nach. „210 AB 75. Offensichtlich ein Zeuge mit guten Augen. Und heute nachmittag wurde auf dem Gelände eines Schrotthändlers ein Tallemet gefunden, 2107 AB 75. Der Wagen gehört einer gewissen Yolande Mège."

„Und... war das Mädchen da drin?"

„Nein. Aber sehr beruhigend ist das nicht... Was mich

schwarzärgert, Burma, ist, daß Sie wieder mal in eine dunkle Geschichte verwickelt sind!“

Und mich erst! Ich verteidige mich mit Klauen und Zähnen. Es gibt doch schließlich Zufälle, verdammt nochmal. Das muß sogar Faroux zugeben. Aber trotzdem... Bei meinem Talent... Nach und nach kann ich den Kommissar überzeugen. Erleichtert sehe ich den Zeitpunkt kommen, da Faroux mich zum Teufel schickt.

„Ist auch egal“, murmelt er schließlich. „Ich glaub, ich muß den Fall Désiris noch mal aufrollen. Möglicherweise...“

Weiter kommt er nicht mit seinen Zukunftsplänen. Das Telefon klingelt. Faroux nimmt den Hörer ans Ohr.

„Was?“ schreit er nach ein paar Sekunden in die Muschel. „Grande-Jatte?... Bleiben Sie dran. Ich geh an einen anderen Apparat.“ Fluchend springt er auf. „Und wie ich den Fall Désiris aufrollen muß!... Sie bleiben hier!“ ruft er im Hinauslaufen und wirft mir einen drohenden Blick zu.

Ich stehe auf und gehe zum Fenster. In dem schwarzen Wasser der Seine spiegeln sich die Lichter des Pont Saint-Michel. Vom anderen Seineufer blinken die Lichter der Leuchtreklame herüber. In den dumpfen Straßenlärm mischt sich das wütende Gekläffe eines Hundes, der die Schnauze voll davon hat, mit einer stinkenden Leiche eingesperrt zu sein.

Zehn Minuten später kommt der Kommissar wieder, erregt wie ein Zuschauer beim Striptease.

„Was stehn Sie hier rum?“ schnauzt er mich an. „Verschwinden Sie, wir sprechen uns noch, wenn's nötig ist... Und es wird ganz bestimmt nötig sein!“

„Was ist los?“ frage ich.

„Das können Sie bald in der Zeitung lesen.“

Wir gehen zusammen hinunter. Die Treppe erzittert unter dem Getrappel der Flics, die Faroux begleiten. Unten lassen sie mich einfach stehen, klettern in einen Wagen und rasen sofort los. Wahrscheinlich Richtung: Île de la Grande-Jatte.

* * *

„So war das, Hélène", sage ich zu meiner Sekretärin und lasse die Eiswürfel im Wermut klimpern. „Und Sie? Was haben Sie rausgekriegt?"

„Nichts", antwortet meine Sekretärin müde. „Von Mitte Februar bis Ende April ist nichts Interessantes passiert. Man könnte meinen, die Gangster haben in der Zeit Ferien gemacht... Eine blöde Idee war das."

„Hab ich Ihnen ja gesagt. Aber Sie hätten auch recht haben können. Allerdings ist es wahrscheinlicher, daß Désiris seine Rücklagen aus der Zeit bei Dugat angezapft hat. Damit werden wir aber keine Zeit vertrödeln; denn ich bin überzeugt: Selbst wenn wir das mit Bestimmtheit sagen können, hilft uns das in dem neuen Fall auch nicht weiter."

Hélène leert ihr Glas und sieht auf die Uhr.

„Oh, schon fast neun! Das sieht verdächtig nach Überstunden aus." Sie steht auf. „Brauchen Sie mich noch?"

„Nein."

Ich helfe ihr in den Mantel.

„Bleiben Sie hier?" fragt sie.

„Noch 'n Weilchen."

„Dann, gute Nacht."

„Gute Nacht, Hélène."

Auf der Treppe verhallt das Geklapper ihrer Absätze.

Ich versuche nachzudenken. Leider kommt nichts Gutes dabei raus. Ich lege mein Gehirn auf Eis und rufe Régine an.

„Kann ich zu Ihnen kommen?" frage ich.

„Aber... natürlich!"

Begeistert klingt das nicht. Eher ängstlich.

„Haben Sie schon gegessen?"

„Ich hab keinen Hunger."

* * *

„Ich dachte, vielleicht haben Sie Durst", sage ich aufgeräumt.

Nacheinander packe ich die Flaschen aus, die ich unterwegs besorgt habe, und stelle sie auf ein Tischchen.

„Das war wirklich nicht nötig", protestiert Régine schwach.

Ihre Stimme klingt nervös, ärgerlich, fast schroff. Ich sehe meine Freundin an. Als sie mir die Tür öffnete, war ihr Morgenmantel zugeknöpft wie ein Finanzbeamter, den man um Zahlungsaufschub bittet. Jetzt hat er sich geöffnet (der Morgenmantel) und gibt den Blick auf ein grünes Negligé frei. An strategisch wichtigen Punkten sind Spitzen angebracht. Grün ist die Hoffnung. Lächerlich! Wir erhoffen beide nichts, jedenfalls nicht voneinander.

Irgend etwas stimmt hier nicht. Das junge Mädchen ist gespannt wie 'ne Violinsaite... oder wie 'ne Harfensaite... Mit ihren verstrubbelten Haaren sieht sie aus wie eine Gorgo.

„Ich hoffe, ich störe nicht", sage ich.

„Was verstehen Sie unter ‚stören'?" gibt Régine aggressiv zurück.

„Nicht, was Sie vielleicht darunter verstehen", antworte ich achselzuckend. „Sie hätten ja zum Beispiel schlafen können."

„Um kurz nach neun?" fragt sie ironisch.

„Müde kann man zu jeder Tages- und Nachtzeit sein. Genauso wie durstig."

Ich schnappe mir eine Whiskyflasche und schraube den Verschluß auf.

„Ich bin aber nicht müde."

„Durstig?"

„Ich hab ferngesehen."

„Gutes Programm?"

„Hab kaum hingeguckt... Ihre Idee war gar nicht so schlecht", sagt sie in verändertem Tonfall und zeigt auf die Flaschenbatterie. „Ich hab nichts zu Hause."

„Seien Sie mir nicht böse, aber wenn ich mir Ihr Gesicht ansehe..." Ich gehe zu ihr und fasse sie an den Schultern. „Was ist denn los, hm? Was wollen Sie vergessen? Ärger? Erzählen Sie mir, was Sie bedrückt. Ich schlag's dann auf meine Sorgen drauf..."

Sie zittert, weicht meinem Blick aus.

„Ich habe nichts, wirklich!"
„Sie haben Angst!"
Anstatt einer Antwort wirft sie sich in meine Arme und fängt an zu weinen. Zum Glück hab ich vorher die Whiskyflasche auf das Tischchen gestellt. Régines Haar kitzelt mein Gesicht. Außer ihrem Parfüm steigt mir noch ein anderer Duft in die Nase, ein Duft von animalisch sinnlicher Wärme. Unsere Herzen schlagen im Takt. Weiter oben spüre ich durch das hauchzarte Negligé ihre Kehle zittern. Aber das Mädchen verlangt nicht nach körperlicher Liebe. Mir muß schon etwas anderes einfallen, um sie zu beruhigen.
„Oh, Nes!" flüstert sie zwischen zwei Schluchzern. „Ja, ich habe Angst!"
„Wovor?"
„Vor dem, was passiert."
„Was ist denn jetzt schon wieder passiert?"
„Nichts weiter ... Aber ... genügt das nicht? ... Yolande ..."
„Sie wird wieder auftauchen."
„Sie sagen das nur, um mich zu beruhigen."
„Aber, aber ..."
Ich greife in ihre Haarpracht und streichle ihren Nacken.
Ganz langsam beruhigt sie sich wieder und hört auf zu heulen. Ich fasse ihr Kinn und zwinge sie, mich anzusehen. Irgend etwas ist in ihren feuchten Augen ... Ich weiß nicht, was ... Irgend etwas, das nicht über ihre Lippen kommt. Gut, das verstehe ich. Übrigens ist das das einzige, was ich verstehe. Ich gehe mit dem Mädchen zum Sofa und reiche ihr ein Taschentuch.
„Putz dir die Nase und bedanke dich bei dem netten Herrn, der dir was zu trinken mitgebracht hat."
Ich gebe ihr ein volles Glas. Sie leert es in einem Zug. Die hübscheste Trinkerin des Viertels!
„Aber ... Yolande ...", beginnt sie wieder dieselbe Leier.
Ich setze mich neben sie.
„Macht Ihnen das so große Sorgen?"
„Finden Sie das übertrieben? Seit gestern ... Ich befürchte

das Schlimmste. Die ganze Nacht konnte ich nicht schlafen... Und gegessen hab ich auch nichts..."

„Also haben Sie getrunken!"

„Ja. Aber ich bin nicht mal besoffen geworden."

„Das klassische Problem! Man erreicht nie, was man will. Und dann, wenn man's gar nicht vorhat... Hier, trink noch 'n Schlückchen, Régine. Unsere Freundin wird schon wieder auftauchen. Die Flics haben uns unsere Sorgen abgenommen."

„Den ganzen Tag über sind sie im Haus rumgelaufen."

„Haben sie dich verhört?"

„Die haben fast alle verhört."

Ich drücke ihre Hand.

„Sie haben uns doch nicht verraten, hm?" frage ich sie.

„Nein, ich hab mich an das gehalten, was wir abgesprochen hatten."

„Bist 'n liebes Mädchen. Und jetzt machen Sie sich nicht verückt wegen..."

Plötzlich lache ich laut los. Régine starrt mich verblüfft an.

„Was ist daran so lustig?"

„Wie ich mit Ihnen rede! Manchmal sag ich ‚du', manchmal ‚Sie'. Verkalkung nennt man so was."

Sie streichelt meine Hände.

„Vielleicht willst du mich unbewußt duzen", flüstert sie und schenkt mir einen lächelnden Blick durch ihre langen Wimpern... „Manchmal gibt es Gründe dafür..."

Mit katzenhafter Geschmeidigkeit überbrückt sie den Abstand zwischen uns und schmiegt sich an mich. Ihre Brust atmet heftig. Ihre Lippen finden meinen Mund...

Aber ihr Elan wirkt genau kalkuliert. Der Anfall von Zärtlichkeit hat nichts von der Spontaneität, mit der sie sich eben in meine Arme geworfen hat. Mit dieser Geste will sie sich freikaufen von der Lüge. Lüge durch Verschweigen. Um ihr moralisches Gleichgewicht wiederzufinden, fiel ihr nur dieser Trick ein. Irgend etwas hat sie auf dem Herzen. Deswegen will sie es mir vorübergehend schenken.

„Nes…", stammelt sie, „Nes…"

Plötzlich kapiere ich. Faroux hat mir gar nicht erzählt, daß Régine vernommen worden ist. Er läßt mich im ungewissen, um zu sehen, wie weit ich gehe. Bestimmt weiß er, daß Yolande entführt wurde und ich die Aktion beobachtet habe. Régine hat alles ausgespuckt und hat jetzt Schiß, mir ihr Versagen vor den Flics zu beichten. Verständlich! Erst die Gewalttat, dann das gewalttätige Vorgehen von Faroux' Leuten… Das ist die Kleine eben nicht gewohnt. Ich kann ihr nicht mal böse sein und werde sie nicht mit Vorwürfen überschütten. Werd ihr nicht mal sagen, daß ich sie durchschaut habe.

* * *

Das Motorengeräusch eines Autos zerreißt die Stille der Nacht. Der Wagen hält vor dem Haus. Eine Tür wird heftig zugeschlagen. Kurz darauf hört man den surrenden Aufzug, dann – über unseren Köpfen – das Klappern hoher Absätze.

„Die macht vielleicht 'n Krach", bemerke ich.

„Das ist Consuelo. Ich glaub, die schläft in ihren Stöckelschuhen."

„Die Spanierin?"

„Ja."

Ich weiß verdammt gut, daß Consuelo Spanierin oder so was Ähnliches sein muß. Wie 'ne Schwedin sieht sie wirklich nicht aus. Sollte ich diese saublöde Frage gestellt haben, weil… Ja, an diesem Vornamen klebt ein Detail, das ich vergessen habe. Im Augenblick fällt es mir nicht ein. Ich gieß etwas Whisky nach, um meine grauen Zellen anzuregen.

„Consuelo… Consuelo", murmele ich vor mich hin.

Régine stößt mir in die Rippen.

„Hast du den Namen jetzt oft genug gesagt?" fragt sie gespielt eifersüchtig.

„Es geht um ganz was anderes", erwidere ich geheimnisvoll.

Über uns knallen die Absätze immer noch auf den Boden.

Consuelo geht hin und her. Auch in meinem Kopf geistert sie herum.

„Consuelo Mogador..."

Endlich fällt bei mir der Groschen. Das hab ich nur den Pfennigabsätzen zu verdanken.

„Sie kannte Désiris, nicht wahr?"

„Oh, sprechen wir lieber nicht mehr davon!" bittet Régine. Ihre Stimme zittert vor Erregung.

„Nein, das stimmt gar nicht", fahre ich in meinen Gedanken fort. „Ihr Freund kannte Désiris. Das hast du doch gesagt, oder?"

„Ja", antwortet Régine gereizt. „Können wir nicht das Thema wechseln?"

„Gleich. Aber wenn mich etwas quält... Na, du kennst das ja!"

Ich bin mir nicht sicher, ob sie die Anspielung versteht. Jedenfalls sagt sie nichts, sieht mich nur ärgerlich-betrübt an.

„Ich hätte große Lust, zu ihr zu gehen und ihr einige Fragen zu stellen."

„Bist du verrückt?" schreit Régine.

Ihre Hand krallt sich in meinen Arm. Durch den Anzugstoff spüre ich die Fingernägel im Fleisch.

„Aber, aber!" sage ich überrascht. „Was ist denn los? Hast du Angst davor?"

„Ich hab immer Angst. Das weißt du doch. Und du weißt auch, warum... Ich bin fix und fertig."

„Willst du nicht, daß ich zu dieser Consuelo gehe?"

„Ich?"

Sie bricht in lautes Gelächter aus. Aber es ist eher ein Schluchzen als ein Heiterkeitsausbruch. Gleich heult sie wieder, ich spür's!

„Geh doch zu ihr!" schreit Régine. „Geh nach oben und schlaf mit ihr, wenn du willst!"

Sie geht zum Tischchen und gießt sich Whisky nach. Ihre Hand zittert. Ich schnappe mir das Telefon. Consuelo wandert immer noch in ihrer Wohnung umher. Als ihr Telefon klingelt, bleibt sie stehen, hebt aber nicht sofort ab. Schließlich höre ich aber doch ein wohlklingendes „Hallo!“

„Mademoiselle Mogador?“

„Ja. Wer ist am Apparat?“

Auch ihre Stimme klingt gereizt. Verdammt nochmal! Sind denn alle Mädchen hier im Haus mit ihren Nerven schlecht zu Fuß?

„Entschuldigen Sie, daß ...“

„Wer ist am Apparat?“ unterbricht sie mich schroff. Höflichkeit ist wohl nicht ihre Stärke.

„Nestor Burma, Privatdetektiv.“

„Hä?“

„Nestor Burma, Privatdetektiv. Ich ...“

„Sage mal, Süßer, soll das eine Witze sein?“

„Ganz und gar nicht. Ich möchte mit Ihnen sprechen.“

„*A la hora que es?*“

„*Sí, señorita.*“

„*Madre!* Ist ein Witze!“

„Nein, keine Witze, *señorita*. Im Gegenteil, sehr ernst. *Mucho serioso.*“

Keine Antwort.

„Hallo?“

Ist die Spanierin nicht mehr am Apparat? Wahrscheinlich muß sie mein Kastilisch à la San Germano de Los Prevertos verdauen. Wenn sie wieder den Hörer nimmt, wird sie mich wohl zum *diabolo* schicken.

„Hallo?“ meldet sie sich wieder. „Nestor Burrma, Prrivatdetektiv, sagen Sie?“

„Ja.“

„Und Sie wollen mich sähn?“

„Ja.“

„Warrum?“

„Darrum.“

„*Madre!* Was soll das? Wovon rrufen Sie an?“

„Ich bin bei Régine Monteil, direkt unter Ihnen.“

„*No!*“

„Si!“

„Gut, Ré soll mittekommen. Aber das ist ein Witze.“

Sie legt auf. Ich auch.

„Du sollst mitkommen, hat sie gesagt“, berichte ich Régine und schnappe mir eine der Flaschen. „Gute Idee! Du stellst uns einander vor, dann schmilzt das Eis schneller.“

„Du bist verrückt“, knurrt Régine kopfschüttelnd.

Sie schickt sich jedoch in ihre Rolle, und wir gehen gemeinsam hinauf. Consuelo glaubt immer noch an eine Witze.

„Madre de Dios!“ ruft sie gestikulierend. „Kommt rrein, *amigos!“*

Hüftenschwingend geht sie voran. Klack, klack, klack, machen ihre Absätze. Sie führt uns in eine Art Salon, der nur sehr spärlich möbliert ist. Consuelo dreht sich um. Durch den Schwung wickelt sich ihr roter Rock um ihre strammen Beine, fällt dann wieder in regelmäßigen Falten über die Knie. Die Fenster sind geschlossen, die Vorhänge zugezogen. Im Zimmer hängt ein schwerer Parfümduft.

„Hier, mein Paß“, sage ich lächelnd und stelle die Flasche auf den Tisch. „Und hier mein Ausweis.“ Ich gebe ihr meine Visitenkarte. „Damit sie nicht glauben, ich hätte geblufft.“

„Tatsächlich! Nestor Burma, Detektiv“, liest sie laut. „Sährr lustig!“

Sie lacht und ruft dann:

„Pedro!“

Auf leisen Kreppsohlen kommt der Gerufene aus dem Nebenzimmer. Er zieht sich noch schnell eine Jacke über. Etwa fünfunddreißig, gebräuntes Gesicht, groß, athletische Figur in einem gutgeschnittenen Anzug. Sein sportliches Aussehen wird von einer Hornbrille abgeschwächt, die ihn zu einem erfolgreichen Geschäftsmann macht. Der Mann und das Geschäft.

„Pedro“, sagt Consuelo zu ihm, „ich stell dir Señor Burrma vor. Er ist der Prrivatdetektiv, der äben angerufen hat.“

„Ach ja“, sagt Pedro.

Dann sagt er brav „Guten Abend, Régine“, und Régine sagt

noch braver „Guten Abend, Monsieur Pierre". Monsieur Pierre kommt auf mich zu und streckt mir die Hand hin. Sein Lächeln ist so breit wie 'n Sonnenschirm. Ein lustiges Paar. Die kleinste Kleinigkeit bringt sie zum Lachen. Sieht zumindest so aus.

„Sehr erfreut", sagt er.

Wir geben Pfötchen.

„Sie sind ja ein lustiger Vogel", fährt er fort. „Wie Sie sich bei fremden Leuten einschleichen! Und um diese Zeit! Aber macht nichts. Ich bin selbst kein Kind von Traurigkeit..."

Um mir das zu beweisen, lacht er los. Ha, ha, ha! Ein schlecht gespieltes Bühnenlachen, das mir nur das Gegenteil beweist: Er ist ganz und gar nicht erfreut, daß ich einfach so hier reinplatze. Und ich weiß auch, warum.

„Entschuldigen Sie bitte, daß ich Sie belästige", sage ich. Zu einem Lächeln langt es bei mir nicht mehr.

„Aber nein! Sie belästigen uns nicht... Sie wollten mit Mademoiselle Mogador sprechen?"

„Tja... eigentlich..."

Er lacht wieder los. Wieder nur schlechtes Theater.

„Verstehe", sagt er dann augenzwinkernd. „Wenn Sie gewußt hätten, daß ich da bin..."

„... dann hätte ich erst recht darauf bestanden, nach oben zu kommen", vollende ich den Satz.

„Ach, wirklich?"

Seine Augen blitzen hinter den Brillengläsern.

„Ja, wirklich... Ich hab auch was zu trinken mitgebracht", fahre ich aufgeräumt fort. „Vielleicht machen wir das mal?"

„Gute Idee", stimmt Pedro mir zu. „Consuelo, Gläser! Setzen wir uns doch. Wirklich, ein lustiger Abend!"

Wir machen's uns gemütlich. Nur Régine scheint sich gar nicht wohlzufühlen. Wird ganz klein in ihrem Morgenmantel. Consuelo bringt ein Tablett mit Gläsern herein. Inzwischen hat Monsieur Pierre die Flasche geköpft. Als wir alle ein volles Glas in der Hand haben, sagt er, jetzt ernsthaft:

„Also, ich höre. Bin wirklich neugierig, was Sie von mir wollen."

„Informationen über jemanden, dessen Leiche ich gefunden habe."

„Was?"

Erschreckt fährt er hoch. Consuelo ruft etwas in ihrer Muttersprache, etwas mit *puta* und *madre*. Ihre Überraschung amüsiert mich. Wie Pedro schon gesagt hat: ein lustiger Abend.

„Ein gewisser Désiris", erkläre ich. „Hat sich und seine Frau am 7. März dieses Jahres umgebracht. Ich hab damals die beiden Leichen entdeckt. Oh, das ist nichts Besonderes", beruhige ich die Gesellschaft. „Meine Spezialität... Ich glaube, sie kannten ihn."

„Wen?"

„Désiris."

Langsam nimmt Pedro ein Zigarettenetui aus der Tasche.

„Désiris?"

„Allerdings. In der ganzen Hütte hier..." Ich zeige nach oben und nach unten. „... gab es keinen – nicht mal seine ehemalige Freundin –, der den Flics gesagt hat, daß er den Mann kannte. Kann ich gut verstehen. Man weiß zwar, wie es mit den Flics anfängt, aber nie, wie es aufhört."

„*Señor*", meldet sich die Spanierin, „wir haben uns nichts vorzuwerfen."

„Ein Grund mehr, um sich in Schweigen zu hüllen", bemerkt Monsieur Pierre philosophisch.

Er nimmt eine Zigarette aus dem Etui und zündet sie an. Dann schiebt er das Etui wieder in die Tasche.

„Stimmt", pflichte ich ihm bei. „Aber ich bin kein Flic."

„Nein? Was sind Sie dann, wenn man fragen darf?"

„Privatschnüffler."

„Ist auch nicht besser."

„Also, besonders kooperativ sind Sie nicht, Monsieur..." stelle ich fest.

Das letzte Wort ziehe ich wie ein Gummiband, damit er es

aufschnappt und einen Namen dranhängt. Aber er schnappt nichts auf und hängt auch nichts dran.

„Also wirklich, ein lustiger Abend“, wiederholt er und schickt sein falsches Lachen hinterher. „Erst die Polizei im Haus, wegen Yolande...“

„Désiris’ Geliebte.“

Er überhört meinen Einwurf.

„... Und jetzt ein Privater, der ausgerechnet bei uns Überstunden macht! Aber gut...“ Er hebt resigniert die Schultern. „Ich glaube, ich kann Sie nur loswerden, wenn ich Ihnen sage, was ich weiß, hm?“

Ich nicke ihm aufmunternd zu.

„Aber zuerst würde mich interessieren“, fährt er fort, „was Sie selbst wissen und was der Quatsch soll. Schließlich hat Désiris Selbstmord verübt, oder nicht?“

„Oh doch“, gebe ich zu. „Aber es gibt da so einige Querverbindungen. Das einzige, was ich von Ihnen weiß, habe ich von Mademoiselle Monteil.“ Ich zeige auf Régine. „Sie haben hier eine kleine Party veranstaltet und auch Désiris eingeladen. Dabei haben er und Yolande sich kennengelernt.“

„Ich glaube, ja.“

„Wie gut...“

Mit einem Ruck steht Régine auf, bleich, mit zitternden Knien, so als kippe sie jeden Moment aus den Latschen.

„Ich gehe... nacht unten“, bringt sie mühsam hervor. „Mir ist nicht gut.“

„Das kommt davon, wenn man so gnadenlos säuft!“

Was ich da sage, ist nicht sehr nett von mir. Aber, verdammt nochmal! Immer versaut sie mir die Tour! Der Kerl vor mir ist ein harter Brocken. Mit ihm eine längere Unterhaltung zu führen, ist so, als wollte man ein Haushaltsloch stopfen (meins und das des Staates). Und jetzt, wo wir schon mal so schön in Schwung sind, muß die Kleine sich wieder querstellen. Wie auf der Verfolgungsjagd in Levallois!

„Haben Sie was getrunken?“ erkundigt sich Monsieur Pierre fürsorglich.

„Yolandes Verschwinden ist ihr aufs Gemüt geschlagen."

Monsieur Pierre nickt verständnisvoll. Consuelo kommt ihrer Freundin zu Hilfe.

„Komm, *querida,* setz dich. Werd dir was machen, bringt dich wieder auf die Beine."

Régine gehorcht. Sie sieht wirklich elend aus. Die Spanierin bringt ihr aus der Küche ein Glas mit einer sprudelnden Flüssigkeit. Régine trinkt widerwillig. Pedro sieht sie besorgt an. Wahrscheinlich fürchtet er um den Teppich. Er ist zwar nicht immer zu Hause, hat es aber gerne hübsch sauber, auch wenn er nicht da ist.

„Besser?" erkundigt sich Consuelo.

„Ja", haucht Régine mit Leidensmiene.

„Bring sie ins Bett", befiehlt Pedro im Kasernenton.

„Komm, geh ins Bett, Ré", sagt Consuelo.

Die Frauen verlassen das Zimmer, Régine auf ihre Freundin gestützt. Monsieur Pierre blickt ihnen nachdenklich hinterher. Die zuschlagende Haustür bringt ihn wieder zurück auf die Erde.

„Die Mädchen vertragen einfach nichts", stellt er fest.

„Machen sich Sorgen, wegen nichts", stimme ich in seine Klage ein.

„Genau... Wo waren wir stehengeblieben?" fragt er lächelnd.

„Bei Désiris. Waren Sie sehr eng befreundet?"

„Überhaupt nicht. Wir kannten uns. Mehr nicht."

„Wie haben Sie ihn kennengelernt?"

„Beim Autokauf. Wissen Sie, die Zwischenhändler... Ich geh lieber gleich zur Fabrik. Und da hat Désiris gearbeitet. So haben wir uns..."

An der Tür wird geläutet. Dreimal kurz. Sehr originell. Pedro steht auf.

„Scheiße!" knurrt er. „Daß die nie ihren Schlüssel mitnehmen kann! Bleiben Sie hier!"

Er ruft mir das im Hinausgehen zu, aber in welchem Ton! Was hat das zu bedeuten? Plötzlich hab ich den Eindruck, daß irgendwas im Busch ist. Nein, irgend etwas stimmt hier nicht. Und da höre ich auch schon im Flur seltsame Geräusche, seltsam und verdächtig. Bevor ich nachsehen kann, kommt Monsieur Pierre wieder ins Zimmer.

Aber wie! Rückwärts, die Arme über dem Kopf. Zwei zwielichtige Gestalten drücken ihm ihre Kanonen in den Bauch.

Weder in ihrer Kleidung noch in ihrem Äußeren haben die beiden was Besonderes zu bieten. Aufgrund ihrer Visagen könnte man sie für ausgemachte Blödmänner halten. Aber die Ballermänner in ihrer Hand verschaffen ihnen beim Betrachter den nötigen Respekt. Das Unbewegliche in ihren Gesichtern deutet er jetzt als kalte Entschlossenheit, die nichts Gutes ahnen läßt. Einer der beiden tänzelt wie ein ausweichender Boxer etwas zur Seite. Durch dieses geschickte Manöver hat er außer Pedro auch mich im Auge.

Höchstwahrscheinlich haben sie keinen Besuch bei Monsieur Pierre erwartet. Aber ganz sicher haben sie nicht erwartet, daß dieser unerwartete Besuch ebenfalls eine Kanone in der Hand hält. Das bringt sie ein wenig aus ihrer unbeweglichen Ruhe. Aber dann zählen sie eins und eins zusammen. „Wir sind zu zweit", sagen sie sich wohl. Und leider haben sie recht. Nach einem Schuß müßte ich mit der prompten Antwort rechnen. Ich hab also nicht viel zu melden. Kann mein Schießeisen genausogut wieder einstecken. Aber in meiner Hand ist es besser aufgehoben als beim Waffenhändler, zumal ich mich hinter einem Polstersessel verschanzt habe, den Rükken zur Wand. Bis einer von uns einen Fehler begeht, müssen wir uns wohl oder übel gegenseitig respektieren. Das kann lange dauern.

Ohne mich aus den Augen zu lassen, fragt der Revolverheld mit dem besseren Überblick den Hausherrn:

„Wer ist das denn?"

Sein Akzent klingt nach der Canebière.

„'n Flic", antwortet Pedro.

Der zweite Gangster, einen eleganten Hut auf dem Kopf, hat ihn in einen Sessel gestoßen.

„Hab ihm grade Käse erzählt, um ihm auf den Zahn zu fühlen", fügt er hinzu. „Macht bloß keinen Scheiß!"

Der mit dem Hut lacht bösartig.

„Wir wollen nur sehen, wie's dir geht. Daß du einfach alles hinschmeißt, so von heute auf morgen... Gefällt uns gar nicht. Wer Schiß hat, dem vertraut man nicht. Hinterher verpfeifst du uns noch..."

„Man kann Schiß haben und trotzdem die Schnauze halten... Das haut doch alles hinten und vorne nicht hin. Ihr findet es nie!"

„Ja, Scheiße! Du weißt nämlich, wo das Zeug ist. Die Kleine muß was ausgespuckt haben, was nur du kapiert hast. Und dann spielt Monsieur den müden Helden, den Feigling. ‚Das haut nicht hin, Freunde! Wir finden das Zeug nicht. Blasen wir das Ganze ab!' Geschissen! Wir armen Schweine stehen da, mit weniger Geld in der Tasche als vorher, dafür aber mit mehr Ärger. Und du mit Consuelo und der Ware. Apropos... Ich seh sie gar nicht... Wo ist Consuelo?"

„Unterwegs."

„Ach ja, unterwegs! Keine Bewegung! Vielleicht kommt sie ja gleich reingeschneit..."

Der Gangster postiert sich so, daß er gleichzeitig Pedro, die Tür und mich überwachen kann. Ich fühl mich richtig wohl zwischen zwei Feuern. Komm mir so nützlich vor wie'n Büstenhalter für ein Bügelbrett.

„Also, der Kerl da ist 'n Flic?" fragt der mit dem Hut.

„Ja. So 'ne Scheiße! Den ganzen Tag wimmelt es von Flics... wegen der Kleinen."

„Machst du uns das etwa zum Vorwurf? Wer hat denn so laut getönt, die Kleine weiß alles, hm? Und die weiß auch alles, davon bin ich überzeugt! Oder hat die ihren Ring bei *Prixunic* gekauft? Aber jetzt soll sie plötzlich keine Ahnung haben... Findest du das o.k.?"

„Hab mich geirrt. So was kann passieren."

„Dir nicht mehr, Pierre", sagt der Gangster und lacht giftig.

Pierre wird blaß.

„Aber... sag mal... du willst doch nicht...“, stottert er.

Seine Stimme ist kaum zu hören. Schweißperlen stehen ihm auf der Stirn, die Brillengläser sind beschlagen.

„Hör mal, Pierrot!“ Der zweite Gangster – der aus Marseille – wird deutlich. „Die Geschichte mit dem Flic hier gefällt uns genausowenig wie die mit der Kleinen. Hab das Gefühl, du stehst sozusagen unter Polizeischutz, ohne daß die das wissen! Hast wohl gedacht, solange die hier rumrennen, halten wir uns bedeckt, was? Aber du siehst ja: Wir besuchen dich trotzdem...“

„Wir sind verarscht worden“, murmelt der mit dem Hut. „Du kannst es drehen und wenden, wie du willst. Wir sind verarscht worden.“

„Ich hab nicht die Absicht, euch zu verarschen“, protestiert Monsieur Pierrot mit weinerlicher Stimme.

‚Du hast doch auch Sarfotti aufs Kreuz gelegt, mit uns zusammen. Meinst du, wir vertrauen dir?“

„Schnauze!“ brüllt der andere seinen Kollegen an. Dann wendet er sich wieder an den Judas: „Steckst wohl mit den Flics unter einer Decke, hm?“

„Nein! Das da ist kein richtiger, nur ’n Privater“, versucht Pierre zu erklären.

„Und was hat der hier zu suchen?“

„Der sucht genau dasselbe wie wir, glaub ich.“

Der Mann aus Marseille sieht mich drohend an.

„Los, Schnüffler, ich höre!“

„Nicht mehr“, sag ich mit trockener Kehle.

„Was ‚nicht mehr‘? Wie meinst du das?“

„Ich suche nicht mehr. Hab’s gefunden. Pierrot hat’s.“

„Paulot!“ ruft Pierre. „Glaub ihm kein Wort!“

Er läßt alle Vorsicht fahren. Seine Situation ist sowieso nicht beneidenswert. Aber daß er die „Ware“ haben soll, nach der die ungebetenen Gaste sich die Hacken ablaufen, gibt ihm den Rest. Das läßt ihn an die Decke gehen. Im übertragenen Sinne und im wörtlichen. Er springt von seinem Sessel auf und stürzt zu dem Gangster mit dem eleganten Hut. Sieht aus, als wolle er ihm an den Kragen. Und richtig, der Gangster vermutet einen Angriff, will sich zur Wehr setzen und... rutscht aus. Pedro nutzt die Schrecksekunde aus, um eine Kanone aus seiner Jacke zu angeln. Jetzt hat er nichts mehr zu verlieren. Er drückt ab, verfehlt aber den Mann auf dem Boden. Der hat sich wieder hochgerappelt und verfehlt ihn nicht, genausowenig wie der Mann aus Marseille. Monsieur Pierre dreht sich um seine eigene Achse, wie ein Kreisel. Die Schüsse werden wie aus einer Maschinenpistole abgefeuert, lassen ihn gar nicht zur Ruhe kommen. Zwei links, zwei rechts, eine fallenlassen. Ein schöner Pullover wird dem Monsieur Pierre gestrickt. Aber schließlich darf er zur Hölle fahren. Im Fallen stößt er noch das Tablett mit der Whiskyflasche und den Gläsern zu Boden und verursacht so den entsprechenden Höllenlärm. Leider kann ich seine Todespirale nicht sehen. Ich muß mich hinter dem Lehnsessel vor den Kugeln schützen, die mich unserem ehemaligen Gastgeber hinterherschicken wollen. Der Sessel tut seine Pflicht, und ich gehe unverletzt aus dem Schützenfest hervor. Ich muß lachen, bis mir die Seiten wehtun. Die Revolverhelden treten den Rückzug an... Knallen die Tür hinter sich zu... Die Luft ist rein! Ich will aufstehen, komme aber nicht hoch. Das muß das verdammte Bohnerwachs sein! Ich klebe fast am Boden fest, meine Hände sind ganz klebrig. Und dann dieser Korditgestank! Hat sogar das schwere Parfüm von Consuelo verdrängt... hat... hat... Scheiße! Das muß der Gestank sein, der in meinem Schädel dieses Gewitter verursacht. Ein roter Schleier legt sich vor meine Augen. Ich schließe sie. Die Lider machen einen Lärm wie Rolläden. Ich wußte wohl, daß ich schwere Augenlider habe, aber trotzdem... Schüsse knallen... Die Tür knallt... Absätze knallen... Monsieur Pierre abgeknallt... Erstickte Schreie... Flüche... Ein Mordslärm im Dunkeln, unterbrochen von buntem Wetterleuchten. An Schlaf ist nicht zu denken, auch nicht mit geschlossenen Augen. Ich öffne sie wieder. Das bunte Farbenspiel wird wieder zum roten Schleier, durch den ich ein hübsches Bein verschwinden sehe... Los,

Nestor! Hinterher! Ich reiße mich zusammen, ziehe mich am Sessel hoch und erlange so was Ähnliches wie den aufrechten Gang. Der Salon dreht sich im Kreis. Monsieur Pierre schwebt zwischen Boden und Decke. Oder zwischen Himmel und Hölle. Rauf, runter, rauf, runter. Die Arme von sich gestreckt, sieht er aus wie der Christus von Salvador Dalí. Ich lasse mich wieder fallen, um der Leiche nicht in die Quere zu kommen. „Hau ab!" höre ich jemanden rufen, mich selbst. „Sofort, M'sieur", antworte ich. Immer höflich, immer gehorsam. Und immer mittendrin im Geschehen. Ich rapple mich wieder hoch, schwanke einen langen Korridor entlang, werfe mich gegen eine Tür. „Hau ab!" sagt die Stimme wieder. Die Tür gibt nicht nach. Meine Hand sucht einen Riegel, einen Knauf, na ja, irgend so'n Ding, mit dem man eine Tür öffnen kann. Nichts. Vielleicht liegt das an meiner Hand. Ich sehe sie an. Sie hält einen Revolver. Ach ja! Mein Revolver! „Schieß dich frei!" ruft die Stimme. Das ist es! Endlich gibt mir die verfluchte Tür den Weg frei. Im Treppenhaus werde ich von einem Trommelfeuer empfangen. Ist aber gar kein Trommelfeuer, nur eine knallende Tür. Noch eine. Hab so langsam die Schnauze voll von knallenden Türen. Diese hier wurde heftig zugeschlagen, als ich auftauchte. Jemand, der sich schnell verdrücken wollte, bevor die Flics antanzen. Jemand, der nicht unbedingt gesehen werden möchte, wie er von Mademoiselle Rita oder Madame Coraline kommt, von einem dieser reizenden Geschöpfe mit den charmanten Vornamen. Seiner Frau hat er wahrscheinlich erzählt, er sei auf einem Kongreß in der Provinz, auf irgendeiner Nachtsitzung. So ganz gelogen ist das ja auch nicht.

Ich hänge mich ans Geländer und rutsche wie ein nasser Sack die Treppe runter. Dann stehe ich vor Régines Wohnungstür, eine Etage tiefer. Der Schlüssel steckt von außen. Ich drehe ihn im Schloß und gehe hinein.

Régine steht am Fenster und hält sich am Vorhang fest. Auch sie hat also Gleichgewichtsstörungen. Sie sieht mich und schwebt in ihrem hauchdünnen Nachtgewand auf mich zu, herzhaft gähnend. So wirke ich also auf das kleine Biest! Na ja, dazu komme ich später. Jetzt erst mal ins Badezimmer. Ich schütte mir Wasser ins Gesicht. „Hau endlich ab!" höre ich wieder die Stimme rufen. „So lange ist die Schießerei noch gar nicht her, auch wenn dir's wie 'ne Ewigkeit vorkommt. Besonders laut war's auch nicht. Sie hatten Schalldämpfer. Aber trotzdem, es hat Aufmerksamkeit erregt. Aus naheliegenden Gründen ruft keiner die Flics. Jedenfalls nicht sofort. Das ist deine Chance! Aber irgendwann stehen sie auf der Matte, die Flics. Hau ab!" Die Stimme wird lauter.

„Régine", sagt sie, jetzt auch für andere wahrnehmbar. „Verletzt... Arzt... Freund... Neuilly... Nähe... zu Fuß... Und gähn nicht so!"

„Das kommt von dem Zeug, das mir Consuelo gegeben hat."

„Ach ja, Consuelo. Keine Angst mehr... Pedro... tot... runter... dein Auto... bevor die Flics... Mantel... Ja, einfach so... Arzt... sieht immer halbnackte Frauen..."

Wir gehen nach unten. Sie gähnend, ich halbtot. Den Arm, an dem immer noch die Waffe hängt, spüre ich nicht.

Aus der Conciergeloge fällt Licht, aber niemand hält uns auf. Wir stehen auf der Rue du Dobropol. Die Kälte tut mir gut. Sonst hasse ich solch ein Sauwetter, aber jetzt genieße ich es mit offener Jacke und gelöster Krawatte. Wir klettern in Régines Wagen. Das Mädchen gähnt, startet, gähnt wieder.

Das wurde auch höchste Zeit. Nach kaum zweihundert Metern hören wir die typische Polizeisirene.

* * *

Ich lehne mich gegen die Wagentür. Mein Körper wird durchgeschüttelt. Schmerzhafte Wellen laufen mir von den Schuhsohlen bis in die Haarspitzen und wieder zurück. Der Wagen macht nahe Bekanntschaft mit einer Bordsteinkante, wickelt sich beinahe um einen Baum. Régine hängt mit wakkelndem Kopf über dem Lenkrad. Sie pennt fast von dem katervertreibenden Wässerchen. Mit meiner linken Hand – der gesunden – schüttele ich das Mädchen.

„Régine!“

Sie richtet sich auf, packt das Steuer wieder fester. Ich kneif sie in den Arm, um sie wachzuhalten. Im Zickzack biegen wir in die Avenue de Neuilly ein. Unterwegs stoßen wir Mülleimer um. Das Getöse hört man noch ’n paar Straßen weiter. Zum Glück wohnt mein Freund, der Medizinmann, ganz am Anfang der Straße.

12

Wiederbelebung

„Diesmal sind Sie noch davongekommen“, sagt der Arzt und sieht mich mit seinem überirdischen Lächeln an.

„Vielen Dank, mein Lieber.“

Ich liege auf einem weichen Bett im Gästezimmer. Das schwache Licht der Nachttischlampe wird durch die graue Morgendämmerung ergänzt.

„Geht sie auf oder unter?“ frage ich.

„Wer?“

„Die Sonne.“

„Sie hat sich den ganzen Tag über nicht blicken lassen. Aber es ist sechzehn Uhr, Samstag, 8. November. Also wird sie wohl untergehen.“

„So schlimm hat's mich erwischt?“

„Nein. Morgen sind Sie wieder auf den Beinen. Sie mußten sich ausruhen. Deshalb hab ich Ihnen ein Schlafmittel verpaßt.“

„Dann ist das der Grund für meinen dicken Kopf?“

„Das, die Wunde und die Operation. Und getrunken haben Sie gestern abend auch nicht schlecht.“

„Stimmt! Hab mich ganz schön zugeschüttet... Entschuldigen Sie, daß ich Sie mitten in der Nacht belästigen mußte. Sie waren der einzige, der mir helfen konnte. Vielen Dank noch mal, Doktor.“

„Sie mußten mich nicht mal aufwecken. Ich war mitten in einem Roman. Der Held ist ein Kollege von mir, der Gangster verarztet... Ich mußte Sie in meine Wohnung tragen, weil Sie an der Haustür zusammengeklappt sind. Sind mir sozusagen um den Hals gefallen. Ihre Freundin übrigens auch, was natürlich sehr viel angenehmer war... Oh, ich wollte Sie nicht beleidigen! Aber das Mädchen hat nur geschlafen."

„Ja, sie hat so was Ähnliches wie Drogen genommen."

„Hab ich gemerkt! Sie sollte besser auf die Dosis achten. Ich hab sie aufs Sofa gelegt, und heute morgen ist sie weggegangen."

„Im Negligé und Pelzmantel?"

„Hélène hat ihr ein Kleidchen gekauft. Von Ihrem Geld, nehm ich an..."

„Hélène?"

„Ja, sie hat sich als Operationsschwester betätigt. Hab kaum gewagt, sie aus dem Bett zu schmeißen wegen... äh... Ihrer Freundin. Zumal die so gut wie nichts anhatte. Aber ich brauchte Hilfe, und niemand eignet sich besser als Hélène..."

„Ist sie noch da?"

„Sie kommt um fünf wieder."

Mein Freund holt ein 7,65er Projektil aus seiner Tasche.

„Das haben wir in Ihrem Arm gefunden", sagt er. „Hätte schlimmer für Sie ausgehen können, mein Lieber. Hier, für Ihre Sammlung." Er legt die Kugel auf den Nachttisch. „Aber erzählen Sie mir doch mal, was Ihnen passiert ist. Vielleicht ist die Geschichte so spannend wie der Roman, den ich inzwischen zu Ende gelesen habe."

Ich tue ihm den Gefallen.

„Die Polizei wäre bestimmt scharf auf Ihre Zeugenaussage, meinen Sie nicht?"

Ich nicke schweigend.

„Und ich operiere Sie, pflege Sie und... gewähre Ihnen... äh... Unterschlupf. So nennt man das doch, oder?"

„Ja. Wie in Ihrem Roman."

„Die Zeitungen sind übrigens voll davon."

„Wovon?"

„Von der Rue du Dobropol."

„Kann ich mal sehen?"

„Ich bring Ihnen sofort die Abendausgaben."

„Telefonieren müßte ich auch mal."
„Fühlen Sie sich wie zu Hause."

* * *

Im *Crépuscule* lese ich:

Eine mysteriöse Tragödie hat sich heute nacht in einem Haus in der Rue du Dobropol (17. Arrondissement) abgespielt. Pierre Brousse, über dessen Person sich die Polizei ausschweigt, wurde in der Wohnung seiner Freundin Consuelo Mogador erschossen. Die Täter sind unerkannt entkommen. Auch Mademoiselle Mogador ist verschwunden. Interessant ist, daß in demselben Haus auch Yolande Mège wohnt, von der es seit Donnerstag abend kein Lebenszeichen gibt. Die Polizei äußert sich nicht über einen möglichen Zusammenhang zwischen den beiden Fällen.

Ich sehe nach, ob auch über die Île de la Grande-Jatte berichtet wird.

WAR CHARLES DESIRIS EIN MASSENMÖRDER?

Die Frage muß man sich stellen, nachdem gestern in einer Werkstatt auf der Île de la Grande-Jatte, wo der Ingenieur Charles Désiris… usw. usw. eine schreckliche Entdeckung gemacht wurde. Das Opfer, das etwa im März dieses Jahres umgebracht wurde, ist inzwischen identifiziert worden. Es handelt sich um Jean Chambefort (35), Angestellter des Konstruktionsbüros von Dugat, wo auch Désiris bis Februar/März 1957 beschäftigt war. Die wegen der fortschrittenen Verwesung der Leiche schwierige Autopsie konnte die Todesursache nicht einwandfrei klären. Es kann sich jedoch nur um ein Verbrechen handeln. Möglicherweise ist Désiris der Täter. Er hat am 7. März dieses Jahres – also zu der Zeit, auf die die Gerichtsmediziner den Tod von Chambefort festlegen – Selbstmord verübt, nachdem er seine Ehefrau erschossen hatte.

Warum hat sich Charles Désiris umgebracht? Im April haben wir vermutet: Er war verzweifelt, weil er es nicht schaffte, seine Erfindung zu Ende zu führen. Er konnte sein Scheitern nicht verkraften. Und seine Frau hat er mit in den Tod gerissen, weil sie es entweder so wollte oder weil er wahnsinnig geworden war. Heute erscheint ein weiteres Motiv wahrscheinlich: Désiris hat auch Jean Chambefort getötet. Auch wenn der Fall noch nicht restlos geklärt ist, so sprechen doch die Tatsachen für diese These. Das Opfer ist in der ehemaligen Werkstatt des Selbstmörders vergraben worden. An derselben Stelle ist spezielles Zeichenpapier gefunden worden, Konstruktionspläne, die leider nicht mehr entziffert werden können, da sie genauso lange wie das Opfer in der Erde gelegen haben. Wahrscheinlich aber sind das die Pläne von Désiris' Erfindung. Der Ingenieur hat möglicherweise Chambefort umgebracht und dann – aus Reue oder Angst vor Strafe – sich selbst gerichtet…

Zwischenzeitlich tauchte die Frage auf, ob das Opfer vorher gefoltert wurde. Tatsächlich sind Knochen gebrochen, eine Hand ist zerquetscht. Erkundigungen bei Dugat haben jedoch ergeben, daß er sich zu Hause beim Transport eines Ofens verletzt und sich freigenommen hatte, um sich in ärztliche Behandlung zu begeben. Seitdem war er weder im Betrieb noch sonstwo gesehen worden… Aber Zweifel sind angebracht: Kann der Transport eines Ofens so schwere Verletzungen hervorrufen, wie sie die Fotos der Leiche zeigen? Unserer Meinung nach rühren die Quetschungen eher von einem Schraubstock her…

Soweit Marc Covets Ausflug ins Reich der Sensationen und Spekulationen. Ich lege die Zeitungen zur Seite und rufe Régine an, um ihr die Frohe Botschaft meiner Heilung mitzuteilen. Das Mädchen scheint sich zu freuen.

„Und jetzt muß ich mit dir schimpfen", sage ich.

„Ich weiß."

„Du hast einen der Kidnapper erkannt, stimmt's? Monsieur Pierre, Pierre Brousse mit vollem Namen."

„Nicht sofort. Aber dann, als wir hinter ihnen herfuhren…“

„Deswegen hast du mich am Hinterherfahren gehindert?“

„Ja. Ich hatte Angst. Ich hatte immer Angst vor Monsieur Pierre. Ich mochte ihn nie.“

„Vielleicht hast du gespürt, daß er ein Verbrecher war.“

„Kann sein. Aber ich glaube, ich hätte genauso gehandelt, wenn ich keinen der Kidnapper erkannt hätte. Ich hatte Angst vor einer Schießerei…“

„Hab ich mir gedacht. Das ist doch ganz menschlich.“

„Vor allem, weil dieser Pierre dabei war… Ich hab zu eng mit ihm zusammengelebt. Ich meine, weil Consuelo über mir wohnt. Sicher, er war oft nicht zu Hause, manchmal monatelang nicht. Aber er kam immer wieder zurück. Und ich war oft bei Consuelo. Aber ich hab mich aus allem rausgehalten; denn ich hatte das Gefühl, daß irgendwas in unserem Haus vor sich ging. Deshalb war ich auch so komisch gestern abend…“

„Ich bin dir nicht böse, Régine“, beruhige ich sie, „daß du mir nicht alles erzählt hast, was du wußtest.“

„Und als du dann nach oben gehen wolltest…“

„Da wurde dir endgültig schlecht, stimmt's?“

„Ja, ich bin oben beinahe ohnmächtig geworden.“

„Consuelo hat bestimmt vermutet, daß du nur zu dir in die Wohnung wolltest… 'n Trick, um telefonieren zu können oder so…“

„Oh, apropos Telefon“, erinnert sich Régine, „ich habe die Sicherung unter meinem Bett gefunden! Die kann nur Consuelo rausgenommen haben, als sie bei mir war.“

„Bestimmt. Was hat sie sonst noch gemacht?“

„Nichts. Hat mich nur noch ins Bett gebracht… Ich glaub, um sicher zu sein, daß ich eingeschlafen war. Aber ich hab gegen die Müdigkeit angekämpft. Ich hatte Angst, sie könnte mich mit dem Medikament vergiftet haben.“

„Damit wär deine Übelkeit jedenfalls wie weggeblasen gewesen!“

„Allerdings... Und dann hab ich die Schüsse gehört. Consuelo hat sie natürlich auch gehört. Hat mich völlig vergessen. Als die Mörder die Treppe runtergerannt waren, ist sie weggegangen, hat einen Koffer geholt – wahrscheinlich war der schon gepackt! – und: ‚Leb wohl, du häßliche Welt!' Nach dem Vorfall konnte sie nicht mehr bleiben, auch wenn das Zeug, was die Gangster suchen, nicht in dem Koffer war."

„Was suchen die denn?"

„Geld. Sie gehören zu einer Gang. Bei der gemütlichen Unterhaltung fiel der Name ‚Sarfotti'. Kannst du damit was anfangen?"

„Nein."

„Ich hab den Namen irgendwann schon mal gehört. Wo, weiß ich nicht mehr."

„Von mir bestimmt nicht."

„Ich komm noch drauf... Jedenfalls hat Consuelo die Gelegenheit beim Schopf gepackt und dich mit dem Schlafmittel außer Gefecht gesetzt. Pedro und sie haben sich nämlich mißtrauisch gefragt, was ich so spät noch bei ihnen wollte. Die beiden gingen sowieso schon auf dem Zahnfleisch. Hielten mich für schlauer, als ich bin."

„Aber warum haben sie trotzdem die Tür geöffnet?"

„Sie haben sich gesagt: Wenn wir den Privatflic nicht reinlassen, schläft er vor der Tür, das Ohr am Schlüsselloch. Private sind noch neugieriger als richtige Flics. Dann ist es schon besser, man packt den Stier bei den Hörnern und versucht rauszukriegen, was er vorhat. Vielleicht hatten diese reizenden Nachbarn auch irgendeinen üblen Trick im Sinn. Vielleicht wollten sie mich aber mit einem Märchen loswerden und verhindern, daß ich auf ihrer Fußmatte schlief... weil alles für ihren Ausflug vorbereitet war. Aber reden wir von was anderem... Bist du heute morgen gut nach Hause gekommen?"

„Ja."

„Keine neugierigen Fragen von deinen Freundinnen?"

„Nein, keine. Aber das Haus steht Kopf."

„Kann ich mir vorstellen. Und die Flics?"
„Hab noch keine gesehen."
„Wenn sie kommen und dich mit Fragen löchern, erzähl bitte nichts von mir. Auch wenn sie behaupten, ich sei bei Consuelo gewesen. Schließlich kann ich zu ihr gehen, ohne bei dir vorbeizukommen."
„Natürlich. Wie sollten die Flics erfahren haben, daß du oben warst?"
„Ja, stimmt..."
Ich erzähle ihr nichts von möglichen Fingerabdrücken, ganz zu schweigen von meiner Visitenkarte, die ich Consuelo gegeben habe.
„Jedenfalls hast du mich nicht gesehen", schärfe ich Régine nochmals ein. „Und du warst ebenfalls nicht in der Wohnung deiner Freundin, auch nicht für eine Minute. So ist es einfacher. Also dann, Régine, auf Wiedersehn."
„Auf Wiedersehn, Nes."
„Oh, noch was: Konnte Brousse von der Narbe an Yolandes Innenschenkel wissen?"
„Ganz sicher. Bei... Na ja, ich meine, manchmal, auf den Partys..."
„Wie schön!"
„Sag mal, Nes..." Ihre Stimme wird leiser. „Yolande..."
„Ja?"
„Glaubst du, daß..."
„... die Flics sie finden werden? Bestimmt, Régine!"
Wir legen auf. Die Flics werden Yolande finden. Chambefort haben sie ja auch gefunden!

* * *

Um fünf kommt Hélène.
„Glückwunsch, Sie angeschlagener Held!" begrüßt sie mich.
„Wofür Glückwunsch?"
„Für alles. Für Ihre Überstunden, für die Mädchen, die Ihre Nächte verschönern..."

„Hat sie Ihnen gefallen?"

„Sehr sogar. Für ihre Garderobe brauchen Sie ja nicht viel auszugeben... Aber Scherz beiseite! Wann hören Sie endlich auf, mir solch einen Schrecken einzujagen?"

„Ab sofort! Von heute an lebt die Agentur Fiat Lux von Luft und Liebe."

„Von Luft und Liebe! Das wird auch nötig sein, wenn Sie immer nur Fälle aus Spaß an der Freude übernehmen. Denn was anderes bringt Ihnen dieser Fall ja wohl nicht ein, oder? Ärger vielleicht ... Ach ja, apropos Ärger: Faroux sucht sie. Der ist vielleicht hartnäckig! Hat mehrmals angerufen und zwei Inspektoren zu mir ins Büro geschickt. Ich konnte nur immer sagen, daß ich meinen Chef seit gestern abend nicht mehr gesehen habe."

„Hat er Sie nicht beschatten lassen?"

„Anzunehmen. Ich bin aber nicht auf direktem Wege hierher gekommen, um einen möglichen Schatten abzuhängen."

„Richtig so! Wenn die einem was anhängen wollen, hängt man sie am besten ab."

Nach diesem brillanten Wortspiel erzähl ich meiner Sekretärin von der wenig charmanten Nacht.

„Ich bleibe bei meiner These", sagt Hélène nachdenklich. „Die Gangster suchen Geld. Irgendeine Beute."

„Zielstrebig genug waren sie jedenfalls. Sagt Ihnen der Name Sarfotti was?"

„Nein, Monsieur. Vielleicht fragen Sie Faroux."

„Tja, Faroux... Aber Marc Covet! Den haben wir ganz vergessen. Er wird uns im Handumdrehen weiterhelfen können."

Ich rufe in der Redaktion des *Crépu* an.

„*Salut*, Covet", melde ich mich. „Hier Nestor Burma."

„Ja, wo sitzen Sie denn, verdammt nochmal?"

„Direkt neben dem Telefon."

„Verstehe! Vorsicht ist die Mutter der Porzellankiste. Faroux sucht sie nämlich, ausgerechnet."

„Wieso ausgerechnet?"

„Ach, Sie wissen doch", lacht Covet, „wir Journalisten rechnen uns immer was aus! Zum Beispiel: Ein findiger Privatdetektiv findet zwei Leichen. Rein zufällig, denn er hat garantiert nichts damit zu tun. Sagt er. Und das scheint auch zu stimmen. Aber dann, neun Monate später..."

„Der Zeitraum für 'ne Schwangerschaft."

„Genau! Nach einer Schwangerschaft also bringt wiederum der Zufall etwas ans Tageslicht. Eine der beiden Leichen erweist sich eines Nestor Burma würdig. Haben Sie Zeitung gelesen?"

„Ja."

„Chambefort."

„Hab Ihren Artikel gelesen. Gibt's inzwischen was Neues?"

„Nein, nichts. Außer dieser zerquetschten Hand... Sie läßt mir keine Ruhe."

Er erzählt mir fünf Minuten lang medizinische Weisheiten über Quetschungen. Schließlich gelingt es mir, ihm die Frage zu stellen, die mich interessiert:

„Können Sie was mit dem Namen Sarfotti anfangen?"

„Der Mann mit dem U-Boot? Beinahe ein Kollege von Ihnen, Burma. Ist bei dem neuen Fall übrigens betei... Scheiße!"

„Wie bitte?"

„Sie haben bei der Sache in der Rue du Dobropol mitgemischt!"

Seine Stimme klingt sehr erregt.

„Wie kommen Sie darauf?" frage ich so ruhig wie möglich.

„Das sagt mir mein gesunder Menschenverstand."

„Ihr gesunder Menschenverstand sagt mir nichts. Das müssen sie mir schon erklären."

„Ganz einfach! Sie fragen mich nach Sarfotti. Kommissar Faroux ist ganz versessen darauf, Sie zu sprechen. Sie rufen mich ganz vorsichtig an. Erzählen Sie mir nicht das Gegenteil! Ich spür's. In der Rue du Dobropol ist ein Mann erschossen worden, Pierre Brousse. Aber inzwischen hat man ihn sich genauer angesehen. Die Flics sind etwas gesprächiger geworden. Der Tote heißt immer noch Pierre, aber mit Nachnamen Breteau. Pierre Breteau, Kapitänleutnant, Sarfottis Vertrauens- und Verbindungsmann in Paris, seit Sarfottis Verhaftung von der Polizei so verzweifelt wie vergeblich gesucht. Und Sie fragen mich nach Sarfotti!"

„Dann erzählen Sie mir endlich was von ihm!"

„Gerne, aber springt auch was für mich dabei raus?"

„Wie immer... Sarfotti ist also ein Verbrecher?"

„Genauer gesagt, ein Zigarettenschmuggler. Die amerikanischen Zigaretten werden in Tanger ein-, in der Gegend um Marseille ausgeladen und in der Gegend um Pigalle verbimmelt. Können Sie alles in einem alten Artikel von mir nachlesen."

„So langsam dämmert's mir. Ich glaub, Sie sind dafür extra nach Marseille gefahren, stimmt's?"

„Stimmt. Nach seiner Verhaftung."

„Und warum nennen Sie Sarfotti den ‚Mann mit dem U-Boot'? Ach ja, die Zigaretten wurden in einem U-Boot transportiert.."

„So ungefähr. Jedenfalls mit einem Ding, das unter Wasser schwimmt. Ein umgebauter Unterwasserjäger der griechischen Marine. Hat mir Sarfotti freundlicherweise erklärt, nach seiner Verhaftung letzten März... Mann, Burma!" Covet wird immer aufgeregter. „In dem Monat ist ja allerhand passiert! Anfang März... Sarfotti verhaftet, Chambefort ermordet, Désiris... selbstermordet, seine Frau ermordet. Ergibt 'n hübsches Sümmchen. Aufgerundet durch Ihre zufällige Beteiligung."

„Regen Sie sich ab, Covet! Beantworten Sie mir lieber folgende Frage: Seit wann – Jahreszeit, Datum, Uhrzeit – hat Sarfotti das U-Boot benutzt? Ich ruf Sie gleich wieder an."

„Sie können ruhig dranbleiben. Hab das Archiv gleich hier im Büro."

Er wirft den Hörer mit Getöse auf den Tisch. Nach ein paar Minuten meldet er sich wieder:

„Sind Sie noch dran?... Kommt es auf einen Tag mehr oder weniger an?“

„Ich bin bescheiden.“

„Also: Die ersten Transporte von Tanger nach Marseille wurden im Mai oder Juni 57 abgewickelt.“

„Vielen Dank, mein Lieber. Sie hören von mir.“

Ich lege auf.

13

Die Nebenbeschäftigung des Genies

„An die Arbeit, Hélène", sage ich. „Ein Name noch und ein Datum, und das Puzzle ist fix und fertig."

„Fix und fertig?" fragt sie ungläubig.

„So gut wie. Setzen wir doch mal die Teile zusammen. Auf welchem Weg hat sich Désiris das nötige Kapital besorgt, um sich auf der Île de Grande-Jatte einzurichten und in Ruhe arbeiten zu können? Auf betrügerischem Weg, das haben Sie schon ganz richtig erkannt. Aber nicht durch einen Raubüberfall, sondern indem er seine Fähigkeiten als Ingenieur in den Dienst der Gangster stellte. Seine Abwesenheit von Paris – Mitte Februar bis Ende April 1957 –, seine Rückkehr, sein Weggang von Dugat und die Einrichtung der Werkstatt – Ende April – und die ersten Transporte mit dem U-Boot – Mai oder Juni 57: die Termine hängen so schön zusammen, daß wir ganz sicher sein können. Er hat sich am Umbau des alten Unterwasserjägers in ein brauchbares U-Boot beteiligt, wahrscheinlich als Chef der technischen Mannschaft. Wenn Sie meine Meinung wissen wollen: Er hatte 'ne Menge auf dem Kasten, war aber nicht grade das, was man einen Glückspilz nennt... Also, er kommt mit vollen Taschen zurück nach Paris. Anfang März 58 wird Sarfotti verhaftet. Zur gleichen Zeit bringt Désiris seine Frau und dann sich selbst um."

„Einfach so!"

„Einfach so, jawohl. Das Genie hat Angst, daß der Oberschmuggler singt und ihn verpfeift. Désiris macht eine Krise durch. Das große Geld der Bande hat er nicht, dafür aber alles Pech der Welt. Erstens: die Erfindung! Es hat sie gegeben, gibt sie aber nicht mehr, sozusagen. Chambefort hat sie vernichtet, und zur Strafe bringt Désiris ihn um. Dann hört der Ingenieur von Sarfottis Verhaftung. Seine Erfindung ist im Eimer, die Bande zerfällt, und irgendwann kommt seine Rolle beim U-Boot-Bau ans Tageslicht. Jedenfalls befürchtet er das. Diesem Druck hält er nicht stand."

„Und warum bringt er im selben Arbeitsgang auch seine Frau um?"

„Weil er sie inzwischen haßt, sie und ihre Familie. Er hatte sich soviel von ihr versprochen..."

„Vor allem Geld!"

„Klar! ‚Wenn das so ist', muß er sich gesagt haben, ‚dann gehen wir eben zusammen dabei drauf. Soll dein Vater vor Scham oder Kummer krepieren, falls er noch etwas Herz hat.' Erinnern wir uns an seine letzte Botschaft: *Sie haben es nicht anders gewollt*. Das war an alle die gerichtet, die ihn gezwungen hatten, sich das nötige Kapital für seine Erfindung auf krummen Wegen zu besorgen. Armer Désiris! Die nämlich, die seinen Wert erkannt hatten, konnten ihm nicht helfen. Viénot zum Beispiel, der die Früchte von Désiris' Arbeit ernten wollte. Oder die Gangster, vielleicht nicht die größten Arschlöcher in der Geschichte. Aber sein Schwiegerpapa oder seine verschiedenen Chefs: Fehlanzeige!"

„Apropos Geld", sagt Hélène. „Madame Désiris machte sich Sorgen über die Herkunft des Startkapitals. Ihr Mann besaß es schon lange, bevor sie bei Ihnen angerufen hat."

„Ja. Er hatte es bei sich, als er nach Paris zurückkam. Also Ende April 57."

„Dann hat sie sich mit ihren Sorgen also fast ein Jahr Zeit gelassen?"

„Warum nicht? Erst durch die auffallende Nervosität hat sie sich über das Geld Gedanken gemacht... Aber ich glaube immer noch, daß die Geschichte ein Vorwand war, weil sie mir die tatsächlichen Gründe nicht am Telefon auseinanderlegen wollte."

„Na gut. Im großen und ganzen wissen Sie also Bescheid. Erstaunlich, wie Pistolenschüsse auf ihren Verstand wirken...

Einen Beweis für die Richtigkeit Ihrer Thesen haben Sie allerdings nicht. Kann sein, kann auch nicht sein. Zum Beispiel: Wieso, zum Teufel, hat Sarfotti aus Marseille ausgerechnet in Paris..."

„Oh, zwischen den beiden Städten gibt es 'ne erstklassige Zugverbindung!"

„Ja, aber wieso ist er ausgerechnet nach Paris, genauer nach Levallois gekommen, um einen Ingenieur mit den nötigen Fähigkeiten zu engagieren? So berühmt war Désiris ja nun auch wieder nicht."

„Der Zigarettenschmuggler hatte einen Verbindungs- und Vertrauensmann in Paris, wie Marc Covet uns soeben verraten hat. Pierre Brousse, das Opfer von heute nacht. Durchaus möglich, daß er Désiris ganz einfach zufällig kannte. Vom Autokauf, wie er mir gesagt hat. Man kommt ins Gespräch, redet dies und das. Désiris braucht Geld. Brousse ist auf der Suche nach einem fähigen Ingenieur. Abgemacht! Die Party bei Consuelo, auf der Désiris Yolande kennen- und liebenlernt, ist eine inoffizielle Feier des ersten U-Boot-Transports. ‚Ihr Freund hatte was zu feiern', hat Régine mir erzählt. Ich glaube, ich sollte einer Dame, die auch unter den Gästen war, ein paar Fragen stellen: Huguette de Mèneval."

Während ich im Telefonbuch nachsehe, denkt Hélène laut nach:

„Ich weiß nicht, das erscheint mir etwas zu simpel. Die beiden sollen sich einfach so getroffen haben? Ich glaube eher, Brousse wußte genau, wen er vor sich hatte. Kannte Désiris' Ambitionen, seinen finanziellen Engpaß und seine Fähigkeiten."

„Niemand glaubte an diese Fähigkeiten", werfe ich ein.

„Außer Viénot, Chambefort und vielleicht noch einigen anderen."

„Viénot hat nichts mit der Schmugglerbande zu tun. Aber Sie haben recht. Was mir Brousse erzählt hat, muß nicht unbedingt stimmen."

Ich wähle die Telefonnummer der Gräfin. Niemand in der

Rue Rochefort geht an den Apparat. Das Klingeln hört sich an, als wär das Haus leer. Pure Phantasie, denn Mutter Mèneval wird wohl kaum ausgezogen sein.

„Ich werd sie schon noch erwischen“, sage ich und lege den Hörer auf die Gabel.

„Was wollen Sie denn von ihr?“

„Sie bitten, mich nicht länger hinters Licht zu führen. Das Märchen mit ihren beiden schrecklichen Besuchern hab ich ihr sowieso nicht geglaubt. Ein Großer, ein Kleiner! Dabei kannte sie zumindest einen von ihnen: Pierre Brousse, den sie schon bei Consuelo getroffen hat.“

„Warum denn das?“

„Warum denn was?“

„Warum denn dann die falsche Beschreibung?“

„Weil sie geizig ist.“

„Kostet die Wahrheit was?“

„Im gewissen Sinne, ja. Sie wird sich gesagt haben: ‚Aha! Ein Privatdetektiv, der sich für Consuelos Freund interessiert... Wenn ich das Brousse erzähle und ihm versichere, daß ich nichts verraten habe, werden sicher 'n paar hübsche Scheinchen rausspringen.‘ Sie kassiert von mir, erzählt aber nichts, was dem Freund eines ihrer ‚lieben Mädchen‘ Ärger einbringen könnte, und kassiert dafür wiederum von Brousse.“

„Eine Art Erpressung, oder?“

„Ja. Leider ist es nicht mehr dazu gekommen. Brousse war zu schnell für sie. An ihm hätte sie sich ohnehin ihre restlichen Zähne ausgebissen.“

„Aber wenn ihr die beiden Männer Angst eingejagt haben, wieso hatte sie dann den Mut, an Erpressung zu denken?“

„Die beiden haben ihr überhaupt keine Angst eingejagt. Das hat sie nur Yolande erzählt, um sie loszuwerden. Yolande konnte nämlich ihre Miete nicht mehr bezahlen, und da hat sie die Gelegenheit beim Schopf gepackt. Diese Gräfin scheint mir sowieso immer alle Gelegenheiten beim Schopf zu pakken...“

„Alles schön und gut“, sagt Hélène nachdenklich, „aber dadurch wissen wir immer noch nicht, was die Gangster suchen.“

„Mit Sicherheit Geld, wie Sie schon vermutet haben.“

„Viel?“

„Einen großen Haufen. Zigarettenschmuggel bringt 'ne Menge ein. Ich stelle mir das folgendermaßen vor: Désiris und Sarfotti haben sich nie völlig aus den Augen verloren. Irgendwann hat Sarfotti dem Ingenieur Geld zum Aufbewahren anvertraut.“

„Eben weil Désiris bei der Polizei immer noch als unbescholtener Bürger galt, wie ich ebenfalls schon vermutet habe.“

„Genau. Wenn's hart auf hart kommt, wird er nicht behelligt, hat Sarfotti sich gedacht. Außerdem mißtraute er seinen Schmuggelbrüdern. Mit Recht, wie sich heute nacht rausgestellt hat. Die Kerle haben offen darüber gesprochen, daß sie ihren Chef übers Ohr hauen wollten.“

„Meinen Sie, Sie kriegen's?“

„Das Geld?“

„Ja.“

Ich hebe die verbundene Schulter. Der Schmerz erinnert mich an mein nächtliches Abenteuer.

„Ich meine gar nichts mehr“, sage ich resigniert. „Das Geld wird wohl futsch sein. Entweder Désiris hat's zu gut versteckt, oder er hat alles auf den Kopf gehauen. Sich eine Geliebte zu halten, ist nicht billig. Dafür mußte Yolande die Suppe auslöffeln... Diese Blödmänner! Als ob das Mädchen gewußt hätte, wo der Schatz vergraben ist! Pleite, wie sie war...“

„Hm... Sie reden von ihr so oft in der Vergangenheit...“

„In welcher Zeit soll ich denn von ihr reden?“ frage ich und lache bitter. „In der Zukunft? Kommen Sie, machen wir uns nichts vor!“

Hélènes Blick verdüstert sich.

„Ja, Sie haben recht“, sagt sie leise. „Machen wir uns nichts vor.“

Um die Stimmung etwas zu heben, rufe ich Marc Covet an und teile ihm einige meiner Überlegungen mit.

„Prima!“ ruft er unternehmungslustig.

„Ja, prima. Aber nicht für den sofortigen Verzehr gedacht! Ich hätte Ihnen genausogut was vom kalten Kaffee erzählen können. Also, halten Sie sich zurück, Covet! Im Moment ist Faroux nicht gut auf mich zu sprechen. Ich brauche also meine Informationen nebst Theorie, um mich zu rehabilitieren. Als Wechselgeld sozusagen. Aber dafür muß alles hübsch unter uns bleiben. Wenn Ihre Zeitung schon vorher alles rausposaunt, verlier ich meinen Joker. Aber keine Sorge: Sobald ich mit Faroux wieder Frieden geschlossen habe, sag ich Ihnen Bescheid. Dann haben Sie immer noch 'n paar Meter Vorsprung vor Ihren Kollegen.“

„Ja, schon gut. Aber es ist verflixt verführerisch...“

„Lassen Sie sich trotzdem nicht verführen! Gut, ich gebe Ihnen einen zusätzlichen Tip: Besorgen Sie sich ein Foto von diesem Brousse, marschieren Sie zu Dany Darnys und fragen Sie sie, ob das einer der beiden charmanten Herren ist, die sie im Oktober überfallen haben.“

„Ich dachte, das mit dem Überfall war nur 'ne mißlungene Werbeaktion des Filmstars.“

„Ich auch. War es aber nicht. Wiedersehen, mein Lieber!“

Wir legen auf.

„Und nun?“ fragt Hélène.

„Der Fall ist erledigt, mein Schatz. Am besten, ich stelle mich Faroux.“

„Da können Sie sich auf was gefaßt machen! Wollen Sie sofort zu ihm?“

„Nein. Zuerst muß ich wieder richtig in Form sein. Sonst übersteh ich den Anschiß nicht. Ein oder zwei Tage, hat der Arzt gesagt, dann bin ich zu allem bereit.“

„Bis dahin sollten Sie sich dann besser ausruhen“, sagt Hélène und macht Anstalten, mich zuzudecken.

„Von wegen!“ rufe ich und schwinge die Beine über die Bettkante. „Die Flics werden Régine in die Zange nehmen.

Ich geb ihr ein, zwei Stunden. Länger hält sie's nicht durch, auch wenn sie entschlossen ist, keinen Ton von sich zu geben. In ein paar Stunden sind die Flics hier, das garantier ich Ihnen! Ich muß sofort verschwinden."

„Aber wohin?" ruft Hélène. „Zu sich nach Hause können Sie nicht. Zu mir auch nicht. Und in die Agentur schon gar nicht. Und in ein Hotel..."

„Das überleg ich mir später. Jetzt muß ich erst mal mit meinem Gesundbeter sprechen."

Ich erzähl meinem Freund von meinen Reiseplänen. Er fragt mich, wie ich mich fühle.

„Wie nach einer Sauferei", antworte ich. „Hab aber schon lustigere Besäufnisse erlebt..."

„Das meint man immer, wenn der Kater jault."

Er untersucht mich und macht einen ganz zufriedenen Eindruck.

„Die paar Zehntel Fieber kommen bestimmt daher, weil Hélène bei Ihnen auf der Bettkante sitzt. Von mir aus können Sie's versuchen. Garantie bis zur Wohnungstür."

Er wechselt mir nur den Verband und gibt mir ein Röhrchen Tabletten.

„Hier", sagt er, „wenn es Ihnen irgendwie schlecht gehen sollte: Zwei, in Wasser aufgelöst."

„Ich hab Hunger", stelle ich fest. „Darf ich was essen?"

„Ja, aber nur 'ne Kleinigkeit. Ich hab was Leichtes im Haus."

Wir essen, ich mit meinem frischen Verband um den Arm. Dann kommt die Stunde des Abschieds.

Auf dem nassen Pflaster der Avenue de Neuilly spiegelt sich das Laternenlicht. Ein frischer Wind weht, durchsetzt mit feinem Nieselregen. Mir ist etwas schwindlig, aber es geht.

„Ich weiß immer noch nicht, wo Sie bleiben wollen", nörgelt Hélène.

Ich winke ein Taxi ran. Wir steigen ein.

„Ecke Rue Rochefort und Rue de Prony", sage ich zum Chauffeur. Und zu Hélène: „Ich habe die Absicht, die Gräfin um Asyl zu bitten."

„Um Gottes willen! Und dieser Kurpfuscher behauptet, Sie hätten kein Fieber mehr!"

Die Rücklichter des Taxis werden von der feuchten Nacht verschluckt. Hélène und ich biegen in die Rue Rochefort ein. Wie ein Liebespaar, das in Richtung Luxusappartements für Erwachsene schlendert. Kurz hintereinander begegnen wir zwei huschenden Gestalten. Vielleicht kommen die grade aus einem der Liebesnester. Plötzlich entdecke ich Zavatters Wagen. Mein Mitarbeiter sitzt hinterm Steuer.

„Oh, *salut!*" grüßt er, als er uns erkennt.

„*Salut.* Schön, daß Sie mir für mein Geld was bieten. Ich dachte, Sie hätten schon Feierabend gemacht."

„Hab das Gefühl, daß da was faul ist."

Er reckt sein Kinn zur Villa der pensionierten Halbweltdame. Mein Blick steigt über die Mauer, streift durch die Bäume und erreicht die Fenster des Erdgeschosses und der ersten Etage, wo Désiris vor einigen Monaten seine außereheliche Liebschaft gepflegt hat. Die Vorhänge sind nicht ganz zugezogen. Licht fällt in den Garten. Von der Avenue de Villiers und der Rue de Prony dringt Verkehrslärm an unser Ohr. Hier aber herrscht friedliche Stille.

„Hübsch", bemerkt Hélène, die das Haus zum ersten Mal sieht.

„Und alles sozusagen im Schlaf verdient", lache ich. „Sagen Sie, Zavatter... Wie kommen Sie darauf, daß da was faul ist?"

„Steigen Sie ein. Werd's Ihnen erklären..."

Ich setze mich neben ihn auf den Beifahrersitz, Hélène darf sich im Fond breitmachen.

„Also", beginnt Zavatter, „seit gestern, so gegen sechs Uhr überwache ich die gute Frau. Um sieben ist sie in eine Bücherei in der Rue de Courcelles gegangen. Der Laden hatte grade dichtgemacht. Sie hat geklopft, bis der Inhaber für sie wieder aufgeschlossen hat. Kurz darauf ist sie mit einem dicken Schinken unterm Arm wieder rausgekommen. Dann auf direktem Weg wieder hierher. Bis neun hab ich noch gewartet, dann bin ich weggefahren. Heute morgen um neun Uhr stand ich wieder hier. Gerade rechtzeitig, um das Dienstmädchen in ein Taxi steigen zu sehen, einen Koffer in der Hand. Seitdem absolute Ruhe. Niemand hat die Gräfin besucht, niemand ist rausgekommen. Aber gestern um diese Zeit war's schon im ganzen Haus dunkel. Und das kommt mir seltsam vor."

„Hm... Die gräflichen Beine sind nicht mehr die stabilsten", sage ich. „Oft bewegt sie sich bestimmt nicht aus ihren vier Wänden fort. Der Gang zur Bücherei war doch bestimmt Schwerstarbeit, oder?"

„Kann man wohl sagen, ja. Sich den Weg zuzumuten, wenn man kaum krauchen kann! Das Buch schien sie unbedingt haben zu wollen."

„So was kann vorkommen. Aber das ist gar nicht das Seltsamste an der Geschichte. Sind Sie sicher, daß sie nicht weggegangen ist?"

„Absolut."

„Ich habe die Gräfin heute nachmittag angerufen..."

„Um halb sieben", präzisiert Hélène, meine vollkommene Sekretärin.

„... Es hat niemand abgenommen."

„Um halb sieben brannte Licht", sagt Zavatter.

„Vielleicht nimmt sie nie den Hörer ab", wirft Hélène ein. Klingt nicht sehr überzeugt.

„Bleiben Sie hier und beobachten Sie das Licht."

Ich steige aus, überquere die Straße und läute an der Gartenpforte. Die Glocke zerschneidet die Stille, wird leiser und verklingt. Ich drücke auf die Klinke. Verschlossen. Ich läute zum zweiten Mal. Keine Reaktion. Ich gehe wieder zu meiner ambulanten Agentur zurück.

„Hat sich das Licht im Haus verändert?" frage ich meine beiden Mitarbeiter.

„Nein", sagen sie wie aus einem Mund.

Ich zünde mir eine Pfeife an.

„Wir müssen wissen, was da vor sich geht", entscheide ich. „Setzen Sie uns vor einem Bistro ab, Za, und holen Sie irgend etwas, mit dem man Schlösser knacken kann."

Aus dem dunklen Fond höre ich ein höhnisches Lachen.
„Der Fall ist erledigt“, zitiert mich Hélène.

* * *

Vom Bistro aus versuche ich mehrere Male, die Gräfin anzurufen. Es bimmelt und bimmelt, aber das ist auch alles. Niemand geht an den Apparat. Nach einer Stunde ist Zavatter wieder bei uns, bewaffnet mit einem Gerät für den Einbruch nach Art des Hauses. Inzwischen ist es nach elf. Bei der Gräfin in der Rue Rochefort brennt immer noch überall Licht. Zavatter macht sich an die Arbeit, während Hélène und ich das Liebespaar spielen. Ich Wirklichkeit stehen wir Schmiere. Kurz darauf schlüpfen wir durch das Gartentor und gehen über den Kiesweg auf die Villa zu. Unter unseren Sohlen knirscht es, daß es nur so eine Freude ist. Wir geben alle Vorsicht auf. Schließlich sind wir harmlose Besucher. Sollte Mutter Mèneval plötzlich auftauchen und uns zur Rede stellen, kann ich ihr vorhalten, daß sie's nicht anders gewollt hat. Mehr als Telefonieren und Läuten konnte ich nicht, um unseren Besuch anzukündigen. Aber die Gedanken sind überflüssig. Ohne Zwischenfall gelangen wir in den Salon, in dem ich gestern schon gestanden habe.

Eine Lampe mit einem riesigen Schirm steht auf dem Flügel und gießt ihr sanftes Licht über das Durcheinander. Über allem herrscht das vielversprechende Lächeln der Huguette de Mèneval, gemalt von Archet, 1908. Nirgendwo eine Menschenseele, nur zusammengewürfelte Möbel, die den Eindruck machen, als wolle sich eins ängstlich im Schatten des andern verbergen. Auf einem kleinen Sofa wartet ein offenes Buch auf die Rückkehr der Leserin. Alles atmet friedliche Stille und Zurückhaltung. So meint man jedenfalls. Das kommt davon, wenn man zu oft ins Kino geht.

Ich nehme das Buch in die Hand. Ein bärtiges Porträt springt mir ins Auge. Frédéric Langlat, Maler und ehemaliger Hausbesitzer. Der Titel des Schinkens: *Geheimnisvolle*

Kuriositäten des 17. Arrondissements. Die Alte informiert sich über ihr Viertel. Wahrscheinlich, um in Gesellschaft zu glänzen. Wird auch Zeit! Ich lege das Buch wieder an seinen Platz zurück. Sollten wir uns nicht irgendwie bemerkbar machen, bevor wir weiter vordringen? Ho, he, Kapitän!, zum Beispiel.

„Ist jemand zu Hause?“ ruft Hélène, als hätte sie meine Gedanken erraten.

Ihre Stimme kann die dichte Atmosphäre des Kramladendekors nicht durchdringen. Irgendwo bleibt sie hängen, ohne ein Echo hervorzurufen. Zavatter versucht es mit Husten. Aber das ganze Schloß liegt in tiefem Dornröschenschlaf. Na, dann wollen wir mal! Wir gehen in die erste Etage hinauf, der Zweitwohnung von Désiris. Endlich, in dem Zimmer, das genau unter dem Atelier liegt, finden wir Huguette de Méneval.

Sie wird keine Gelegenheit mehr am Schopfe packen. Nie mehr. Die Gräfin ist tot.

Offen gestanden, überrascht mich das nicht. Was mich allerdings überrascht, ist eine kleine Besonderheit an ihrer Leiche. Eine Hand ist entsetzlich zerquetscht.

14

In der Rue Rochefort geht mir ein Licht auf

„Ach du Scheiße!“ flüstert Zavatter.

Hélène geht einen Schritt zurück, stößt gegen einen Stuhl und läßt sich darauf fallen.

„Großer Gott!“ stöhnt sie.

Ich sage nichts. Langsam wandert mein Blick von der blutverschmierten Hand zu einem umgekippten Hocker, folgt dann einer verdächtigen Spur, klettert mit ihr den rötlichen Wandvorhang hoch. Ton in Ton! Die Spur scheint ihren Ursprung im Schnittpunkt von Wand und Zimmerdecke zu haben. Dann kehrt mein Blick wieder zur Leiche zurück. Steinchen verschiedener Größe liegen um den leblosen Frauenkörper herum. Wahrscheinlich aus einem aufgeschlitzten Beutel gefallen. Die Steinchen leuchten wie phosphoreszierende Tierchen, Freunde dunklen Erdreichs und noch dunklerer Gräber. Mein Blick mustert die Leiche. Altmodische Stiefeletten, schwarze, mehrfach gestopfte Seidenstrümpfe über krampfadrigen Beinen, ein hochgeschlagener, schmutziger Unterrock. Grotesk und obszön zugleich. Jetzt verweilt mein Blick auf den verblichenen Haaren, strubbelig, struppig, so als hätten sie sich vor Schreck gesträubt. Das Gesicht unter dem Make-up ist blau angelaufen, die Augen sind weit aufgerissen. Aber die größte Anziehungskraft übt diese grauenhafte Hand aus. Ich starre sie wieder an... Mein Blick wandert zu einem umgekippten Hocker... folgt einer verdächtigen Spur... klettert hoch zum Schnittpunkt zwischen Wand und Decke...

Aus seinem Rahmen blickt Frédéric Langlat, der Maler, auf die Szene. Pinsel in der Hand, ausdrucksvoller Bart um den

Mund, inspirierter Ausdruck in den Augen, der mir bereits bei unserer ersten Begegnung aufgefallen ist.

Neben Langlats Selbstporträt hing gestern noch ein anderes Bild. Inzwischen ist es schwungvoll auf den Boden geworfen worden. Als es noch an der Wand hing, verdeckte es eine Nische mit einer kleinen Schiebetür. Dieses Türchen steht jetzt sperrangelweit auf – soweit man das bei diesen Maßen sagen kann! –, und es zeigt sich unverhohlen ein komplizierter Mechanismus. Eine Feder, Zahnräder, Gestänge. Spielzeug für Désiris. Und für mich. Ich drücke einen Hebel nach unten. Es klickt, und dann summt es kaum hörbar.

„Ach du Scheiße!"

Das ist wieder Zavatter.

Ich schaue zur Decke, die sich langsam, kaum wahrnehmbar, zurückschiebt. Zwischen der Wand mit dem roten Vorhang und der Zimmerdecke entsteht ein Spalt von etwa vierzig Zentimetern. Es klickt wieder, das Summen hört auf, und die Decke steht still.

„Ach du Scheiße!"

Zavatter ist heute nicht sehr einfallsreich.

Geheimnisvolle Kuriositäten des 17. Arrondissements. Dies hier gehört bestimmt zu den interessantesten Objekten!

Mir kommt Jean-Louis Vaudoyer in den Sinn. In *Paris, wie wir es lieben* berichtet er von einem Zeitgenossen unseres Langlat, der „riesige Bilder" malte. Im Boden seines Ateliers befand sich ein Spalt, aus dem durch einen genialen Mechanismus die riesige Leinwand auftauchte. Umgekehrt konnte der Maler die Leinwand versenken, wenn er an diesem oder jenem Teil seines Meisterwerkes arbeiten wollte.

Wir stehen hier vor einer ähnlichen Erfindung. Langlat hatte sich in seinem Haus ebenfalls einen „genialen Mechanismus" einbauen lassen.

Der neugierige Zavatter ist zur Wand gegangen und richtet den Schein seiner Taschenlampe auf den Spalt. Dann schnappt er sich den Hocker und steigt drauf.

„Vorsicht!" schrei ich.

Ohne Klicken, ohne irgendein anderes Warnzeichen, hat sich die Decke wieder in Bewegung gesetzt. Diesmal hat sie's aber sehr eilig, trödelt nicht rum. Peng! Die Decke knallt gegen die Wand. Und wenn man nicht rechtzeitig seine Pfoten zurückzieht, kann man die Engel im Himmel singen hören. Dann öffnet sich der Spalt wieder ein wenig (das ist der Moment, wo man seine manikürte Hand rausziehen kann!), um dann endgültig zu verschwinden.

„Scheiße!" Zavatters Lieblingswort.

„Entweder ist der Mechanismus defekt, oder das ist eine Falle", vermute ich. „Ich tippe eher auf Falle."

Ich sehe zu Hélène hinüber. Ihre Augen glänzen.

„So..."

„... hat sich Chambefort die Hand zerquetscht", beendet meine Sekretärin den Satz. „An dem Tag, als er Désiris' Pläne für die Erfindung klauen wollte."

„Ja. Und dasselbe Mißgeschick ist der Gräfin passiert. Nur daß sie sich buchstäblich zu Tode erschrocken hat. Das Alter, das Herz... Chambefort dagegen hat den Schock überlebt... zunächst. Ein wenig fühle ich mich für den Tod der alten Dame verantwortlich. Ich wollte mich dafür rächen, daß sie mich verarscht hat. Deswegen hab ich ihr erzählt, daß in der Villa viel Geld versteckt wär. Und da hat sie eben gesucht..."

Ich hebe den aufgeschlitzten Beutel auf, verschließe das Loch notdürftig mit einer Sicherheitsnadel und stopfe die herumliegenden Steine hinein. Zavatter hilft mir dabei. Hélène sieht uns zu.

„Na ja... Durch die Neugier von Mutter Mèneval haben wir die ‚Ware' gefunden, die Sarfotti Désiris anvertraut hat. Der Schatz der Zigarettenschmuggler."

„Und was ist das?" fragt Hélène, obwohl sie es ganz genau weiß, diese Schauspielerin.

„Keine Zigaretten! Rohdiamanten, Sarfottis Spezialität. Der Beutel ist nicht besonders groß, hm? Wenn man den Anteil von Hehler und Schleifer und möglichen Abfall abzieht, sind hier drin aber immer noch mehrere Hundert Millionen."

* * *

Es regnet. Der Wind heult ums Haus, pfeift durch die Bäume und peitscht den Regen gegen die Fenster des Salons. Hin und wieder zittert das Kaminblech. Ich bin alleine mit dem Porträt von Mademoiselle de Mèneval und der Leiche derselben, eine Etage höher und fünfzig Jahre älter. Alleine mit meinem leichten Fieber, einer Art Rausch, und einem Buch über die Kuriositäten des 17. Arrondissements. Alleine mit rund dreihundert geschmuggelten Rohdiamanten. Alles in allem bin ich gar nicht so alleine. Fehlt nur noch meine Pfeife. Aber die verträgt sich nun wirklich nicht mit meinem angegriffenen Gesundheitszustand.

„Jetzt ist er völlig verrückt geworden", hat Hélène leise zu Zavatter gesagt, als ich mich geweigert habe, mit ihnen die Villa zu verlassen.

Nein, ich bin nicht verrückt geworden. Im Gegenteil, ich fühle mich hier ganz wohl. Die Zentralheizung funktioniert, und es gibt bequeme Sessel und Sofas, um sich langzulegen. Das gehört sich schließlich für das Heim einer Horizontalen, auch einer pensionierten. Ich brauche nicht zu befürchten, von irgend jemandem gestört zu werden. Die Hausherrin hat dem Dienstmädchen freigegeben, um für ihre Suchaktion freie Bahn zu haben. Faroux, der bestimmt darauf brennt, mich einsperren zu lassen, wird wohl seine Leute vor Zavatters, Hélènes sowie meiner eigenen Wohnung und der Agentur postiert haben. Aber auf die Idee, mich hier zu suchen, kommt er ganz sicher nicht. Das hätte mir auch gerade noch gefehlt! Wenn die Flics mich samt Diamanten überraschen würden, könnte ich einpacken. Ich brauche dringend Ruhe, und die finde ich hier. Die Gräfin wird mir nicht auf die Füße treten. Sicher, es gibt angenehmere Gesellschaft. Aber immer noch besser, eine Leiche liegt im Zimmer über mir, als daß ich auf einem unbequemen Stuhl der Kripo sitzen und unbequeme Fragen beantworten muß, das Licht einer grellen Lampe im Gesicht und Tabakgestank in der Nase. Wo ich doch im Moment keinen Tabak vertragen kann! Nein, ich bin nicht verrückt. Außerdem kann ich mich sehr gut alleine beschäftigen.

Verträumt spiele ich mit den ungeschliffenen Diamanten, die ich auf einen Tisch geschüttet habe. Manche sehen aus wie Kieselsteine, die keinem Spatz was zu leide tun können. Außer, sie werden ihm mit einer Schleuder gegen das Köpfchen geschossen. Diese Steinchen hier sind aber auch ohne Schleuder tödlich. Wenn man sie rollt, blitzen sie seltsam auf. Vor allem die grünen: Smaragde! Solch einen Stein hat Yolande am Finger getragen. Désiris hatte ihr ein königliches Geschenk gemacht, das ihn fast nichts gekostet hatte! Nur die Schleifarbeiten des Juweliers. Smaragde bringen Unglück. Noch so ein Quatsch, den die glücklichen Besitzer dieser Klunker denen erzählen, die in den Mond gucken dürfen. Für Yolande trifft der Spruch allerdings zu. Der Stein an ihrer Hand hat die Gangster noch zusätzlich geblendet. „Sie hat ihren Ring nicht bei *Uniprix* gekauft“, hat einer der Mörder in der Rue du Dobropol gesagt. Die Kidnapper haben messerscharf darauf geschlossen, daß die Beute ganz in der Nähe sein müsse.

Ich mache mich auf die Suche nach einem kleinen Koffer oder so was Ähnlichem. Eine gefütterte Reisetasche, Modell 1900, erfüllt meinen Zweck. In ihr kann ich den Beutel mit der Beute verstauen.

Ich lösche das Licht und strecke mich auf einem Sofa neben der Heizung aus. Trotz der ungemütlichen Gesellschaft in der ersten Etage und dem Regen draußen, der immer heftiger wird, schlafe ich sofort ein. Der Schlaf des Gerechten nach getaner Arbeit!

* * *

Das Läuten des Telefons reißt mich aus meinen verworrenen Träumen. Hartnäckig und bedrohlich schrillt es durchs Haus. Ich richte mich auf und sehe auf die Leuchtziffern meiner Armbanduhr. Zwei Uhr. Wer ruft denn um zwei Uhr morgens Huguette de Mèneval an? Sie steht doch schon lange nicht mehr auf der Liste der Callgirls! Nach fünfzehnmaligem Klingeln gibt der Anrufer auf.

Ich lausche in die Dunkelheit. Der Wind ist schwächer geworden, der Regen nicht. Aus der Dachrinne plätschert Wasser in den Garten.

Das Telefon, üblicher Apparat für moderne menschliche Beziehungen. Erfunden, um zu läuten. Zu jeder Tages- und Nachtzeit. Nichts Besonderes. Warum aber ruft es in mir dieses bedrückende Gefühl hervor? Sogar mein Herz schlägt schneller.

Kurz darauf bimmelt es wieder. Ich erschrecke mich, obwohl ich damit gerechnet habe. Diesmal zähle ich zwanzig Klingelzeichen. Kaum hat der Anrufer aufgelegt, wählt er dieselbe Nummer zum dritten Mal. Eine gute halbe Stunde geht das so. Dann ist es vorbei. Nur noch das monotone Geräusch des Regens ist zu hören, hin und wieder ein Knacken in den alten Möbeln. Ich lege mich wieder hin, an Schlaf ist jedoch nicht zu denken. Na ja, ich hab auch an anderes zu denken. Plötzlich ein erneutes, wütendes Läuten. Diesmal kommt es vom Gartentor. Dann wieder Stille. Lastend, bedrückend, beinahe greifbar.

Ich kann mir schon vorstellen, was kommen wird. Ich wikkele das Köfferchen mit den Diamanten in meinen Mantel und lege das Paket unters Sofa. Dann schleiche ich mich auf leisen Sohlen durchs Zimmer, verstecke mich zwischen einem Bufett und einem Schrank. Gesegnet sei das Durcheinander, in dem man sich so hervorragend unsichtbar machen kann!

Ich warte. Alle meine Sinne stehen auf Alarm.

Ich muß nicht lange warten. Eine Tür wird geöffnet und wieder geschlossen. Geflüster. Der Schein einer Taschenlampe huscht über die Zimmerwände des Salons. Das Lämpchen auf dem Flügel wird angeknipst. Ich sehe nichts. Das hat aber den Vorteil, daß auch ich nicht gesehn werden kann.

„Was für ein Kramladen!" ruft einer der geheimnisvollen Besucher.

Die Stimme klingt nervös, bemüht, einen südlichen Akzent zu verbergen.

„Was hältst du von der Alten?“ fährt die Stimme fort. „Sollte die noch woanders übernachten, in ihrem Alter?“

„Sie ist ganz bestimmt hier“, antwortet der andere. „Wahrscheinlich schläft sie und hört nichts, taub, wie die ist... Oder sie hat Schlaftabletten genommen, wie alle alten Schachteln. Und um sie wachzukriegen, um die Zeit...“

Ich verkneife mir ein Lachen. Tja, um die Gräfin wachzukriegen, ist es etwas zu spät.

„Du kannst mir deinen Vortrag über alte Leute ein andermal halten“, unterbricht der Kerl mit dem Akzent seinen Kumpel.

„Ja, ja, schon gut, Sarfotti“, mault der andere.

Sarfotti! Das Leben ist voller Überraschungen. Der Oberschmuggler muß wohl vor kurzem ausgebrochen sein. Aus taktischen Gründen hat die Poliezi nichts davon verlauten lassen. Jetzt will Sarfotti seine Beute abholen. Offensichtlich hat Désiris ihm das Versteck irgendwie mitteilen können. Na ja, Sarfotti wird enttäuscht sein!

„Los, beeilen wir uns!“ sagt der Schatzsucher. „Die Alte kann jeden Augenblick nach Hause kommen. Da, die Treppe führt nach oben. Komm!“

An ihren entsetzten Ausrufen merke ich, daß sie in der oberen Etage angekommen sind. Sie haben die Leiche entdeckt. Auf ihre Flüche folgt Stille, die kurz darauf von dem wohlbekannten Summen unterbrochen wird. Sie haben den Mechanismus der Zimmerdecke in Gang gesetzt. Sarfotti kennt sich aus. Er wird sich seine Langfinger nicht quetschen.

Die Decke schließt sich wieder, und die beiden kommen runter in den Salon.

„Verdammte Scheiße!“ flucht Sarfotti. Erinnert mich an Zavatter. „Hast du das gesehn?... Kapier ich nicht...“

Ich höre, wie er einen Stuhl rückt. Auf diesen Schrecken hin muß er sich erst mal setzen.

„Ich kapier das sehr gut", schnauzt sein Komplize. „Dieses Schwein! Ihr hättet mir das Zeug geben sollen..."

„Bei ihm war's sicherer", gibt der Bandenchef zurück. „Er war ein unbescholtener Bürger..."

„Bin ich auch!"

„Hm... Da war noch was anderes. Er war mir sympathisch."

„Sympathisch!"

Verächtlich spuckt er das Fremdwort aus.

„Ja, sympathisch. Außerdem hab ich ihm vertraut... mehr als dir!"

„Hat ja gut geklappt!" lacht der andere bitter.

„Ich frage mich", fährt Sarfotti nachdenklich fort und wirft im Aufstehen den Stuhl um. „Hör mal gut zu! Wenn du mich aufs Kreuz legen willst..."

„Was soll das?" empört sich der andere. „Wer hat dich denn die ganze Zeit versteckt?"

„Weil du nicht anders konntest!"

„Erzähl keinen Scheiß!"

Sarfotti flucht vor sich hin. Der Salon, Ort der gepflegten Unterhaltung!

„Das mit dem Schlüssel gefällt mir gar nicht", sagt er dann. „Guck nicht so blöd! Ich bin nicht von gestern. Ich meine den Schlüssel von dem Gartentor hier. Wie du dir den besorgt hast, ist mir scheißegal. Aber daß du ihn überhaupt hast, bringt mich auf eine Idee. Wer konnte dich daran hindern... Hör mal, kein Schwein wußte, daß ich die Diamanten besaß. Schon gar nicht, daß ich sie Désiris gegeben hatte. Außer Angèle..."

Noch eine Maus im Käse!

„... Aber das ist auch schon alles, was sie wußte. Das Versteck jedenfalls kannte sie nicht. Die Schweine haben sie bestimmt gefoltert, um was aus ihr rauszukriegen. Wahrscheinlich die, die Brousse umgelegt haben. Jedenfalls beweist das, daß sie über die Diamanten Bescheid wußten. Warum solltest du nicht auch Wind von der Sache gekriegt haben, he?

Du hast den Schlüssel zur Villa, schleichst dich hier rein, entdeckst den Trick mit der Decke... Die Alte hat den Mechanismus auch entdeckt, aber zu spät. Die Diamanten waren schon weg. Und wer hat sie sich geholt? Wer? Kannst du mir das verraten?"

„Langsam, langsam", versucht ihn der andere zu beruhigen. Aber seine Kehle ist trocken.

Nach kurzem Schweigen knurrt Sarfotti.

„Komm, darüber reden wir bei dir zu Hause. Und wenn du mich verarscht hast..."

Er flucht noch etwas vor sich hin. Dann ist die interessante Unterhaltung zu Ende. Das Licht wird gelöscht, die Haustür zugeschlagen. Schritte knirschen über den Kiesweg. Ein Motor wird angelassen. Mir schwirrt der Kopf.

Ich wage mich wieder aus meinem Schlupfloch hervor. Nach dem Hocken in gekrümmter Haltung sind meine Glieder steif. In der Dunkelheit stoße ich gegen die Möbel, dann stehe ich neben dem Telefon. Ich lege die Hand auf den Hörer und lausche auf den Gesang des Regens.

Mit dem Anrufen kann ich noch warten. Auch wenn mir nach dem belauschten Gespräch ein Licht aufgegangen ist, ändere ich den Ablauf meines Programms nicht. Ich lege mich aufs Sofa. Jetzt bin ich wieder alleine. Mit meinen Gedanken!

15

Die Bösen werden bestraft, die Guten belohnt

Sonntag, 9. November, neunzehn Uhr. Es regnet immer noch. Mir brummt ganz schön der Schädel, aber Tabak ist wieder erlaubt. Der Rauch meiner Pfeife mischt sich mit dem einer selbstgedrehten Zigarette. Kommissar Faroux sitzt vor mir. War gar nicht so einfach, sich mit ihm in Verbindung zu setzen. Seit heute morgen zehn Uhr bin ich hinter ihm hergewesen. Also, wenn alle, die von den Flics gejagt werden, soviel Mühe haben, sich zu stellen... Na ja, egal! Sicher, heute ist Sonntag. Faroux war weder zu Hause noch in seinem Büro. Ich hab überall rumtelefoniert.

Huguette de Mèneval wird eine gesalzene Telefonrechnung kriegen! Und endlich, um fünf Uhr nachmittags...

„Hallo, Faroux! Hier Nestor Burma. Hab gehört, Sie suchen mich..."

„Warum sollte ich?"

„Genau, pokern Sie ruhig! So lange, bis einer Ihrer Kollegen rausgekriegt hat, von welchem Apparat ich anrufe. Immer auf Zack, unsere Kripo! Sogar am heiligen Sonntag... Werd Ihnen erzählen, warum Sie mich suchen sollten. Weil Sie in der Rue du Dobropol am Tatort einer Schießerei meine Visitenkarte und an den Splittern eines Whiskyglases meine Fingerabdrücke gefunden haben. Und dazu noch mein Auto, in derselben Straße."

„Tja... Und weil Sie sich eine Kugel gefangen haben, weil eine gewisse Régine Monteil Sie zu einem Freund gefahren hat, einem Arzt, weil Sie beobachtet haben – das war schon Donnerstag abend! –, wie Yolande Mège gekidnappt wurde usw. usw. Sind wir uns einig?"

„Ja. Hoffentlich sind wir's gleich immer noch. Ich komme und zeige Ihnen meinen Beutel."

Hélène begleitete mich zur Tour Pointue. Meine Reisetasche fand allgemein Beachtung.

„Aha!" begrüßt mich Inspektor Fabre lachend. „Endlich kommt mal einer, der sich keine Illusionen macht. Etwas Unterwäsche zum Wechseln für einen längeren Aufenthalt in der Santé?"

Und dann hab ich Kommissar Faroux alles erzählt, was es zu erzählen gab. Außer meiner Totengräberei auf der Île de la Grande-Jatte und den Ereignissen in der Rue Rochefort. Jetzt sitzen wir wie zwei Auguten da, starren uns an und vermischen unseren Tabakqualm. Der Kommissar hustet, öffnet eine Akte, entnimmt ihr nagelneue Glanzfotos und reicht sie mir.

„Yolande Mège", erklärt er. „Sie hätten uns besser sofort alarmieren sollen, anstatt im Alleingang den großen Helden zu markieren! Das ist Ihr Werk..."

Schweigend sehe ich mir die Fotos an. Yolande ist nackt, wie üblich. Aber diese Abzüge eignen sich nicht fürs *Prickelnde Paris*.

„Wir haben Sie heute aus der Seine gefischt", bemerkt Faroux. „Ich hab den ganzen Sonntag an der Seine verbracht. 'ne schöne Scheiße!"

Aus der Seine. Ich frage nicht, an welcher Stelle. Das ist unwichtig. Ich räuspere mich.

„Was sind das für schwarze Punkte auf dem ganzen Körper?" erkundige ich mich.

„Die Kerle kommen günstig an Zigaretten ran. Sie haben so einige Päckchen geraucht, wahrscheinlich in der Werkstatt auf der Île de la Grande-Jatte. Da haben wir nämlich ein Tuch gefunden, daß dieser Yolande gehört... hat. Viele Zigaretten haben sie geraucht und jede einzeln auf ihrer Haut ausgedrückt. Zigaretten sind die Spezialität ihrer Peiniger."

Hélène erschauert und schlägt schützend ihren Mantelkragen vors Dekolleté, den Blick ängstlich auf die Zigarette in

Faroux' Hand gerichtet. Aber der Kommissar wirft die Kippe angeekelt in den Aschenbecher.

„Ja, Zigaretten sind ihre Spezialität", wiederholt er. „Hier, noch 'ne Probe ihres Könnens."

Ich darf mir weitere Kunstwerke ansehen. Diese Fotos zeigen eine andere Frau, ebenfalls nackt. Offensichtlich erwürgt, auf der Haut kleine schwarze Punkte..."

„Angèle Varlet", kommentiert Faroux. „Sie war Sarfottis Freundin hier in Paris. Wir haben es erst durch ihr... äh... Abenteuer erfahren."

„Letzten März, hm? Stand damals in der Zeitung."

Faroux nickt. Ich fahre fort:

„Sie wußte, daß ihr starker Freund dem Ingenieur Désiris irgend etwas anvertraut hatte. Die Kerle, die mir in der Rue du Dobropol begegnet sind, haben sie gefoltert, und sie hat ausgepackt. Aber das hat den bösen Buben nicht besonders geholfen. Désiris war inzwischen tot. Seine Villa in der Rue Alphonse-de-Neuville wurde überwacht. Dort konnten sie also nicht suchen. Sie wußten ja nicht, daß die Polizei den Fall Désiris so schnell begraben hatte wie die beiden Leichen. Die Schatzsucher mußten sich verkriechen, bis Brousse, der sich ebenfalls verstecken mußte, wieder bei Consuelo auftauchte. Brousse kannte Yolande und vermutete, daß das Mädchen Bescheid wußte. ‚Mit der sollten wir mal 'n Sätzchen reden', haben sich die Burschen gesagt. Gesagt, getan. Auf zu Huguette de Mèneval, um die neue Adresse von Désiris' „Witwe" rauszukriegen. Die ausgediente Hure konnte aber nur sagen, daß Yolande aus Paris fortgegangen war, ‚zum Film'. Die Männer werfen noch einen Blick auf das ehemalige Liebesnest und hauen ab. Eigentlich hätten sie wiederkommen und in aller Ruhe nachsehen müssen. Aber aus irgendeinem Grund haben sie das nicht gemacht. Inzwischen veröffentlicht die Presse an jeder Ecke Fotos von Dany Darnys, dem neuen Sternchen am Filmhimmel. Brousse & Co. lassen sich durch die Ähnlichkeit der Schauspielerin mit Yolande täuschen, zwei von ihnen dringen bei Dany Darnys ein, suchen die Narbe auf dem Innenschenkel, finden sie nicht (weil sie sich auf Yolandes Innenschenkel befindet!) und ziehen enttäuscht wieder ab.

Bis Yolande nach Paris zurückkommt, halten sich Brousse und seine Freunde weiterhin versteckt. Den Rest kennen Sie, Florimond. Die Gangster sind jetzt überzeugt davon, bei Yolande an der richtigen Adresse zu sein. Ein ganz bestimmtes Detail nimmt ihnen den letzten Zweifel. Aber sie sind auf dem Holzweg. Brousse will aus der Interessengemeinschaft austreten, was ihm sehr übelgenommen wird…“

„Würden Sie mir vielleicht verraten“, unterbricht mich Faroux, „von welchem Detail Sie sprechen? Und was haben die Gangster überhaupt so dringend gesucht?“

„Das Detail ist ein Ring. Besser gesagt, der Stein in einem Ring. Und was die Kerle gesucht haben und noch immer suchen, habe ich mitgebracht.“

Ich stehe auf, gehe zu meiner vielbestaunten Tasche und nehme den Beutel heraus. Dann kippe ich dem Kommissar die Diamanten der Zigarettenschmuggler auf die Schreibunterlage.

„Die Würfel sind gefallen“, verkünde ich. *„Rien ne va plus.* Drei- oder vierhundert Millionen liegen auf dem Teppich!“

Das Staunen ist groß. Faroux flucht und fragt dann:

„Wo haben Sie denn das her?“

Gemächlich setzte ich mich wieder.

„Aus der Zimmerdecke einer Villa in der Rue Rochefort…“

Ich erkläre kurz den raffinierten Mechanismus.

„Drei-, vierhundert Millionen“, wiederholt mein Freund Florimond verträumt. „Dafür lohnt es sich, drei Leute umzubringen. Angèle Varlet, Yolande Mège, Pierre Brousse.“

„Da ist noch einer“, werfe ich ein.

„Ach ja, Chambefort.“

„Nein, nein, mein Lieber! Den haben nicht die Diamanten getötet. Bei ihm war's die Erfindung. Wohlgemerkt, Florimond! Ich sage Erfindung, nicht Erfinder. Denn Désiris hat Chambefort nicht umgebracht.“

„Woher wissen Sie das?“ wundert sich der Kommissar. „Das haben wir der Presse noch gar nicht mitgeteilt.“

„Nur so 'ne Idee von mir. Dann stimmt das also?"

„Ja. Désiris war schon ein paar Tage tot, als Chambefort noch lebte. Das beweist die Kartei des Krankenhauses, in dem man seine zerquetschte Hand behandelt hat." Faroux zieht fragend die Augenbrauen hoch. „Sie kennen den Mörder von Chambefort?"

„Ich glaube, ja. Verrate ich Ihnen später. Reden wir erst noch von dem vierten Opfer der Diamanten: Huguette de Mèneval."

Ich erzähle ihm den ersten Teil der letzten Nacht.

„Ihre Hand ist zerquetscht, sagen Sie?" ruft Faroux. „Aber... Das ist doch... Chambefort..."

„... hatte den Trick mit der Decke entdeckt, der schon lange in Vergessenheit geraten war. Selbst die Gräfin hatte, wenn überhaupt, nur als Legende davon gehört... jedenfalls bis gestern. Désiris hat den Mechanismus wieder in Gang gesetzt, ohne irgend jemandem was davon zu erzählen, auch nicht Yolande. In der Spalte versteckte der Ingenieur die wichtigsten Pläne seiner Erfindung. Er und Chambefort müssen über die Kuriositäten der Villa im Bilde gewesen sein. Es war ja auch gar nicht so schwer, an diese Informationen zu kommen. Steht alles in dem Buch, das Mutter Mèneval sich besorgt hat, nachdem ich ihr das Märchen mit dem versteckten Geld erzählt hatte... Sollte eigentlich 'n Witz sein..."

„Wieder jemand, der das Glück hatte, Sie zu treffen und Ihren eigenartigen Humor kennenzulernen", sagt Faroux grinsend.

Ich lasse die Bemerkung im Raum stehen und fahre fort:

„Die alte Dame hat wohl ihre grauen Zellen auf Trab gebracht, – mit Futterkalk oder so was Ähnlichem –, hat in ihren Erinnerungen gekramt, dort die Geschichte von der verschiebbaren Decke gefunden und sich gesagt, daß es doch sicher ein Buch über solche Abartigkeiten geben müsse. Dann hat sie sich ans Telefon gehängt und sämtliche Buchhändler gelöchert. Und so ist sie an das richtige Buch gekommen: *Geheimnisvolle Kuriositäten des 17. Arrondissements.* Hier ist der Schinken..."

Ich zaubere das Werk aus meiner Reisetasche und lege es neben die Diamanten. Faroux winkt seinen Inspektor Fabre zu sich und fragt ihn leise:

„In Chamberforts Wohnung lag doch auch so was Ähnliches, oder?"

„Ja, Chef. Genau das gleiche."

„Sehr gut", sage ich. „Der war nämlich hinter Désiris' Erfindung her. Er liest von der geheimnisvollen Kuriosität im Altersitz der Gräfin, schleicht sich ein – am 2. oder 3. März, als niemand im Haus ist..."

„Mit Spezialwerkzeug, wie Sie?"

„Nein. Mit einem Schlüssel. Und dieser Schlüssel ist der Schlüssel zum Geheimnis, Kommissar. Chambefort hat ihn nachgemacht oder nachmachen lassen. Der Schlüssel, der das Gartentor aufschließt. Mit den anderen Schlössern wird jeder Anfänger fertig. Chambefort schleicht sich also ins Haus, betätigt den Mechanismus und klaut die Zeichnungen des Erfinders. Die Diamanten liegen daneben, aber ihn interessiert nur die Erfindung. Der Beutel läßt ihn einen Augenblick stutzen... einen Augenblick zu lange... und peng!, schließt sich der Deckenspalt, ohne ‚Vorsicht!' zu schreien. Dafür schreit Chambefort: ‚Au! Meine Hand!' Er kann sie – und die Pläne – aber doch noch rausziehen und flüchten. Désiris hat den Schrei gehört, rennt in das Zimmer und entdeckt den Diebstahl. Außerdem hat Chambefort Blutspuren hinterlassen. Désiris wischt das Blut auf... Mit seinem Unterhemd, das er in die schmutzige Wäsche gibt. (Gerade die Geschichte mit dem Unterhemd hab ich der Gräfin nicht geglaubt!) Mutter Mèneval hat mir von einem plötzlichen Wutanfall ihres Mieters erzählt. Er hatte keine Ahnung, wer die Zeichnungen geklaut haben konnte. Eine Kopie gab es nicht. Und dann wird Sarfotti verhaftet. Das ist zuviel für das sensible Genie. In einem regelrechten Anfall von Wahnsinn erschießt er sich, nachdem er seine Frau umgebracht hat. Sie muß ihm wohl als Symbol seines gnadenlosen Schicksals erschienen sein."

„Ja", stimmt mir Faroux zu, „so muß sich das abgespielt

haben. Aber kommen wir wieder auf Chambefort zurück. Der kann zwar flüchten, wird hinterher jedoch auf der Île de la Grande- Jatte um die Ecke gebracht."

„Allerdings!"

„Und von wem?"

„Darauf komme ich gleich."

„Und dieser Schlüssel? Der zum Gartentor und zum Geheimnis?"

„Auch darauf komme ich gleich. Was hatte Chambeforts Leichenhemd in den Taschen?"

„Ein Taschenmesser, etwas Kleingeld und einen vermoderten Ausweis, durch den wir ihn schnell identifizieren konnten. Das ist alles. Keinen... Ach so! Darauf wollen Sie hinaus? Keinen Schlüssel."

„Dann hat also der Kerl, der ihn umgebracht hat... Wie übrigens?"

„Was übrigens?"

„Wie hat er ihn umgebracht?"

„Durch zwei Schüsse. Der Gerichtsmediziner hat die Kugeln gefunden."

„Der Mörder hat ihm den Schlüssel geklaut. Gehen wir also mit ihm in die Rue Henri-Rochefort. Alleine, so wie ich gestern nacht. Dorthin hatte ich mich nämlich zurückgezogen. Ich fühlte mich woanders so unsicher... Aber auch in dem Salon von Mutter Mèneval erlebte ich eine Überraschung. Um halb drei nachts bekam ich nämlich Besuch. Zwei zwielichtige Gestalten, die sich wie zu Hause fühlten. Hatten sogar einen Schlüssel fürs Gartentor! Wie Chambefort, wenn Sie mir folgen können."

„Kann ich", bemerkt Faroux trocken.

„Einer von den beiden war Sarfotti. Sarfotti, den die Polizei so schlecht bewacht hatte und der sich jezt ‚seine' Diamanten holen wollte."

„Um Himmels willen, Burma! Und den haben Sie laufenlassen?!"

„Ich bin doch kein Flic", sage ich lachend.

„Ich weiß nicht, was es da zu lachen gibt", knurrt der Kommissar. „Erzählen Sie mir lieber in allen Einzelheiten, was die beiden gemacht und gesagt haben. Vielleicht hilft uns das weiter. Und keine Taschenspielertricks wie der mit dem Schlüssel, wenn ich bitten darf, ja? Sarfotti kann Chambefort nämlich gar nicht umgebracht haben. Zu der Zeit saß der nämlich in Marseille im Kasten."

„Hab ich behauptet, der Mörder heiße Sarfotti? Nein, also! Das war der andere, der auch den Schlüssel besaß. Bei dem können Sie übrigens Sarfotti finden, falls Sie ihn immer noch su..."

„Und wer ist dieser andere?" schreit Faroux.

Ich reiche ihm mein Taschentuch.

„Hier, wischen Sie sich den Schaum vom Mund... Der andere ist keiner aus Ihrer Kartei, sondern einer aus dem gutbürgerlichen Lager. Ein Geschäftsmann mit wenig Skrupeln. Er mochte Désiris nicht besonders, hat ihn aber mit Sarfotti zusammengebracht. (Diese Version gefällt mir besser als die Geschichte vom zufälligen Kennenlernen beim Autokauf, die Brousse mir erzählt hat!) Er wußte nämlich, daß der Ingenieur in der Lage war, Sarfottis U-Boot-Idee in die Tat umzusetzen. Und daß Désiris Geld brauchte, war ihm ebenfalls bekannt. Dieser andere ließ das Genie durch Chambefort überwachen, weil er die Erfindung für sich verwerten wollte. Warum er dann Chambefort umgebracht hat, weiß ich nicht. Aber er wird's Ihnen bestimmt mit dem größten Vergnügen erzählen, falls Sie ihn schnappen sollten. Ich vermute, daß Chambefort alleine absahnen wollte. Wie dem auch sei, der feine Herr bringt seinen Helfer um. Bevor er ihn an Ort und Stelle beerdigt, nimmt er ihm den Schlüssel ab. Und so verkündet er Sarfotti, der nicht wußte, wie er ins Haus kommen konnte: ‚Einen Schlüssel? Kein Problem. Ich hab einen.' Die beiden machen sich auf den Weg, durch Nacht und Wind, im kalten November."

„Genug Literatur!" schnauzt Faroux. „Ich brauch den Namen!"

„Name, Adresse, alles, was Sie wollen! Er wohnt in der Avenue de la Grande-Armée. Name: August André Labouchère, der Schwiegervater des Genies."

Gut, daß ich Faroux mein Taschentuch gegeben habe. Auch den anderen steht Schaum vor dem Mund.

* * *

Am nächsten Tag komme ich um drei in die Agentur. Hélène begrüßt mich mit einem ungeduldigen:

„Und?"

„Die beiden bösen Buben sind heute in aller Herrgottsfrühe verhaftet worden. Sarfotti und der Sänger. Ich nenne ihn Sänger, weil... Sarfotti sagt keinen Ton, aber er meint, daß Labouchère ihn verpfiffen hat. Der Sänger ist nämlich sehr gesprächig. Er ist schon seit einiger Zeit in der Unterwelt zu Hause. Seine Frau und seine Tochter wußten von nichts. Für seine Tochter hatte er sich eine etwas glänzendere Partie als diesen Désiris erträumt. Er haßte seinen Schwiegersohn von ganzem Herzen, obwohl er dessen geniale Fähigkeiten kannte. Als Sarfotti die U-Boot-Pläne schmiedete, hat Labouchère den Kontakt zu Désiris hergestellt. Das U-Boot erleichterte nicht nur den Zigarettentransport, sondern verwickelte auch den ungeliebten Schwiegersohn in unsaubere Geschäfte."

„Und an dieser Verwicklung ist Désiris dann gestorben. Kann man das so sagen?"

„Kann man. Da sehen Sie, was für ein Sängerknabe dieser Labouchère ist! Désiris arbeitete also für seinen Schwiegervater, ohne es zu wissen. Mit dem Geld von Sarfotti richtete er sich auf der Île de la Grande-Jatte ein. Der Sänger behauptet, Chambefort habe sich angeboten, den Ingenieur auszuspionieren. Eifersucht oder Neid waren wohl das Motiv. Den Mord kann Labouchère nicht leugnen. Die Flics haben in seiner Wohnung den Revolver gefunden, aus dem die tödlichen Schüsse abgegeben wurden. Chambefort habe vor seinen

Augen einige der wichtigen Zeichnungen verbrannt, behauptet er. Und da sei er fuchsteufelswild geworden und habe auf ihn geschossen... Na ja..."

„Sie glauben nicht an die Version?"

„Nein."

„Und wie hat's sich Ihrer Meinung nach abgespielt?"

„Der Sänger hat sich mit Chambefort auf der Île de la Grande-Jatte getroffen, um die Pläne in Empfang zu nehmen und den Dieb dann umzulegen. Warum war er sonst bewaffnet?"

„Chambefort hat ihm also die Zeichnungen nicht sofort gebracht?"

„Nein. Er war verwundet und hat sich seine zerquetschte Hand behandeln lassen. Aus irgendeinem Grund muß er was von Labouchères Dolchstoßidee geahnt haben. ‚Wenn das so ist!' hat er sich gesagt, und schwupp!, ab ins Feuer mit den teuren Plänen. Die Reste neben seiner Leiche waren nämlich nicht nur vermodert, sondern auch angebrannt. Der Sänger wird wütend und schießt. Gute Nacht, Monsieur Chambefort! Labouchère beerdigt ihn, zusammen mit den Zeichnungen, mit denen man sowieso nichts mehr anfangen kann."

„Sagen Sie", fragt Hélène nach kurzem Schweigen, „welchen Sinn hatte denn Labouchères Anruf kurz nach der Tragödie in der Rue Alphonse-de-Neuville?"

„Er wollte wissen, welche Rolle ich in dem Spiel spielte. Was hatte mir seine Tochter erzählt? Er fürchtete nämlich, daß sie von den dunklen Geschäften – von seinen und denen ihres Mannes – Wind bekommen und mir einiges davon verraten hatte."

„Und? Hatte sie?"

„Nichts hat sie mir gesagt! Gar nichts! Das wissen Sie doch. Warum Madame Désiris angerufen hat, werden wir nie erfahren. Désiris hat sie und sich umgebracht. Aber das wissen Sie ja auch... Vielleicht hat der verwickelte Ingenieur mitgekriegt, wie seine Frau mich angerufen hat? Kurzschluß seinerseits und... Wie gesagt, wir werden es nie erfahren."

„Und die Mörder von Pierre Brousse?"

„Faroux ist guter Hoffnung. Wenn sie Yolandes Ring verbimmeln wollen, schnappt er sie sich. Meint er."

„Und Consuelo?"

„Spurlos verschwunden."

„Ach, ich frage nach allen möglichen Leuten, nur nicht nach Ihnen. Was macht die Wunde?"

„Alles Gute. Die Jagd ist zu Ende. Ich kann mich in aller Ruhe... äh... ausruhen."

„Ja, die Jagd ist zu Ende, der Fall erledigt." Hélène tut einen tiefen Seufzer. „Ja, der Fall... Sagen Sie, ich bin ja keine Dame von Geld, aber trotzdem... Was hat Ihnen der Fall eingebracht?"

„Nichts. Viel Ärger und... Luft und Liebe."

„Und ein Stück Blei im Arm. Außerdem haben Sie mit Ihrer Boxeinlage im *Prickelnden Paris* dafür gesorgt, daß Régine ihren Job los ist."

„Ist auch besser so! Das war ein unmoralischer Gelderwerb. Ich bin nämlich ein Verfechter der guten Moral. Die Bösen sollen bestraft werden, die Guten belohnt."

Plötzlich springe ich auf und werfe Hélène etwas in den Ausschnitt.

„Was soll das?" ruft meine Sekretärin empört. „Was werfen Sie in meinen... meine... das..."

„Sehen Sie doch mal nach! Oder erlauben Sie mir, den Froschmann zu spielen?"

„Hände weg, Sie Sittenstrolch!"

Eigenhändig greift sie sich ins Dekolleté und bringt das *corpus delicti* ans Tageslicht.

„Großer Gott!" flüstert sie. „Das... Das ist doch..."

„Der Stein gehört Ihnen", sage ich fröhlich. „Wie gesagt, die Guten sollen belohnt werden. Und Sie haben ihn verdient. Übrigens hab ich noch zwei..." Ich lege zwei weitere Diamanten auf den Schreibtisch. „Einer für Régine, einer für mich."

„Aber... wie... wie...?"

„Wie? Na ja... Sie erinnern sich doch an die alte Reisetasche aus der Rue Rochefort, hm? Modell 1900. Alt, sehr alt. Innen gefüttert. Ich weiß nicht, wie's passiert ist... Jedenfalls sind drei Klunker zwischen Tasche und Futter gerutscht. Lustig, finden Sie nicht?"

Paris-Châtillon, 1959

Nachgang

Schon hinter Louis Michel saß kaum noch jemand im Wagen. Anatole France sah eine junge Frau mit quengelndem Kleinkind aussteigen, zweieinhalb Minuten später rollte der Zug aus. Pont de Levallois, Endstation. Wer fährt am Sonntag schon nach Levallois?

Die langgezogene Rue Anatole France, die den ganzen Vorort durchschneidet, gähnt Leere. Auf der linken Seite graubewohnter Stein, gegenüber, häßlicher noch, die stillgelegte Werkhalle von Citroën. Die Pariser Autostadt hat ihren Motor abgwürgt. Leerlauf in Levallois. Bonjour tristesse.

Ein paar Schritte weiter nur die Seine. Aber hier draußen ist mit dem Fluß kein Sonntagsstaat zu machen. Wenn da nicht die Ile de la Grande-Jatte wäre. *Hingegossen wie 'ne faule Schnecke,* meint Burma.

Zwei Kilometer lang, kaum mehr als zweihundert Meter breit, an beiden Enden spitz zulaufend, teilt die Jatte-Insel die Seine in zwei Arme. Hohe Baumreihen geben der Insel Licht- und Sichtschutz und lassen die seelenlose Vorstadt in eine ländlich anmutende grüne Idylle hinübergleiten. Am Ufer haben Lastkähne und Hausboote festgemacht. Schwimmende Ausflugslokale locken die Kundschaft mit wohlfeilen Menüs, die den Eindruck erwecken, als sei das Meer nicht mehr weit.

„Ein Café auf Pfählen mit einem Bootshaus. Zwei schaukelnde Boote zerren an ihren Ketten, aber die Pflöcke geben sie nicht frei.“ Guinguettes hat man diese Herbergen am Wasser früher genannt, als die Familien am Wochenende an die Seine und Marne hinauszogen und adrett herausgeputzte Dienstmädchen auf dem Tanzboden nach feschen Freiern Ausschau hielten. Renoir vor allem hat diese Sonntagnachmittag-Feste in zarten Pastelltönen immer wieder festgehalten.

Die Ile de la Jatte.

Der Abschied von gestern ist noch nicht vollzogen. Burma fände sich noch immer (oder nun wieder) zurecht.

„Ich sehe mir den Boulevard de Levallois an, der wie eine Art Ringstraße an der Seine entlangführt. Eine Werkstatt für Karosseriebau, eine andere für Diebstahlsicherung, eine weitere für Federung und eine für Getriebe... am äußersten Ende der Insel ein schwacher Bretterschuppen. Ein geteerter Holzbau von schaurig-giftgrünem Aussehen. Die Scheiben eines breiten Fensters und eines Oberlichts über der Tür sind kaputt oder völlig verdreckt."

Es gibt noch viele solcher Schuppen, meist verschlossen und dem langsamen Verfall preisgegeben. Ein seltsamer schäbiger Kontrast zu den auffallend gepflegten Häusern auf der anderen Straßenseite. Ein düsteres Mahnmal an Zeiten, in denen hier gebastelt und gewerkelt wurde und ein gewisser Monsieur Désiris in seinem Holzverschlag bei Schummerlicht am Reißbrett über seinen genialen Plänen saß, die später in der Erde vermoderten.

Gleich neben Levallois liegt der Nobelvorort Neuilly. Was

Hier hatte Désiris sein Atelier.

für Rennpferde das Hippodrom von Longchamp oder Auteuil, ist für deren Besitzer eine Villa in Neuilly. Und auch die hochmotorigen Karrossen, die von livrierten Chauffeuren über breite Kieswege auf's prachtvolle Grundstück gesteuert werden, haben mehr Pferdestärken als sonstwo in Paris. Eine Adresse in Neuilly ist eine Visitenkarte mit Goldrand und reicht bei diskreten Geldgeschäften meist als verläßliche Referenz bei der Bewilligung eines Großkredits. Selbst gutbetuchte Kranke zieht es in den vornehmen Westen von Paris. Das amerikanische Hospital ist zwar nur ein nüchterner Backsteinbau, besitzt aber eine weltweite Reputation. Schwangere Gattinnen von Provinznotabeln reißen sich nicht nur im Einzelfall um's Wochenbett in Neuilly.

Standesbewußte Kenner der Immobilienszene wissen freilich um Alternativen auf der Wohnungssuche, sollte Neuilly ausgebucht sein. Auch wenn die legendären Champs-Elysées längst als Heimstätte abgewirtschaftet haben, da in Beschlag genommen von Autofirmen und Fluggesellschaften und überlaufen von Touristen, so sind die sternförmig vom Arc de Triomphe abzweigenden Straßen doch noch immer sehr begehrt. Die Avenue Foch zum Beispiel (siehe „Das stille Gold der alten Dame") oder auch die Avenue de la Grande Armée. Die ist zwar nur halb so lang wie die Champs-Elysées, aber ebenso breit und auf den ersten Blick kaum weniger mondän. Das großbürgerliche Anwesen Nr. 65 bewohnte Ende des vergangenen Jahrhunderts eine gewisse Thérèse Humbert, eine ebenso ehrgeizige wie verschwendungssüchtige Dame, der es gelungen war, in die Familie des damaligen Justizministers und Präsidenten des Rechnungshofes einzuheiraten. Die lebensfrohe Schwiegertochter brachte zwar kein Vermögen, aber das Talent in die Ehe ein, ohne eigene Barschaft immer neue Geldquellen anzuzapfen. Als die Schulden im Haus Humbert in die -zig Millionen gingen und die Gläubiger – viel zu spät! – auf Rückzahlung pochten, wurde einer der größten Finanzskandale der Jahrhundertwende offenbar. Der Fall Humbert geriet gutgläubigen Bankiers zum Schaden

Die Villa Humbert, Wohnsitz von Monsieur Labouchère.

in die Schlagzeilen der Weltpresse und war Jahrzehnte später noch ein dankbarer Filmstoff.

„Die stattliche Großbürgervilla mit den Jugendstilbalkonen ist die ehemalige Stadtvilla von Thérèse Humbert, der Heldin des berühmten Erbschaftsschwindels von 1902."

Kein Zufall, daß der anscheinend so honorige Monsieur Labouchère in der ersten Etage dieses Hauses sich einquartiert hatte. Léo Malet wählt genüßlich und mit Bedacht solch historisch vorbelastete Adressen, um seine Schlüsselfiguren an exponierten Adressen zu plazieren.

Das 17. Arrondissement ist übrigens sehr vielschichtig und uneinheitlich. Es bietet dem Großbürgertum Platz, kennt eine Vielzahl von kleinen Märkten, aber hinter dem Güterbahnhof und dem Friedhof von Batignolles auch Arbeiterviertel. Naheliegend, daß das Ehepaar Désiris auf dem Cimetière des Batignolles bestattet wurde. Zynischer als dort jedenfalls läßt sich das „requiescat in pacem" kaum denken, denn die skrupellosen Stadtplaner der 60er Jahre haben die stark befahrene Pariser Ringstraße just quer über den Friedhof gezogen, so daß in stillem Frieden dort keiner mehr ruht. So muß zum Beispiel der exzentrische Dichter Verlaine, dessen beklagenswert verlottertes Grab im Schatten der dröhnenden Straßenbrücke liegt, post mortem Höllenqualen durchstehen und moralisierende Kenner seiner lasterhaften Vita werden darauf verweisen, dies sei eben die Strafe des Schicksals. Die letzte Ruhestätte der Familie Désiris habe ich natürlich nicht gefunden.

Weitaus ruhiger als auf dem Friedhof von Batignolles bettet man sich da schon in der Rue Alphonse-de-Neuville, einer Seitenstraße der Avenue de Wagram. Hier hob sich der Vorhang zum ersten Akt des Dramas.

Der Tatort „Operettenschlößchen" fällt sofort ins Auge. Die verspielte Architektur, das grotesk verkitschte Dachgeschoß, die aufgesetzte Kuppel (kein Spitzentürmchen, wie Burma schildert) lassen keinen Zweifel. An einem solchen Kleinod konnte der Stadtspaziergänger Malet nicht vorüber-

Hier wohnte das Ehepaar Désiris.

gehen. Da spielt es keine Rolle, daß das eine oder andere Detail hinzuerfunden wurde. Die Läden der beiden Fenster im Erdgeschoß sind noch immer (oder schon wieder) geschlossen.

Ein bürgerliches Drama, Richtung Balzac, mutmaßt der Boulevardjournalist Marc Covet, und er mag daran gedacht haben, daß Balzac nur einige hundert Meter weiter, im 8. Arrondissement (siehe Léo Malet, „Corrida auf den Champs-Elysées"), seine letzte Bleibe gefunden hatte. In der damaligen Rue Fortunée, die heute Balzacs Namen trägt, hatte er zusammen mit der ihm endlich angetrauten Gräfin Hanska ein Haus erworben, von dem inzwischen nur noch ein kleiner Rundbau übriggeblieben ist.

Tatsächlich ist die Gegend nördlich des Arc de Triomphe ein Viertel, in dem sich, wie Burma anmerkt, zahlreiche Über-

reste einer vergangenen Epoche finden lassen, luxuriöse Wohnsitze von Berühmtheiten der Salons und der Schlafzimmer, von Malern, die groß in Mode waren, von Schauspielerinnen und berühmten Vertreterinnen des horizontalen Gewerbes.

Umso enttäuschender, daß ausgerechnet das Haus der berühmten Schauspielerin Sarah Bernhardt am breiten Boulevard Pereire vor einigen Jahren einem nichtssagenden Neubau gewichen ist. Sarah, der ihre Mutter den aparten Namen Rosine mit auf den Lebensweg gegeben hatte, verdankt ihre Karriere nicht zuletzt einem Halbbruder des Kaisers Napoleon, der sich Sarahs Mutter als Mätresse hielt.

Régine und Yolande wohnten in der Rue du Dopropol.

Bis ins überreife Alter hinein blieb die Bernhardt die ruhmreichste der zeitgenössischen Schauspielerinnen. Als man ihr im Alter von 71 Jahren ein Bein amputieren mußte, da spielte sie eben mit einem Holzbein weiter und dachte auch gar nicht daran, wegen dieser Behinderung ihre Wohnung im fünften Stock am Boulevard Pereire zu räumen. Erhalten ist dagegen die Häuserzeile in der Rue du Dopropol in der Nähe der Porte Maillot. Auch eins der sechsstöckigen Häuser, die in der Epoche der Art deco als modern galten. Meist haben sie sogar mehr als sechs Etagen.

Hier hatten also die Damen Prégine, Yolande und die anderen ihr Lager aufgeschlagen und hier kam es auch zur Schießerei mit den einander befehdenden Gangstern, die selbst Nestor nicht unbeschadet überstand. Erstaunlich in dem Zusammenhang, daß ihm diesmal der sonst schon obligate Schlag auf den Hinterkopf erspart blieb.

Die Rue du Dopropol vermittelt ganz und gar nicht verruchte Ambiance, sondern eher den diskreten Charme der Bourgeoisie, wie im 17. Arrondissement so häufig anzutreffen.

Erst recht in der Rue Henri Rochefort unweit des Parc Monceau, dessen Stimmung Kurt Tucholsky so trefflich eingefangen hat.

Tucholsky, der 1924 Berlin verlassen hatte, „um von seinem Vaterlande auszuruhen“, war als Korrespondent der „Weltbühne“ und der „Vossischen Zeitung“ nach Paris gekommen, wo er rastlos und lärmgepeinigt Jahr für Jahr seine Wohnung wechselte und schließlich vor seiner Übersiedlung nach Schweden zuletzt ein tristes Appartement an der Place de Wagram mietete.

Zurück zur Rue Henri Rochefort. Auch hier macht es Malet dem Nachgänger leicht:

„Hinter diesen eleganten Mauern verbringt also die alte Hetäre ihren wohlverdienten Lebensabend. Das aufwendige Haus stinkt geradezu nach Geld.“

Nun ja, das läßt sich heute, gemessen an den Immobilien-

Das Liebesnest von Monsieur Désiris in der Rue Henri Rochefort.

preisen, fast für ganz Paris sagen. Aber ein bißchen vom Glanz der frühen Jahre ist schon noch geblieben.

Zwei Anmerkungen noch zur Nachbarschaft. In der Rue de Chazelles entstand vor gut hundert Jahren nach den Plänen des elsässischen Bildhauers Bartholdi die Freiheitsstatue, das heutige Wahrzeichen von New York, als Präsent der französischen Regierung an die Vereinigten Staaten zum Jubiläum der hundertjährigen Unabhängigkeit. Eine kleinere Kopie steht heute auf einer Insel inmitten der Seine (siehe Léo Malet, „Das stille Gold der alten Dame"). Und am Boulevard de Courcelles wohnte ein gewisser Fulgence Bienvenüe, dem Paris letztendlich verdankt, daß es nicht längst im Chaos versunken ist. Parisbesuchern wird an der Metrostation Montparnasse bereits der Zusatz „bienvenüe" aufgefallen sein, und sie werden es als eine nette, wenn auch ziemlich willkürlich gewählte Geste ansehen, ausgerechnet an diesem lärmigen Platz willkommen geheißen zu werden. Nun, Monsieur Bien-

venüe (man achte auf die beiden Punkte auf dem u) war der Erbauer der Pariser Metro. Heute zählt der Nahverkehr in Paris Tag für Tag rund fünf Millionen Fahrgäste, die meisten als Benutzer der Schnellbahn.

Ein letzter Abstecher führt mich zur Place Malesherbes. Dort finde ich nicht nur die bereits zitierte Sarah Bernhardt als eigenwillig gestaltete Statue in ihrer Rolle als Phèdre wieder, sondern auch die Standbilder der beiden Dumas'. Alexandre Dumas, der ältere, hatte seinem Sohn erzählt, in einem Traum habe er sich auf dem Gipfel eines Felsens wiedergefunden, von dem jeder Stein die Form eines seiner literarischen Figuren angenommen hatte. Der Maler Gustave Doré nahm diesen Traum zum Anlaß, ein heute etwas schwülstig wirkendes Monument nachzugestalten.

Was dem Vater recht war, sollte dem Sohn billig sein. Der bekam nämlich seine berühmteste Schöpfung, die Kameliendame, zugesellt. Womit – läßt man den Nachgang durch dieses dem Touristen kaum vertraute Viertel von Paris Revue passieren und will man den Abenteuern von Nestor Burma Glauben schenken – fast der Eindruck entsteht, leichtlebige Damen fühlten sich im 17. Arrondissement heimischer als sonstwo. Aber dies zu ergründen, zählt wohl wirklich zu den ältesten Geheimnissen von Paris.

Peter Stephan im September 1988

Anmerkungen des Übersetzers

Bei allen Geldbeträgen, von denen im Laufe dieses Romans die Rede ist, handelt es sich um Alte Franc.

1. Kapitel:
Akquisiteur von Borniol: Bekanntes Beerdigungsinstitut in Paris.
Diese Mademoiselle Des Oeillets roch nicht grade wie eine Rose: oeillet (frz.) = Nelke.
Tour Pointue: Polizeidienststelle im Palais de Justice am Quai de l'Horloge.

2. Kapitel:
F.L.N. (Front de libération nationale): Nationale Befreiungsfront.
M.N.A. (Mouvement National de l'Arabe): Arabische Befreiungsbewegung.

11. Kapitel:
die Gorgo: Weibliches Ungeheuer der griechischen Sage.
Prixunic: Bekannte Supermarktkette.

15. Kapitel:
die Santé: Zentralgefängnis in Paris.

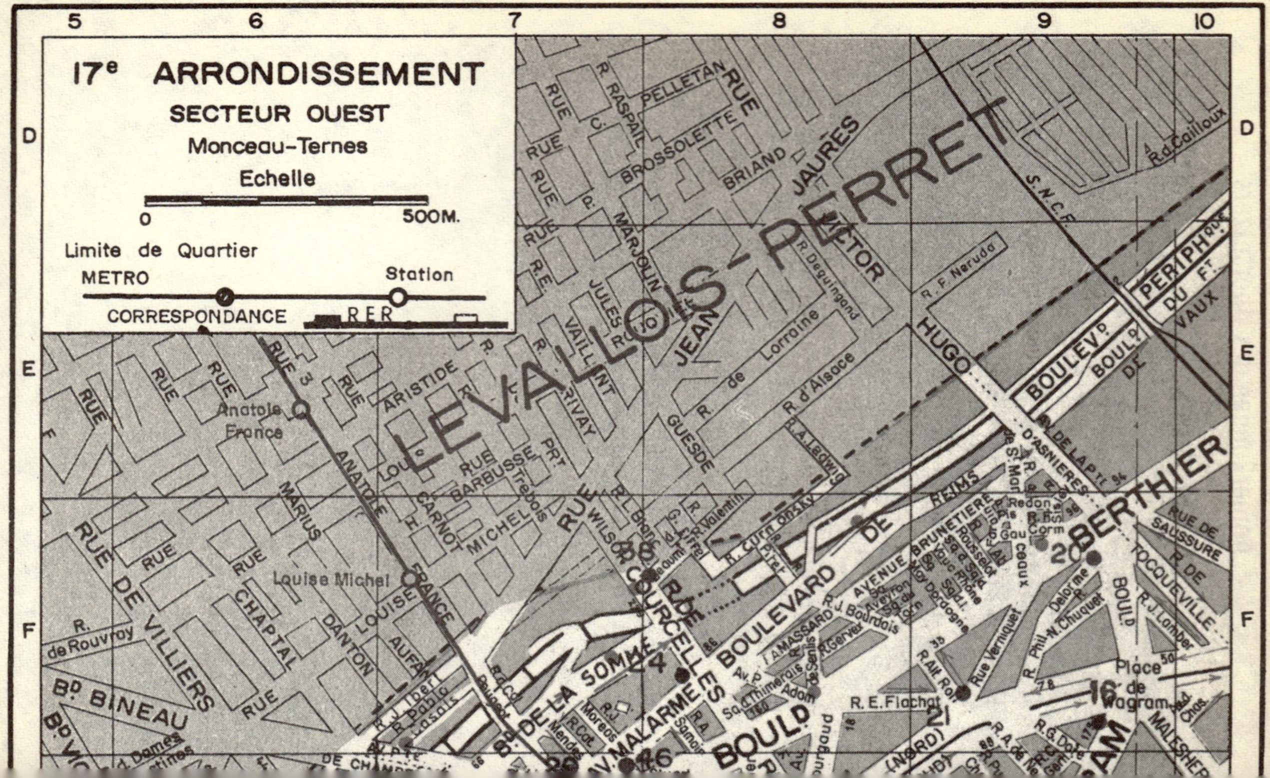
17e ARRONDISSEMENT
SECTEUR OUEST
Monceau-Ternes
Echelle
0
500M.
Limite de Quartier
METRO
Station
CORRESPONDANCE
R E R
5
6
7
8
9
10
D
E
F
LEVALLOIS-PERRET
BOULEVARD DE REIMS
BERTHIER
BOULEVARD
DE COURCELLES
RUE DE VILLIERS
Bd BINEAU
HUGO
PERIPHque
BOULEVd
BOULd DE
VAUX
S.N.C.F.
R. d. Cailloux
R. F. Neruda
Anatole France
Louise Michel
RUE ANATOLE FRANCE
RUE LOUISE
CHAPTAL
DANTON
MARIUS
AUFAN
RUE ARISTIDE
CARNOT
MICHEL
RUE BARBUSSE
PRT
Trebois
RIVAY
VAILLANT
JULES
MARJOLIN
BRIAND
BROSSOLETTE
PELLETAN
R. RASPAIL
JAURÈS
VICTOR
JEAN
GUESDE
R. de Lorraine
R. d'Alsace
R. Deguingand
R. A. Ladwig
AVENUE BRUNETIERE
TOCQUEVILLE
RUE DE SAUSSURE
R. DE
Place de Wagram
DE LA SOMME
AV. MALARME
R. J. Bourdois
R. E. Flachat
Rue Verniquet
R. Phil.-N. Chuquet
R. J. Lamber
R. de Rouvray
MALESHER
WAGRAM
(NORD)

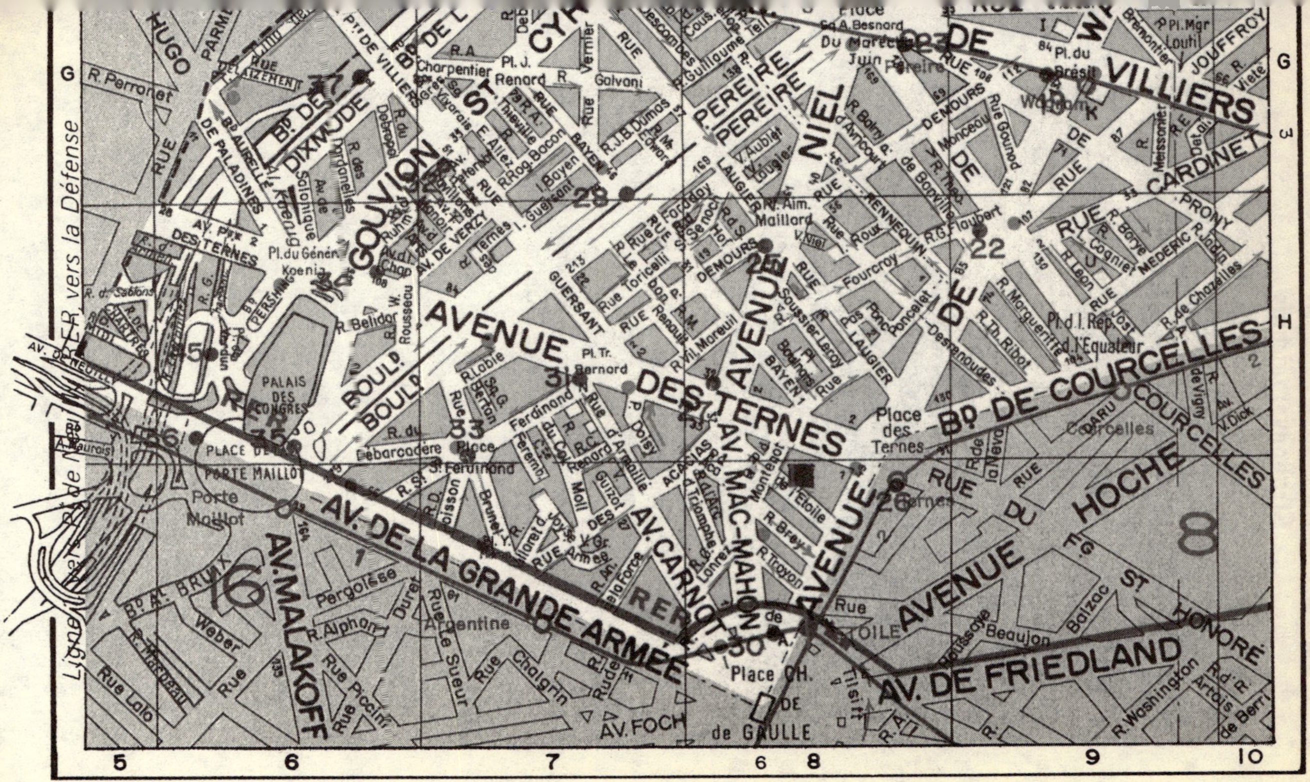
AV. DE LA GRANDE ARMÉE
AVENUE DES TERNES
BD DE COURCELLES
AVENUE HOCHE
AV. DE FRIEDLAND
AV. MAC-MAHON
AV. CARNOT
AV. MALAKOFF
AV. FOCH
BD GOUVION ST CYR
BD DE DIXMUDE
AVENUE NIEL
AVENUE DE VILLIERS
RUE CARDINET
RUE DE PRONY
RUE PEREIRE
RUE LAUGIER
RUE FG ST HONORÉ
Place des Ternes
Place CH. DE GAULLE
PLACE DE LA PORTE MAILLOT
Porte Maillot
PALAIS DES CONGRES
Ligne RER vers la Défense
8
16
G
H
3
5
6
7
8
9
10

Straßenverzeichnis

G 9	Rue Alphonse-de-Neuville
G 12	Boulevard des Batignolles
G 7–H 8	Rue Bayen
F 8– E 10	Boulevard Berthier
G 13	Rue Biot
G 9	Place du Brésil
G 13	Place Clichy
F 8–H 9	Rue de Courcelles
G 6	Boulevard de Dixmude
G 6	Rue du Dobropol
H 14	Rue Duperré (9. Arrondissement)
I 8	Place de l'Etoile (heute: Pl. Charles de Gaulle)
H 14	Rue Fontaine (9. Arrondissement)
H 6–G 7	Boulevard Gouvion-Saint-Gyr
I 6/7	Avenue de la Grand-Armée
H 10	Rue Henri-Rochefort
G 11–F 12	Rue Legendre
H 5	Avenue de Neuilly
G/H 8	Avenue Niel
F 9–H 7	Boulevard Pereire
G 7	Avenue de la Porte de Champerret
G 7	Place de la Porte de Champerret
H 10–G 9	Rue de Prony
G 8–H 11	Avenue de Villiers
G 9–I 8	Avenue de Wagram
G 7	Boulevard de L'Yser

Inhaltsverzeichnis

Paul Bowles

Paul Bowles' Romane gehören «zum Besten, was ein Amerikaner je geschrieben hat» (Gore Vidal)
Gerade zwanzig geworden, brannte **Paul Bowles** 1930 nach Paris durch. Gertrude Stein entdeckte den jungen Dichter und machte ihn mit Ezra Pound, Jean Cocteau und André Gide bekannt. In New York feierte Bowles exzentrisch seine frühen Erfolge als Schriftsteller, Drehbuchautor und Komponist. 1947 zog er sich nach Tanger zurück. Nach langjährigen Aufenthalten in Nordafrika, auf Ceylon und in Südamerika lebt er seit vielen Jahren wieder in Marokko. Die Flucht vor der Zivilisation wird das zentrale Motiv seiner Romane.

Allal *Stories aus Marokko*
(rororo 5975)
«... halluzinatorische Exkursionen in die mythische Welt arabischer Nomadenvölker, wo der zivilisierte Europäer oder Amerikaner in unheilvolle Verstrickungen gerät. Bowles schreibt jeweils aus der Optik seiner Figuren, läßt durch sie eine Handlung aufkommen. Seine Stories sind durch den Flair orientalischer Phantastik von einer Bildhaftigkeit, die die abendländische Phantasie zu entzünden vermag.» Basler Zeitung

Himmel über der Wüste *Roman*
(rororo 5789)
In seinem Hauptwerk schildert Bowles die Flucht eines amerikanischen Ehepaars vor der Leere ihres Daseins in die Wüste. Beide suchen einen Lebenssinn, im letzten die Liebe. Aber sie finden nur Abenteuer, Hetzjagd, Öde und Tod. Bernardo Bertolucci verfilmte «Himmel über der Wüste» mit Debra Winger und John Malkovich in den Hauptrollen.
«Ein erstklassiger Abenteuerroman von einem wirklich erstklassigen Schriftsteller!» Tennessee Williams

rororo Literatur

Robert Briatte
Paul Bowles. *Ein Leben*
(rororo 12911)
Robert Briattes Biographie ist mehr als ein Lebenslauf, sie zeigt uns Paul Bowles in der faszinierenden Welt seiner Romane, als Chronist des Mythos Afrika.

rororo Unterhaltung

Abenteuer

Mario Puzo
Der Pate *Roman*
(rororo 1442)
Ein atemberaubender Gangsterroman aus der New Yorker Unterwelt, der zum aufsehenerregenden Bestseller wurde. Ein Presseurteil: «Ein Roman wie ein Vulkan. Ein einziger Ausbruch von Vitalität, Intelligenz und Gewalttätigkeit, von Freundschaft, Treue und Verrat, von grausamen Morden, großen Geschäften, Sex und Liebe.»

Mamma Lucia *Roman*
(rororo 1528)
Animalisch in ihrer Sanftmut, aufopfernd in ihrer Fürsorge, streng und wachsam in ihrer Liebe – das ist Lucia Santa Angeluzzi-Corbo, Mamma Lucia, die im italienischen Viertel von New York um das tägliche Brot ihrer sechs Kinder kämpft.

Rudolf Braunburg
Hongkong International *Roman*
(rororo12820)
Ein aufregender Roman aus der Welt der Flieger und Passagiere vom Bestsellerautor und früheren Flugkapitän Rudolf Braunburg.

Rückenflug *Roman*
rororo 12333)
Während der Trainingstage beim internationalen Kunstfliegertreffen stimmt sich der bekannte Journalist Achim Reimers auf die spannungsgeladene Atmosphäre ein und macht auf seinen Streifzügen merkwürdige Beobachungen. Bald muß er erkennen, daß er sich ahnungslos in einem gefährlichen Spionagenetz verfangen hat.

Josef Martin Bauer
So weit die Füße tragen
(rororo 1667)
Ein Kriegsgefangener auf der Flucht von Sibirien durch den Ural und Kaukasas bis nach Persien. «Diese Odyssee durch Steppe und Eis, durch die Maschen der Wächter und Häscher dauerte volle drei Jahre – wohl einer der aufregendsten und zugleich einsamsten Alleingänge, die die Geschichte des individuellen Abenteuers kennt.»
Saarländischer Rundfunk

James Dickey
Flußfahrt *Roman*
(rororo 12722)
Harmols wie ein Pfadfinderunternehmen beginnt der Wochenendausflug von vier gutsituierten Duchschnittsbürgern - schon am nächsten Tag jedoch verwandelt sich die Kanufahrt in einen Alptraum...
Unter dem Titel «Beim Sterben ist jeder der erste» verfilmt mit Burt Reynolds.